MONDES PARALLÈLES
UNE HISTOIRE D'AMOUR

DU MÊME AUTEUR
AUX ÉDITIONS ACTES SUD

Dans la collection "Actes Noirs" et en Babel noir

LA MAISON OÙ JE SUIS MORT AUTREFOIS (prix Polar international de Cognac), 2010 ; Babel noir n° 50.

LE DÉVOUEMENT DU SUSPECT X, 2011 ; Babel noir n° 70.

UN CAFÉ MAISON, 2012 ; Babel noir n° 97.

LA PROPHÉTIE DE L'ABEILLE, 2013 ; Babel noir n° 128.

L'ÉQUATION DE PLEIN ÉTÉ, 2014 ; Babel noir n° 157.

LA LUMIÈRE DE LA NUIT, 2015 ; Babel noir n° 173.

LA FLEUR DE L'ILLUSION, 2016 ; Babel noir n° 204.

LES DOIGTS ROUGES, 2018 ; Babel noir n° 237.

LE NOUVEAU, 2021 ; Babel noir n° 291.

LES SEPT DIVINITÉS DU BONHEUR, 2022 ; Babel noir n° 310.

LE CYGNE ET LA CHAUVE-SOURIS, 2023 ; Babel noir n° 321.

Dans la collection "Exofictions" et en Babel

LES MIRACLES DU BAZAR NAMIYA, 2020 ; Babel n° 1780 (prix "Lire en Poche" de littérature traduite).

MONDES PARALLÈLES, UNE HISTOIRE D'AMOUR, 2024 ; Babel n° 2035.

Titre original :
Parareru wārudo – rabusutōrī
Éditeur original :
Kodansha, Tokyo

Publié pour la première fois en 1998 au Japon par Kodansha Ltd., Tokyo
Droits de publication de cette édition française assurés par Kodansha Ltd.

ISBN 978-2-330-21343-5

KEIGO HIGASHINO

MONDES PARALLÈLES UNE HISTOIRE D'AMOUR

traduite du japonais
par Sophie Refle

BABEL

PROLOGUE

Il arrive que les trains de deux lignes différentes roulant dans la même direction s'arrêtent et repartent simultanément de part et d'autre du même quai, comme entre les gares de Tabata et de Shinagawa sur les lignes Yamanoté et Keihin-Tōhoku à Tokyo.

Trois fois par semaine, toujours à la même heure et dans le même wagon, Tsuruga Takashi, un étudiant en maîtrise, prenait la première pour se rendre au centre de documentation de son université dans le quartier de Shimbashi. C'était après l'heure de pointe, mais les places assises étaient rares, et il restait toujours debout devant la même porte.

Le paysage défilait : immeubles de tailles diverses, ciel pâle, panneaux publicitaires vulgaires.

La vue était souvent obstruée par un train de la ligne Keihin-Tōhoku, qui avançait sur une voie parallèle dans la même direction, progressant presque à la même vitesse. Les passagers de l'un voyaient ceux de l'autre, comme s'ils étaient dans le même wagon. Mais il n'y avait en aucun cas d'échanges entre les deux côtés. Leurs univers étaient finis.

Un jour, Takashi remarqua une jeune fille dans la voiture parallèle à la sienne. Comme lui, elle se tenait debout près de la porte et avait les yeux tournés vers l'extérieur. Les cheveux longs, elle avait de grands yeux. D'après ses vêtements, elle devait être étudiante.

Au fil des semaines, il comprit qu'elle prenait l'autre ligne tous les mardis à la même heure que lui. Et ce toujours dans le même wagon et au même endroit.

Chaque mardi matin, il s'en réjouissait d'avance. Les jours où il la voyait, sa bonne humeur durait jusqu'au soir. Par contre, si elle n'apparaissait pas, son absence le préoccupait. Autrement dit, il en était tombé amoureux.

Bientôt, il fit une autre découverte importante.

Il lui semblait qu'elle aussi le regardait.

À l'instant où la proximité entre les deux wagons était la plus grande, ils étaient quasiment l'un en face de l'autre.

Takashi la fixait toujours des yeux. Et à partir d'un certain moment, elle se mit à en faire autant. Pendant deux ou trois secondes, ils se dévisageaient de part et d'autre des parois vitrées.

Plusieurs fois, il eut envie de lui sourire. Mais il n'osa jamais, pensant qu'il se berçait peut-être d'une illusion et qu'elle regardait simplement dehors.

La seule chose qu'il pouvait faire était de ne pas changer de place, en feignant de ne pas la voir. D'ailleurs, elle ne lui avait jamais fait signe.

Presque une année passa ainsi. Takashi qui terminait ses études allait commencer à travailler. Il ne prendrait plus la ligne Yamanoté le mardi.

La dernière fois qu'il le fit, il se montra audacieux.

Il monta dans un train de la ligne Keihin-Tōhoku, décidé à aller jusqu'au wagon dans lequel il la voyait, jusqu'à l'endroit où elle se tenait. Il s'approcherait d'elle qu'il ne voyait d'ordinaire que dans l'autre train. Comment réagirait-elle ? Serait-elle surprise ? Ferait-elle semblant de ne pas le voir ? S'imaginer la situation faisait palpiter son cœur.

Mais…

Elle n'était pas au même endroit que d'habitude. Il pensa s'être trompé de voiture et parcourut le train à sa recherche. En vain.

Déçu, il revint à son point de départ. Vit de l'autre côté de la vitre le train de la ligne Yamanoté qu'il prenait toujours. En se disant que c'était celui qu'elle voyait d'ordinaire.

À l'instant où les deux wagons des deux trains étaient les plus proches, il écarquilla les yeux. Il venait de l'apercevoir dans l'autre. Elle ne regardait pas dans sa direction, mais marchait dans le wagon.

Takashi descendit à l'arrêt suivant et se dépêcha de monter dans le train de la ligne Yamanoté. Il recommença à la chercher.

Mais celle qu'il venait d'y voir n'y était plus. Sans se préoccuper des gens qui le regardaient, il alla et vint dans le wagon. C'était en mars, mais des gouttes de sueur ruisselaient sur ses tempes.

Ses efforts furent inutiles. Elle avait disparu comme si elle n'avait été qu'un mirage.

Il tourna les yeux vers l'extérieur. Le train de la ligne Keihin-Tōhoku s'éloignait.

Peut-être s'agit-il d'un monde parallèle, pensa-t-il.

SCÈNE 1

— En fait, on crée un monde parallèle.

Natsué, qui s'apprêtait à plonger sa cuillère dans son sundae aux fruits, s'immobilisa et tourna la tête vers moi. Ses longs cheveux teints en brun se balancèrent.

— Une réalité virtuelle, *virtual reality* en anglais. Tu as déjà entendu parler de ça ?

Son visage se transforma, comme si elle pensait que j'aurais pu le dire plus tôt, et elle lécha la crème qui couvrait sa cuillère.

— Oui, bien sûr ! Tu veux dire ces images créées sur ordinateur, qui donnent à celui qui les regarde l'impression qu'il s'y trouve.

— Il ne s'agit pas seulement d'images, puisque ça fait aussi entendre les bruits pour que l'utilisateur ait la sensation d'y être. Autrement dit, le but est de créer l'illusion qu'un monde artificiel est réel. Les simulateurs de vol utilisés pour former les pilotes sont un bon exemple de réalité virtuelle.

— Je me souviens d'avoir vu un truc comme ça à la télé il y a longtemps. La personne qui servait de cobaye portait d'énormes gants et des lunettes. Elle voyait un robinet en face d'elle, on lui demandait de le fermer et elle faisait les mêmes gestes que si ce robinet existait vraiment. Parce qu'il était réel pour elle.

— Ça aussi, c'était de la *virtual reality*. Mais à un stade primitif, ai-je dit en finissant ma consommation, avant de regarder dehors.

Le café où nous étions donnait sur une rue proche de l'avenue Shinjuku-dōri. La montre que j'avais au poignet droit indiquait qu'il était presque 17 heures. C'était un vendredi, et il y avait du monde dehors, des étudiants et des employés de bureau.

— Ce sur quoi tu fais des recherches, ce sont des choses un peu plus avancées ?

Natsué me posa la question en portant à la bouche un morceau de melon qui n'avait pas l'air très bon.

— Exactement. Je dirais même beaucoup plus avancées, ai-je répondu en croisant les bras. Tu viens de parler de l'ingénierie de la réalité virtuelle comme on la conçoit aujourd'hui, à savoir des systèmes qui donnent un sentiment de réalité en passant par la perception sensorielle. Mais nous, nous essayons de faire autre chose, à savoir créer un sentiment de réalité en agissant directement sur le système nerveux.

— Ça veut dire quoi ?

— Par exemple, ça, dis-je en tendant le bras droit pour saisir doucement sa main gauche, qui était petite et douce. Tu sens à présent que je serre ta main gauche. Or ce ressenti ne provient pas de ta main, mais de ton cerveau qui a reçu un signal d'elle. Donc si on envoie juste un signal à ton cerveau, tu croiras que j'ai pris ta main.

— On sait faire ça ?

Elle me posa la question sans retirer sa main.

— Théoriquement, oui.

— Autrement dit, ce n'est pas encore possible.

— Une fois qu'on saura exposer le cerveau, ça le deviendra.

— L'exposer ?

— Pratiquer une trépanation pour l'exposer, y implanter une ou plusieurs électrodes, et y appliquer une impulsion électrique programmée.

Elle fit la grimace.

— Ce que tu racontes est dégoûtant.

— Oui, mais ce n'est pas ce qu'on fait. Nous cherchons à mettre au point une méthode pour transmettre ce genre de signaux au cerveau.

— Hum… lâcha-t-elle, sans sourire.

Elle entreprit de finir ce qui restait de sa coupe glacée. Soudain, elle changea d'expression.

— Mais alors le monde créé de cette manière sera exactement comme le vrai ?

— Ça, ça dépendra de ce qui est recherché. Tu crois que ça aurait du sens de créer un monde parallèle identique au vrai ?

— On finirait par ne plus savoir lequel est le vrai, dit Natsué en rentrant la tête dans les épaules, avec une expression espiègle.

— Abe Kōbō a écrit une nouvelle intitulée *Film complet*. Elle met en scène des personnages qui vivent dans un système proche de celui que nous imaginons, et qui confondent la réalité et la réalité virtuelle. Cette confusion joue un grand rôle dans le dénouement de l'histoire. Dans la réalité, créer un système aussi abouti est impossible.

— Vraiment ? s'écria Natsué avec une moue boudeuse.

— Ça nécessiterait un ordinateur avec des capacités de calcul et une mémoire extraordinaires. Il va sans doute falloir attendre le XXIe siècle pour qu'il en existe des comme ça. Dans *Mona Lisa s'éclate*, de William Gibson, il est question d'une biopuce avec une capacité de mémoire illimitée, capable de contenir toutes les informations du monde réel. À l'heure actuelle, une puce comme ça appartient au domaine de l'imaginaire. Les personnes qui apparaissent dans l'univers parallèle ne seraient que des mannequins, et les détails seraient grossiers.

— Hum. Autrement dit, la confusion avec la réalité serait impossible. Mais ça ne fait rien, moi, j'aimerais quand même le voir, ce monde parallèle.

— Je voudrais pouvoir te dire "c'est quand tu veux", mais à l'heure actuelle, satisfaire ton souhait me paraît difficile. Avec la méthode que nous utilisons pour envoyer des signaux au cerveau, nous arrivons tout juste à créer des illusions très simples chez nos cobayes, par exemple en leur faisant percevoir dans un diagramme une ligne qui n'existe pas.

— Ce que je suis déçue ! s'exclama-t-elle en faisant tourner sa cuillère dans ce qui restait de son sundae. Et cet ami à toi avec qui on a rendez-vous travaille aussi dans ce domaine ?

— Oui. On a le même objectif, mais nos approches sont différentes.

— Tu l'as rencontré au lycée, c'est ça ?

— Non, au collège. Ensuite on a fait toutes nos études ensemble, jusqu'à la maîtrise.

— Jusqu'à la maîtrise ? Vous devez vous entendre drôlement bien !

— C'est mon meilleur ami.

Ma réponse lui fit ouvrir des yeux aussi ronds que ceux d'une chouette dans un manga. Elle a dû penser que je parlais comme un vieux mais je ne voyais pas comment décrire notre amitié autrement.

— Il faut que je te précise une chose à son sujet, ai-je ajouté en levant l'index droit sans la quitter des yeux. Tu remarqueras tout de suite qu'il boite de la jambe droite. C'est à cause d'une grave maladie qu'il a eue quand il était petit.

— Ah bon. Le pauvre !

Elle frappa dans ses mains.

— Tu veux que je fasse attention à ne pas en parler, c'est ça ?

J'ai secoué la tête.

— Non, non, pas du tout. Ça ne lui plairait pas. Je veux juste que tu comprennes qu'il traîne la jambe droite, mais que ça ne le fait pas souffrir ni quoi que ce soit. Donc je te demande de ne pas y prêter attention. Tu n'as pas non plus besoin de lui montrer ta sympathie. Tu comprends ce que je veux dire ?

Elle hocha la tête, d'abord lentement, puis de plus en plus vite.

— En bref, ça fait partie de ses caractéristiques, mais c'est tout ?

— Exactement, ai-je approuvé du chef.

J'ai regardé ma montre. Il était 17 h 05.

— Dis, c'est pas lui, là-bas ? fit-elle en fixant un point derrière moi.

Je me suis retourné à l'instant où Miwa Tomohiko, qui portait une veste grise et avait un sac en bandoulière, entrait dans le café. Une jeune femme aux cheveux courts, en pantalon, était debout à ses côtés. De là où j'étais, je ne voyais pas bien son visage.

Je lui ai fait signe de la main, il m'a aperçu, et un sourire enfantin a illuminé son visage. Il est venu vers notre table en boitant légèrement, et elle l'a suivi. Natsué s'est levée pour venir s'asseoir à côté de moi, en disant que ce serait mieux comme ça. Tomohiko et la fille aux cheveux courts sont arrivés à notre table.

— Désolé d'être en retard. J'ai eu un peu de mal à trouver, a-t-il dit.

— Ce n'est pas grave. Asseyez-vous donc !

— D'accord.

Il a attendu que son amie le fasse pour l'imiter. C'était la première fois que je le voyais agir ainsi.

Une fois qu'ils l'eurent fait, j'étais en face de la fille qui l'accompagnait. J'ai levé les yeux et nos regards se sont croisés.

Et j'ai douté un instant de ce que je voyais.

Tomohiko s'est tourné vers elle.

— Je te présente Tsuruga Takashi. On est amis depuis le collège. Puis il m'a regardé et a ajouté, presque embarrassé : Takashi, je te présente Tsuno Mayuko.

C'est incroyable, ai-je murmuré en mon for intérieur.

La veille, pendant que nous déjeunions à la cantine de l'institut, il m'avait dit qu'il voulait me présenter sa copine.

Je venais de boire une gorgée de thé vert et j'ai failli m'étouffer.

— Tu es sérieux ?

— Pourquoi ? Ça te dérange ? m'a-t-il répondu en rehaussant ses lunettes sur son nez avant de cligner des yeux.

C'est un tic qu'il a quand il est tendu.

— Comment ça pourrait me déranger ? Elle fait quoi dans la vie ?

Il m'a expliqué qu'elle avait obtenu en mars dernier sa licence en ingénierie de l'information dans une autre université privée que la nôtre. Autrement dit, elle venait juste d'avoir son diplôme.

— Et tu l'as rencontrée où ? Et quand ?

— Je crois que c'était en septembre de l'année dernière. Dans un magasin d'informatique.

Elle avait posé une question compliquée à un employé du magasin. Il n'avait pas su y répondre et Tomohiko, qui avait entendu leur échange, lui avait donné des conseils. Ils s'étaient revus.

— T'exagères ! lui ai-je reproché quand il s'est tu, en surjouant légèrement mon indignation. Tu ne m'en parles que maintenant, alors que ça fait si longtemps que vous vous fréquentez ! Je te trouve bien cachottier.

Ma colère était feinte, je voulais simplement le taquiner, mais il a essayé de se justifier.

— Je ne t'en ai pas parlé plus tôt parce que je n'étais pas sûr de ses sentiments pour moi. Tu sais bien que ça m'est déjà arrivé d'y croire, et je ne voulais pas me mettre dans l'embarras en te la présentant comme ma copine alors qu'elle ne se voyait pas comme ça. Je n'avais vraiment pas envie de vivre ça encore une fois.

L'espace d'une seconde, je n'ai pas su quoi dire. Je savais mieux que personne les mésaventures qu'il avait eues.

— Si je comprends bien, ai-je repris en lui mettant la main sur l'épaule, tu es sûr qu'elle est vraiment amoureuse de toi.

— Oui, à peu près, même si j'ai encore un peu peur, répondit-il sans que son visage n'exprime aucune crainte.

Je lui ai donné une tape dans le dos.

— Félicitations, alors !

Il a souri timidement.

— En fait, il y a autre chose dont il faut que je te parle.

— Quoi donc ?

— Euh, eh bien… commença-t-il en portant à nouveau la main à ses lunettes avant de cligner des yeux. Elle va entrer chez MAC.

Je m'attendais à tout, sauf à ça.

— Chez MAC ? Tu veux dire qu'elle a été recrutée par Bitech ?

— Exactement. Elle m'a appelé hier pour m'annoncer que son arrivée ici venait d'être confirmée.

— Attends, attends ! Qu'est-ce que tu me racontes ?

J'ai posé les coudes sur la table.

— Mais c'est génial ! Comment as-tu pu me cacher ça si longtemps ?

— Je ne voulais pas t'en parler avant que ce soit officiel.

— Décidément, tu exagères, ai-je dit en lui donnant une bourrade sur la poitrine.

Il s'est gratté la tête, l'air content mais un peu embarrassé.

MAC est le nom de l'école que nous fréquentons, enfin officiellement, elle s'appelle institut technologique

MAC. Notre employeur l'a créé afin de former ses employés à la recherche dans les technologies de pointe.

La société s'appelle Bitech, elle a son siège aux États-Unis, et c'est un leader mondial en informatique, depuis le hardware, des superordinateurs aux ordinateurs personnels, jusqu'au développement de software.

Tomohiko et moi y travaillons depuis que nous avons obtenu notre maîtrise en ingénierie l'année dernière. Nous avons tous les deux eu la chance de voir nos compétences et notre potentiel reconnus, si bien qu'on nous a affectés à MAC. Lorsqu'on y entre après une maîtrise, on y passe en règle générale deux ans, pendant lesquels on doit acquérir de nouvelles connaissances et progresser sur le plan technique en faisant des recherches sur des sujets choisis par l'entreprise. Pour nous qui voulons nous établir comme chercheurs, cette possibilité de continuer nos études en étant payés était ce qui pouvait nous arriver de mieux. L'ambiance chez MAC n'est pas du tout aussi détendue qu'à l'université puisque l'avancement de nos recherches y est en permanence rigoureusement évalué.

La petite amie de Tomohiko allait aussi y entrer.

— Donc tu risqueras sans cesse de la croiser dans l'école. J'aurais fini par remarquer quelque chose. Tu as préféré prendre les devants plutôt que me laisser tout découvrir par moi-même, c'est ça ?

Il s'est frotté les tempes, avec une expression intimidée. J'avais apparemment vu juste.

— Tu es un sacré acteur, dis donc ! Puisque tu as réussi à tout me cacher depuis plus de six mois.

— Désolé.

— Trop tard.

Je lui ai donné une nouvelle tape sur l'épaule, un peu plus ferme que la précédente. Et il a vacillé légèrement.

— Je suis quand même content pour toi.

— Je ne sais pas si ça va durer entre nous, mais…

— Ça dépend entièrement de toi. Tu l'aimes, non ?

— Oui… mais elle est peut-être trop bien pour moi.

— Arrête !

En réalité, j'étais ravi pour lui. Je me disais qu'il allait enfin trouver le bonheur. Je le connais mieux que personne.

Nous sommes devenus amis au début de notre première année de collège. Il lisait une revue scientifique quand je lui ai adressé la parole au moment de la pause du déjeuner.

— Tu crois que les monopôles existent vraiment ?

Notre premier et inoubliable sujet de discussion.

— La physique quantique ne contredit pas l'hypothèse de leur existence, non ?

Nous nous sommes reconnus à cet instant. Nous avons continué à discuter car nous n'étions pas d'accord. Les élèves de première année de collège que nous étions ne pouvaient pas comprendre la théorie quantique, mais ça nous amusait d'étaler nos connaissances superficielles. J'ai ressenti un enthousiasme auquel je n'avais encore jamais goûté. Nous sommes immédiatement devenus inséparables.

Son léger handicap n'a eu aucune conséquence sur notre amitié. Tomohiko possédait beaucoup de choses qui me manquaient : une profonde intelligence, une sensibilité acérée, des opinions toujours stimulantes. Il m'a sauvé de la médiocrité. Et moi, je l'ai fait sortir de la coquille où il avait tendance à s'enfermer. Notre relation était fifty-fifty.

Nous avons continué à bien nous entendre, mais il existait entre nous un fossé que rien ne pouvait combler.

Nous en avions conscience tous les deux, mais évitions d'en parler.

Il était lié à la vie sentimentale.

À l'université, je participais à de nombreux clubs et je connaissais de plus en plus de monde. J'avais du succès auprès des filles, et j'ai développé des relations assez sérieuses avec certaines d'entre elles. Mais je n'en parlais quasiment jamais à Tomohiko. Chaque fois que j'ai essayé, ça s'est mal terminé, et j'ai cessé de le faire.

Le problème aurait été résolu s'il avait réussi à avoir une petite amie, mais ça s'est avéré compliqué. Il n'est ni grand ni fort, porte d'épaisses lunettes et paraît chétif. Ça ne l'aide pas, mais je connais plusieurs garçons au physique encore moins impressionnant qui sortent avec de très jolies filles. Son handicap était sans aucun doute la raison de son problème. Au lycée, j'avais entendu des filles parler de lui, et ça m'a fait comprendre à quel point sa claudication lui nuisait.

Quand nous étions étudiants, je l'ai invité à une soirée organisée entre notre université et une université féminine dont les étudiantes avaient la réputation d'être à l'ancienne, plutôt réservées. Je m'étais dit qu'elles pourraient s'intéresser à lui. Mes espoirs ont été anéantis en moins d'une demi-heure. Les seules choses qu'elles voulaient savoir étaient si les garçons étaient bons au tennis ou au ski, et la marque de leur voiture. Tomohiko leur a posé des questions sur leurs études, mais aucune n'a daigné lui répondre. Lorsqu'un de nos camarades a expliqué pourquoi il boitait, il y a eu un silence pénible. Blessé, Tomohiko s'est levé et a quitté les lieux. Je l'ai suivi.

Il s'est retourné vers moi pour me dire qu'il ne m'accompagnerait plus jamais à une rencontre de ce genre. Je n'ai rien pu dire.

Nous n'avons quasiment plus jamais évoqué le sujet. Lorsque nous étions en maîtrise, il a fréquenté une étudiante de troisième année pendant un moment, mais elle ne s'intéressait qu'à son intelligence. Lorsque Tomohiko me l'a présentée, car il croyait qu'elle avait des sentiments pour lui, elle a déclaré tout de go qu'elle ne sortait pas avec lui. Je n'aime pas me souvenir du malaise que j'ai ressenti.

Tout cela explique qu'en entendant ses confidences, j'ai été ravi. À certains égards, peut-être étais-je encore plus content que lui.

Il m'avait dit qu'elle s'appelait Tsuno Mayuko. J'ai adressé à cette fille que je n'arrivais pas à imaginer une prière intérieure. Pourvu qu'elle l'aime longtemps et qu'ils s'unissent !

Un seul regard sur elle a suffi pour faire s'envoler ces souhaits.

J'avais devant moi la fille du train de la ligne Keihin-Tōhoku. Elle s'était fait couper les cheveux, mais c'était bien elle. Celle dont j'avais observé le visage tous les mardis pendant presque un an. Et que je n'arrivais pas à oublier.

Elle m'a vu, et a eu l'air fugitivement surprise. Nos regards se sont croisés pour la première fois ailleurs que derrière une vitre.

Puis elle m'a souri en se disant enchantée, d'une voix plaisante, ni trop haute ni trop basse.

Je n'ai malheureusement pas saisi si elle aussi se souvenait de moi. Peut-être me suis-je mépris en voyant de l'étonnement sur son visage. D'ailleurs je ne savais même pas si elle aussi m'avait regardé dans le train.

— Toi aussi, tu travailles sur la prochaine génération de réalité virtuelle, n'est-ce pas ? m'a-t-elle ensuite demandé.

— Oui. Natsué et moi étions en train d'en parler, lui ai-je répondu.

— Il m'a dit qu'il essayait de créer un monde parallèle, mais je n'ai pas tout compris, a ajouté celle-ci, en tirant la langue.

Peut-être parce que je venais de regarder les yeux de Mayuko, Natsué m'a paru terriblement frivole. J'ai commencé à regretter de l'avoir amenée. Nous avions fait partie du club de tennis à l'université et je l'avais invitée pour qu'il y ait une autre fille. En réalité cela aurait été aussi bien qu'elle ne soit pas là.

— Vous devez donc clarifier le système de signalisation cérébrale, n'est-ce pas ? a demandé Mayuko.

— Exactement. Et ce n'est vraiment pas simple, n'est-ce pas Tomohiko ?

Nous avons ri tous les deux.

Comme je venais d'essayer de l'expliquer à Natsué, "réalité de prochaine génération" était le nom donné au sein de Bitech à la *virtual reality*, la réalité virtuelle qui serait créée dans la tête d'un individu en envoyant directement des signaux à son cerveau, une chose très différente de ce qu'on appelle généralement "monde de la réalité virtuelle", dans lequel on stimule les organes sensoriels en montrant des images et des sons générés sur ordinateur.

Le développement de la prochaine génération était un sujet de recherche prioritaire pour Bitech. Les connaissances que cela demandait ne se limitaient pas à la technologie informatique. Le groupe de recherche sur les fonctions cérébrales avait été créé quelques années plus tôt. Tomohiko et moi appartenions à des équipes qui collaboraient avec ce groupe.

— Elle aussi sera probablement affectée à l'ingénierie de la réalité virtuelle, dit-il avec de l'embarras dans la voix.

Nous l'avions été tous les deux.

— Donc il se peut que nous travaillions ensemble !

— Oui. Mais ce n'est pas encore sûr, même si j'aimerais beaucoup que ce soit le cas, répondit Mayuko en jetant un coup d'œil à Tomohiko.

— Si ça arrive, ça serait très bien. Nous manquons vraiment de personnel.

— Oui, et d'après ce que je sais, il y a eu de grands progrès en matière de perception visuelle et auditive, ajouta Tomohiko avec un petit soupir.

C'était l'équipe à laquelle j'appartenais, dont la dénomination complète était "équipe de recherche sur les systèmes de perception visuelle et auditive", alors que lui faisait partie de celle de recherche en packs mémoire. On ne parlait pas de ses résultats remarquables.

— Il n'arrête pas de me dire que tu es très fort, dit Mayuko en me regardant droit dans les yeux.

Les siens me paraissaient si éclatants qu'ils attiraient irrésistiblement les miens.

— Pas du tout, répliquai-je en détournant le regard.

Nous avons quitté le café et nous nous sommes dirigés vers le restaurant italien où nous devions dîner. Natsué et moi marchions devant, Tomohiko et Mayuko derrière. Je me retournais parfois pour être sûr que nous n'allions pas trop vite. Il était en train de lui expliquer quelque chose, et elle ne le quittait pas des yeux, comme si elle ne voulait pas perdre une miette de ce qu'il disait.

— Elle est jolie, hein ? a soufflé Natsué.

— Oui, elle est pas mal.

— En toute franchise, j'ai un peu l'impression qu'ils ne vont pas très bien ensemble. Je me demande si ça peut durer, chuchota-t-elle.

— Ne raconte pas de bêtises !

Mon ton était un peu vif, parce que je pensais la même chose. C'était comme si elle l'avait deviné. Le visage de Natsué qui avait parlé d'un ton léger se ferma.

Au restaurant, nous avons discuté de ce que nous aimions faire. Mayuko a dit qu'elle s'efforçait d'aller voir une comédie musicale ou un concert par mois, et j'ai compris que c'était un point commun avec Tomohiko. Il avait fait du violon, c'était un vrai mélomane.

Il le mentionna et Natsué parut très intéressée. Elle aussi avait étudié cet instrument. Ils se mirent à parler musique avec passion, tandis que Mayuko et moi les écoutions.

J'en profitais pour l'observer discrètement. Elle me séduisait encore plus que lorsque je la voyais dans le train. Son visage de beauté japonaise traditionnelle dégageait un éclat extraordinaire. Sa bouche me paraissait exprimer une compréhension maternelle, ses yeux l'intensité de son intelligence et la force de sa volonté. On dit parfois que le visage fait percevoir la richesse d'un être. Dans son cas, c'était vrai. Soudain, tout m'a paru logique : une femme capable de percevoir les qualités de Tomohiko et de l'aimer ne pouvait être que quelqu'un d'intrinsèquement brillant.

Je dois aussi avouer que cette prise de conscience a fait monter en moi l'impression qu'un voile gris recouvrait mon cœur.

Pourquoi avait-elle choisi Tomohiko ?

J'en étais étonné. Je me suis ressaisi, j'ai essayé de chasser cette mauvaise pensée, de contrôler mes sentiments.

— Et tu aimes quel genre de musique ? m'a demandé Mayuko.

— Je n'ai pas de préférence particulière. En toute honnêteté, je ne suis pas sensible à ce qui est artistique. Sans doute parce que je n'ai aucun talent dans ce domaine.

— Pourtant Tomohiko m'a montré une infographie que tu as faite, et je l'ai trouvée très bien. Ce n'est pas vrai que tu n'as aucun sens artistique !

Elle parlait probablement de celle que j'avais faite sur le thème des plantes d'une autre planète que la nôtre, quand j'étais étudiant.

— Ça me fait plaisir que tu dises ça, mais n'importe qui peut faire quelque chose de joli avec un ordinateur.

Elle a exprimé son désaccord en secouant la tête.

— Je ne l'ai pas seulement trouvée jolie, mais plus encore touchante. J'ai eu l'impression que tu étais capable de visualiser l'espace, a-t-elle continué en croisant les mains sur la poitrine.

Peut-être le faisait-elle toujours quand elle voulait insister sur quelque chose. Lorsqu'elle s'est rendu compte que je la regardais, elle a eu l'air surprise et a posé les mains sur la table. Puis elle a esquissé un sourire gêné et m'a demandé si elle se trompait.

— Tu me flattes, mais je n'en suis pas vraiment sûr.

— Moi, j'ai trouvé extraordinaire ce que tu avais fait.

Elle a de nouveau tourné vers moi ses yeux qui m'attiraient irrésistiblement. Mal à l'aise, j'ai froissé la serviette en papier que j'avais sur les genoux. Inutile de dire que j'étais plutôt content.

Je me suis demandé si je devais lui parler du train. Je suis même allé jusqu'à penser qu'elle attendait peut-être que je le fasse. Mais je n'ai pas osé. Par égard pour Tomohiko, mais encore plus parce que je redoutais de l'entendre dire qu'elle ne voyait pas de quoi je parlais.

— Et vous songez déjà au futur ?

C'est la question que leur posa Natsué en les regardant tous les deux alors que l'on venait de nous apporter nos desserts.

Tomohiko en avala de travers. Il but une gorgée d'eau avant de répondre :

— Non, pas encore…

— Pourtant vous sortez ensemble depuis plus de six mois, non ? insista-t-elle.

— C'est trop tôt, s'exclama-t-il en tournant furtivement les yeux vers Mayuko qui répondit à son regard en lui adressant un grand sourire.

En voyant son attitude, j'ai senti naître en moi une impatience qui m'était incompréhensible.

— Buvons à votre avenir, ai-je lancé en soulevant ma tasse à expresso.

Natsué a ouvert de grands yeux.

— Toi alors ! Trinquer avec une tasse de café ?

— Pourquoi pas ? Puisqu'on a oublié de le faire avec nos bières. T'es d'accord, hein, Tomohiko ?

— Euh… oui, m'a-t-il répondu en soulevant la sienne.

— C'est trop bizarre… Mais bon…

Nous avons trinqué. Mayuko a été la dernière à le faire. Nos doigts se sont frôlés, et je n'ai pas pu m'empêcher de la dévisager. Elle semblait ne pas l'avoir remarqué.

Lorsque nous sommes sortis du restaurant, Tomohiko a dit qu'il allait raccompagner Mayuko. Natsué m'a proposé d'aller boire un verre, mais je n'en avais pas envie. Je suis retourné seul à la gare de Shinjuku.

Dans le train, j'ai pensé à Mayuko en scrutant le ciel nocturne. Pourtant j'avais du mal à me souvenir de son visage. Je me suis concentré sur la femme du couple de quadragénaires assis à la table voisine de la nôtre. Elle n'arrêtait pas de regarder ce que nous mangions, et nos regards s'étaient croisés à plusieurs reprises. Je n'avais aucun mal à me rappeler ses traits. J'aurais pu les dessiner.

Puis j'ai de nouveau cherché à me représenter ceux de Mayuko. Sans plus de succès. Ses cheveux courts, sa bouche aimable, ses yeux séduisants, je me souvenais de chaque détail, mais cela ne composait pas un ensemble.

Il était presque 22 heures quand je suis arrivé dans mon logement à Waseda. J'ai allumé la lumière et le téléphone a sonné. C'était Tomohiko. Il m'a dit qu'il venait de la quitter.

— T'en penses quoi ?

— De quoi ?

— D'elle, bien sûr.

— Ah…

J'ai avalé ma salive.

— Elle est très bien. Gentille, et jolie en plus.

— Tu es d'accord avec moi, alors ? a-t-il lancé d'un ton exalté. Tu dois même la trouver presque trop bien pour moi, non ?

Je n'ai pas su quoi répondre. Mais mon silence ne l'a pas dérangé.

— Tu lui as fait bonne impression, s'est-il empressé d'ajouter. Elle t'a trouvé très sympa.

— Ça me fait plaisir.

— En tout cas, me voilà rassuré. J'ai un peu plus confiance pour la suite.

— Je comprends. Vous pensez vous marier ?

Je lui ai directement posé la question, en serrant les dents.

— J'y pense, mais je ne lui en ai pas encore parlé.

— Ah bon.

— Je ne peux pas envisager de me marier avec quelqu'un d'autre, a-t-il ajouté avec ferveur.

— Ça ne m'étonne pas.

— Tu es pour, non ?

— Bien sûr, ai-je répondu sans réfléchir.

J'ai raccroché et je me suis assis par terre. Je n'arrivais pas à me remémorer son visage mais je ne pensais qu'à Mayuko.

Une voix en moi me disait que j'étais stupide et que j'avais de drôles d'idées. Je venais de faire connaissance avec Tsuno Mayuko. Elle ne se souvenait pas de moi. Et elle sortait avec Tomohiko, mon meilleur ami.

J'ai relevé les yeux, et j'ai vu mon reflet dans la vitre. Mon visage m'a paru déformé. Affreux à voir.

La tête d'un homme jaloux, ai-je pensé.

CHAPITRE I

MALAISE

Quand il se réveilla, Tsuruga Takashi éprouva une sorte de malaise.

Quelque chose lui paraissait différent, sans qu'il sût dire quoi. Le lit double était en désordre comme chaque matin, la lumière qui filtrait à travers les rideaux était la même que la veille, son peignoir se trouvait sur la chaise où il l'avait posé avant de se coucher. La seule chose différente était l'odeur qui venait de la cuisine. Il reconnut celle de pancakes. Mais elle ne pouvait être à l'origine du malaise qu'il ressentait.

Mal réveillé, il se leva et commença à s'habiller. Il enfila son pantalon, mit sa chemise et noua sa cravate. Il n'en possédait que quatre, dont une qu'il n'aimait pas, offerte par une de ses tantes. Afin qu'elles durent plus longtemps, il les faisait tourner, y compris la dernière, car ne pas l'utiliser aurait été déraisonnable. C'était le jour de la quatrième. Il la noua en se regardant dans le miroir, se sentant déprimé.

— Ce motif cachemire est trop bizarre, dit-il en entrant dans la salle à manger, le veston posé sur les épaules. On dirait vraiment des mitochondries.

— Bonjour, toi ! lança Tsuno Mayuko qui était en train de faire cuire les pancakes.

Elle se retourna vers lui et rit.

— Tu dis ça chaque fois.

— T'es sûre ?

— Enfin, la semaine dernière, tu as dit que le motif ressemblait à des euglènes.

Takashi parut perplexe.

— Euglène ou mitochondrie, peu importe, mais elle n'est vraiment pas belle.

— Tu n'as qu'à t'en acheter une autre !

— J'aurais l'impression de dépenser de l'argent inutilement. Quand je suis au laboratoire, on ne la voit pas sous mon vêtement de travail. Au final, je ne l'ai que pour le trajet. Seuls les nouveaux employés ont à faire ça.

— Écoute, tu n'as pas le choix ! Officiellement, tu as été recruté il y a deux mois seulement, tu es donc un nouvel employé, dit-elle en posant sur la table une pile de pancakes et des œufs au bacon.

Cette semaine, c'était à elle de préparer le petit-déjeuner.

— Pourtant je travaille chez Bitech depuis deux ans et demi ! Parmi mes camarades entrés dans la boîte en même temps que moi, il y en a qui roulent des mécaniques pour montrer qu'ils sont déjà cadres. Ils me traitent comme si j'étais un nouveau. Ça m'énerve beaucoup ! s'écria-t-il en plantant sa fourchette dans un pancake.

— Tu aurais préféré ne pas passer par MAC ?

Elle lui posa la question en remplissant sa tasse de café. Il la porta à ses lèvres mais fit la moue avant d'en boire.

— Ce n'est pas ce que je veux dire.

— Puisque tu as pu continuer à étudier en percevant un salaire, je trouve que tu ne devrais pas te plaindre d'être traité comme un nouvel employé !

— J'en suis conscient, mais c'est quand même pénible. Tu en feras toi-même l'expérience l'année prochaine.

Il but une gorgée de café, regarda dans sa tasse et pencha la tête.

— Qu'est-ce qu'il t'arrive maintenant ? Le café a un goût bizarre ? demanda-t-elle avant d'en boire à son tour.

— Pas du tout, répondit-il en faisant tourner sa tasse, ce qui fit apparaître de petites rides à la surface du café.

Il les observa quelques instants. Quelque chose le préoccupait. Ça avait à voir avec le malaise qu'il avait ressenti au réveil. Mais il n'arrivait pas à comprendre ce qui le dérangeait à ce point.

— Qu'est-ce qui ne va pas ?

Mayuko le regardait avec une expression inquiète. Takashi détourna les yeux de sa tasse.

— Une tasse à expresso, murmura-t-il.

— Quoi ?

— Une tasse à expresso, tu sais ce que c'est, non ?

— Oui, bien sûr, mais pourquoi en parles-tu ?

— Il y en avait dans mon rêve. Et avec on a fait comme ça…

Il leva la sienne à la hauteur de ses yeux et regarda Mayuko.

— Je crois que tu étais dans ce rêve.

— Et il s'y passait quoi ?

— Je ne sais pas. Mais ça me préoccupe. Parce que j'ai l'impression qu'il avait beaucoup de sens.

Il secoua la tête.

— Je n'arrive vraiment pas à m'en souvenir.

Il poussa un long soupir qui la fit sourire.

— Tu ne crois pas que c'est parce que tu penses trop à tes recherches ?

— Quel rapport entre ce rêve et mes recherches ?

— J'ai entendu dire que les romanciers ou les peintres qui sont bloqués croient parfois que leurs rêves peuvent leur être utiles. Et ils se dépêchent de les noter au réveil, avant qu'ils disparaissent.

— Ça me rappelle que j'ai lu quelque part que c'est comme ça que le professeur Yukawa a eu l'idée de la théorie des mésons quand il n'arrivait plus à progresser dans ses recherches. Oui, mais…

Il secoua à nouveau la tête.

— Moi, au réveil, j'ai déjà tout oublié. Donc je ne peux rien noter.

— Ne t'en fais pas trop pour ça. Ces artistes dont je t'ai parlé ont aussi déclaré qu'en relisant ce qu'ils avaient écrit de leurs rêves, ils n'arrivaient pas à comprendre ce qui leur avait paru intéressant.

— Tu veux dire que ce n'est pas si simple d'avoir une révélation divine ? J'imagine que tu as raison.

Il étala du beurre sur un pancake, en coupa un morceau et le porta à sa bouche. La cuisson était parfaite, comme toujours lorsque Mayuko en préparait.

À l'instant où il prit sa tasse de café, une image lui revint. Celle de quatre tasses à expresso qui s'entrechoquaient. Quatre personnes les tenaient.

— On trinquait, murmura-t-il. Avec des tasses à expresso. Mais je ne sais plus pourquoi.

Il ne parvenait pas à se souvenir plus précisément de la scène. Seules les quatre tasses étaient nettes dans son esprit, tellement qu'il n'avait pas l'impression que l'image provenait d'un rêve.

Il se mit soudain à rire.

— Je raconte n'importe quoi. Parler de ses rêves, il n'y a pas plus ennuyeux, dit-il à Mayuko en la regardant timidement.

Elle devait le trouver pathétique. Il s'attendait à ce qu'elle se moque de lui, mais il vit qu'elle s'était immobilisée et écarquillait ses yeux en amande.

Cela ne dura qu'un instant. Il allait lui demander ce qui l'intriguait quand elle sourit à nouveau.

— Tu ne crois pas que tu es fatigué ? Tu as peut-être besoin de changer d'air.

— C'est possible, répondit-il.

Le petit-déjeuner terminé, il la laissa débarrasser la table et partit le premier. MAC se trouvait à quelques minutes à pied de l'appartement, mais pour aller au centre de recherches de Bitech, il lui fallait prendre le métro, changer une fois, descendre à la station de Nagatachō et marcher encore une dizaine de minutes.

Il y arriva un peu avant 10 heures. Les horaires de travail au centre étaient flexibles. La seule condition à respecter était d'arriver avant midi, mais comme le supérieur direct de Takashi avait l'habitude de commencer à 10 heures, il l'imitait car cela lui permettait d'être plus efficace.

Il prit l'ascenseur jusqu'au sixième et se trouva face à une porte. Pour l'ouvrir, il inséra sa carte dans la fente prévue à cet effet et composa un code sur le boîtier voisin. Elle s'ouvrit, révélant un couloir aux murs beiges, bordé de portes sur les deux côtés. Il alla jusqu'à la plus proche, et inséra à nouveau sa carte dans la fente prévue à cet effet. Seuls ceux qui travaillaient ici y avaient accès.

Un panneau indiquait qu'il s'agissait de la neuvième section du service de développement des systèmes de réalité virtuelle. C'était ici qu'il avait été affecté.

Au moment où il entra, il entendit un bruit dans une des deux cages. Un chimpanzé s'y trouvait, et l'autre était vide.

— Bonjour Whoopee !

La femelle chimpanzé ne réagit pas. Assise tout au fond, elle avait le regard vide, comme les autres jours.

La pièce était divisée en deux espaces de recherche distincts. Dans l'un travaillaient Takashi et son supérieur direct, dans l'autre un groupe qui n'avait pas le même thème de recherche. La cloison en plexiglas transparent qui séparait les deux équipes leur permettait de se voir et d'avoir des échanges.

L'autre groupe, qui avait quatre membres, était déjà au travail. Tout en enfilant sa blouse grise, Takashi les regarda. Il y avait parmi eux une femme, Kiriyama Keiko, entrée chez Bitech en même temps que lui. Il la salua d'un petit geste de la main, et les trois autres des yeux.

Pour dire les choses précisément, ses quatre collègues n'étaient pas seuls de l'autre côté de la cloison. Un chimpanzé, bras et jambes attachés, était allongé sur une couche posée sur la table autour de laquelle ils travaillaient. C'était un mâle, du nom de Chewy, dont la tête était couverte d'une sorte de casque d'où sortaient une centaine de cordons dont le rôle était de donner des impulsions ou de recueillir des données à analyser.

L'apport sensoriel (visuel et auditif) direct était le thème de recherche de ce groupe. Leur but n'était pas de montrer ou de faire entendre des choses, mais de chercher à importer ces informations directement dans le cerveau. C'était là-dessus que Takashi avait travaillé chez MAC, où il avait passé deux ans à en étudier les principes fondamentaux. Au moment de l'annonce des services auxquels ses collègues et lui seraient affectés à l'issue de leur formation à l'institut MAC, il était persuadé qu'il continuerait dans ce domaine.

Ses attentes avaient été déçues. L'équipe dans laquelle il travaillait appartenait au même service, mais son thème de recherche était très différent. Quand il l'avait appris, il avait protesté auprès de Sutō, son supérieur direct, en demandant des explications. La réponse qui lui avait été donnée – n'importe qui pouvait se charger de la recherche de l'autre groupe, mais Takashi était uniquement qualifié pour celle de son nouveau groupe – ne l'avait pas convaincu.

Ce sujet lui était quasiment inconnu. Il l'avait fait remarquer à Sutō, mais celui-ci s'était contenté de dire que ce n'était pas lui qui l'avait décidé, mais la direction, et qu'il n'en savait pas plus.

Sutō et lui devaient travailler sur les rêveries. Leur mission était d'analyser sur ordinateur les circuits du cerveau impliqués dans celles-ci. À terme, l'objectif final, qui figurait sur la première page du projet de recherche, était de contrôler de l'extérieur le contenu des pensées d'une personne qui rêvassait. Takashi avait cependant l'impression que ce but ne serait pas atteint pendant le temps qu'il passerait à y travailler. À l'heure actuelle Sutō et lui parvenaient tout juste à déterminer si Whoopee la femelle chimpanzé était en train de rêvasser.

Même en supposant qu'ils y réussissent, Takashi doutait de l'intérêt de cette recherche. Personne n'avait besoin de l'assistance d'un ordinateur pour rêvasser. D'ailleurs n'était-ce pas parce que rêvasser ne suffisait plus que la réalité virtuelle devenait nécessaire ? Et créer cette réalité virtuelle, c'était la mission du service de développement du système de réalité. Du moins était-ce ce que Takashi pensait.

Voir Kiriyama Keiko et ses collègues travailler à une réalité virtuelle sans défaut en cherchant à la montrer à un cerveau humain n'était pas sans l'irriter. Encore plus parce qu'il était certain que parmi la documentation dont ils se servaient figuraient des communications qu'il avait faites pendant ses deux ans à l'institut MAC.

Sutō arriva à 11 heures passées alors que Takashi était occupé à mettre de l'ordre dans les nouvelles données recueillies. Il entra, porte-documents sous le bras, mains enfoncées dans les poches de son pantalon, et le salua des yeux.

Il faisait partie des enseignants qui avaient formé Takashi à l'institut MAC. Âgé seulement d'une trentaine d'années, il avait conservé les larges épaules et le corps musclé de ceux qui pratiquent le kendo, mais il était aussi d'une grande nervosité. Takashi ne trouvait pas d'un abord facile cet homme peu loquace et réservé.

— Ce sont les données d'hier ? demanda-t-il en jetant un coup d'œil sur l'écran de l'ordinateur de son subordonné.

— Oui.

— Il y a des écarts significatifs ?

— Non.

Ce qui revenait à dire que les résultats n'étaient pas probants, mais Sutō n'en parut pas déçu. Il hocha la tête et s'assit devant son bureau, voisin de celui de Takashi, mais séparé de l'autre par un paravent.

— J'ai une question à vous poser.

Sutō leva les yeux vers lui.

— Je n'arrive pas à penser que la méthode que nous utilisons convient à notre ligne directrice, contrôler les circuits cérébraux des rêveries.

Son supérieur leva un sourcil.

— Comment ça ?

— Pourquoi vouloir intervenir dans les circuits de la mémoire ? Les rêveries naissent à partir de souvenirs, n'est-ce pas ? Ce sont leurs fondements, autrement dit. Si on modifie les souvenirs, on ne saura plus de quelles données se servir.

— Rêvasser et se souvenir sont deux activités de la pensée. Impossible de les traiter séparément.

— Je le comprends, mais ne devons-nous pas limiter au maximum notre intervention dans la mémoire ? Il me semble que, dans le cas contraire, nous ne pourrons pas appréhender précisément les modifications des circuits cérébraux au moment des rêveries.

Cette question préoccupait Takashi depuis plusieurs jours.

Sutō croisa les bras et passa quelques instants à réfléchir avant de les décroiser.

— Je comprends ce que tu veux dire. Je vais en tenir compte. Mais ça ne va pas changer le programme de recherche que nous avions au départ. Il faut commencer par le suivre.

— Pourtant…

— Désolé, mais… fit son supérieur en se levant. Le chef me demande. On reparlera de tout ça plus tard.

Il prit un dossier sur sa table et quitta la pièce sans attendre la réponse de Takashi. La porte claqua derrière lui et Whoopee poussa un petit cri effrayé dans sa cage.

Ce jour-là, Sutō ne revint pas et Takashi passa la journée à analyser les données. Il partit à 19 heures et se dirigea vers la station de métro sans penser à rien. Au bout d'un moment, il enleva son veston car il avait chaud.

Un homme de petite taille, plutôt chétif, marchait devant lui. En le regardant, Takashi pensa soudain à quelqu'un. Miwa Tomohiko.

Il s'immobilisa. Une femme faillit lui rentrer dedans. Elle le dépassa en grommelant des mots désagréables.

Il se rendit compte avec surprise qu'il n'avait pas pensé à son ami depuis longtemps. Ils se connaissaient depuis le collège, et c'était la première fois qu'il avait l'impression de l'avoir oublié. Peut-être parce qu'il avait été très occupé ? Pourtant, on a toujours le temps pour un ami.

Que pouvait faire Tomohiko en ce moment ?

Il y réfléchit, et fut étonné de s'apercevoir qu'il n'en avait pas la moindre idée.

Il essaya de se souvenir de leur dernière rencontre. Sans y arriver. Depuis quand avaient-ils cessé de se voir ?

Soudain il écarquilla les yeux. Il avait l'impression qu'ils s'étaient vus récemment. Où ? Quand ?

Il comprit alors qu'il avait rêvé de lui la nuit dernière. Mais était-ce vraiment un rêve ? Il lui semblait très réel.

Il se reprocha sa stupidité et cessa d'y réfléchir. Parce qu'il venait de se rappeler quelque chose qui lui parut la preuve que c'était bien un rêve. Ce qui s'y passait était trop éloigné de la réalité.

Tomohiko lui avait présenté Mayuko comme sa petite amie.

— Je suis vraiment trop bête, murmura-t-il avant de se remettre à marcher.

SCÈNE 2

Le carillon de midi avait sonné, mais j'étais resté seul au bureau où j'étais en train de modifier un programme de simulation sur mon ordinateur, une tâche qui n'avait rien d'urgent. J'avais l'intention de descendre à la cantine un peu après les autres. Enfin, plutôt que les autres en général, je pensais à deux personnes en particulier.

Nous étions en mai. Il y avait devant ma fenêtre ouverte un cerisier qui avait perdu ses pétales depuis longtemps. Un doux vent tiède faisait se soulever des feuilles sur mon bureau. C'était le seul moment de la journée où je pouvais ne pas la fermer. D'ici quelque temps, des tennismen amateurs, le ventre plein, se rassembleraient sur le court de tennis sur lequel ma fenêtre donnait. Leurs efforts feraient se soulever le sable, dont des grains se déposeraient sur les graphiques et diagrammes de mon bureau.

On frappa, la porte s'ouvrit, et je vis Tomohiko, et Tsuno Mayuko derrière lui.

— Tu ne vas pas déjeuner ?

— Si si, je vais y aller. Mais j'ai un truc à finir, répondis-je en regardant le grand sac en papier qu'elle avait comme toujours à la main.

— Ça ne devrait pas t'empêcher de prendre le temps de déjeuner, non ? Les formateurs n'aiment pas qu'on saute ce repas, ajouta-t-il en riant.

Il s'approcha de mon bureau en traînant la jambe droite, de sa démarche particulière, et jeta un coup d'œil sur mon écran.

— Quand t'as parlé d'un truc à finir, je me suis dit que ça devait être un rapport à rendre, mais tu es en train de modifier un programme, non ?

— Je n'ai pas dit que c'était urgent.

— Dans ce cas, allons déjeuner ensemble ! Au menu aujourd'hui, il y a des sandwichs au poulet, continua-t-il en se retournant vers Mayuko.

Elle leva le sac en papier.

— Je ne peux pas garantir qu'ils soient bons mais...

— Et moi, je suis sûr qu'ils le seront puisque c'est toi qui les as préparés, répliqua Tomohiko en mettant sa main sur mon épaule. Allez, viens !

Je l'ai regardé, puis elle, puis mon écran, et de nouveau lui.

— D'accord, je vous retrouve là-bas.

— Ne tarde pas, hein !

— OK.

Je les ai regardés partir, avant de pousser un long soupir. J'espérais que ça chasserait le poids que j'avais sur la poitrine, mais ça n'a servi à rien.

En avril, de nouveaux étudiants étaient entrés à l'institut technologique MAC comme dans beaucoup d'autres écoles au Japon. Une cinquantaine en tout, à des niveaux très différents, depuis des lycéens ayant eu leur diplôme de fin d'études jusqu'à des étudiants titulaires d'une maîtrise. Ceux-là représentaient moins de 10 % des nouvelles embauches de Bitech.

La plupart des lycéens avaient été affectés au cursus de base. Ceux qui avaient été reconnus comme les meilleurs parmi les titulaires de licence ou de maîtrise ont été choisis pour les laboratoires de recherche spécialisés.

Deux garçons et une fille sont entrés dans notre laboratoire d'ingénierie de la réalité virtuelle. La fille, c'était Tsuno Mayuko. Son souhait de travailler sur ce projet a été exaucé.

Notre laboratoire est composé de cinq équipes, comptant chacune deux à huit membres. Cette différence en termes de personnel est liée à la charge de travail de chacune.

Celle de recherche sur les systèmes de perception sensorielle (auditive et visuelle) compte quatre membres, et nous avions demandé au moins deux personnes supplémentaires. Mais nous n'en avons obtenu qu'une seule, Yanasé, un étudiant qui a une licence.

L'équipe à laquelle appartient Tomohiko, celle des packs mémoire, a eu plus de chance. Les résultats qu'ils ont obtenus ne paraissent pas spectaculaires, mais les deux autres nouveaux de MAC, c'est-à-dire Tsuno Mayuko et Shinozaki, un autre licencié, y ont été affectés. Il faut dire que les effectifs du groupe avaient été définis comme insuffisants jusque-là – deux personnes seulement, Tomohiko et un formateur du nom de Sutō. C'est probablement ce qui explique que la répartition des nouveaux arrivants n'a pas été contestée par les autres groupes.

Ceux qui en ont été les plus satisfaits sont sans aucun doute Tomohiko et Mayuko. Les deux amoureux allaient désormais travailler ensemble et suivre la même formation. Ils ne pouvaient certainement pas espérer mieux !

Je suis allé le féliciter le jour où tout cela a été annoncé, en lui demandant s'il avait soudoyé la déesse de la chance. Il m'a remercié, le visage cramoisi. C'est comme ça qu'il réagit quand il est ému. Et il a ajouté que c'était probablement parce que moi aussi j'avais prié en ce sens.

— T'as raison ! Maintenant, il ne te reste plus qu'à me payer un coup, ai-je répondu en lui faisant un clin d'œil.

Je ressentais à cet instant une vive jalousie et un dégoût de moi-même. J'avoue ne pas du tout avoir prié pour que ça lui arrive. Je me disais que je devais le faire, mais c'était au-dessus de mes forces. Sans même le vouloir consciemment, j'espérais tout le contraire. Je craignais plus que tout que Mayuko soit affectée à l'équipe de Tomohiko.

En même temps j'espérais qu'elle rejoindrait la mienne. Cela m'aurait permis de la voir tous les jours, nous aurions travaillé ensemble, nous aurions eu le même but, nous aurions pu nous parler, discuter, être ensemble. J'en avais rêvé. Dans mes rêves les plus fous, je l'imaginais ignorant la présence de Tomohiko. Peut-être tomberait-elle amoureuse de moi…

Je me rendais compte qu'en ayant ces pensées, je trahissais mon ami, et je me le reprochais intensément. Je n'étais qu'une ordure sans vergogne. Un autre en moi répliquait timidement, le visage convulsé, que je n'y pouvais rien si j'étais tombé amoureux, et qu'elle n'appartenait à personne.

Finalement, l'instinct l'avait emporté en moi. La preuve en est que j'avais éprouvé un profond abattement lorsque j'avais appris où Mayuko était affectée. J'avais félicité Tomohiko d'une voix étrangement excitée, à l'opposé de ce que je ressentais vraiment.

Je m'étais dit qu'il fallait que je me reprenne, que j'oublie tout ça.

Mais après que Mayuko avait commencé sa formation chez MAC, je l'apercevais de temps en temps, ce qui m'avait de nouveau plongé dans la confusion. Sitôt que je la voyais, tout disparaissait autour de moi. Sitôt que j'entendais sa voix dans le couloir, mon nerf auditif supprimait tous les autres sons. Sitôt que je pensais à elle, mon cerveau se mettait à fonctionner en boucle et ne s'arrêtait plus.

Même quand j'avais à lui parler pour le travail, mon pouls s'accélérait. Sa voix était pour moi de la musique, et si elle regardait dans ma direction, je ne comprenais plus rien. Je lui répondais d'une voix mécanique, sans la regarder. Alors que je n'espérais qu'une chose, rester encore un peu avec elle, je tournais les yeux vers ma montre. Et elle s'excusait toujours d'avoir accaparé mon temps quand nous nous séparions.

De retour chez moi, je n'arrivais pas à la chasser de mon esprit. Je devrais plutôt dire que, sitôt seul, j'arrivais encore moins à penser à autre chose qu'à elle. Je revoyais son visage, son corps. Quand je me masturbais, c'était toujours elle que je me représentais. Celle que je créais dans mon esprit était une prostituée magique au corps voluptueux qui satisfaisait mes désirs les plus fous. La culpabilité que je ressentais à salir l'amoureuse de mon meilleur ami m'apportait une excitation perverse. Chez MAC, je ne la voyais qu'en compagnie de Tomohiko, mais même à ces moments-là des visions lubriques naissaient en moi.

Je devais l'oublier. J'avais peur de ce que je finirais par faire si je n'y réussissais pas, si mes sentiments pour elle continuaient à grandir. Il me serait impossible de surmonter le choc qui me frapperait le jour de leur mariage qui paraissait de plus en plus certain.

La cantine de MAC se trouvait au quatrième étage. Quand j'y suis arrivé, Tomohiko m'a fait signe de la main depuis la table voisine de la fenêtre où ils étaient assis. Presque tous les sièges étaient occupés, mais ils m'en avaient gardé un.

— Tu en as mis du temps !

— Désolé.

Je ne pouvais pas lui dire que j'avais volontairement fait traîner les choses.

Mayuko attendit que je sois assis pour me tendre une boîte en plastique carrée. À travers le couvercle, j'ai vu qu'elle contenait un sandwich.

— Merci… Tu n'as pas besoin de faire ça pour moi, tu sais !

— Préparer des sandwichs pour deux ou pour trois, c'est pareil, répondit-elle avec un sourire qui illumina son visage.

Ne sachant comment répondre, je l'ai dévisagée. Nos regards se sont croisés. J'étais tellement ému que je n'ai pas pu ouvrir la bouche. J'ai soulevé le couvercle de la boîte pour me forcer à détourner les yeux.

— Il a l'air délicieux, ai-je dit.

— Tu vois que c'est mieux comme ça, a lancé d'un ton espiègle Tomohiko, dont la béquille était posée contre la table.

— Vous avez fini de manger, vous ?

Deux gobelets à café étaient devant eux.

— Oui, parce que tu as mis si longtemps à venir… On voulait t'attendre, mais on n'a pas réussi.

— Vous n'auriez pas dû, ai-je répondu avant de mordre dans mon sandwich.

Le poulet était tendre, et l'assaisonnement parfait.

— T'en penses quoi ?

— C'est délicieux !

— Merci, fit Mayuko en joignant les mains devant sa poitrine.

Un rayon de soleil fit étinceler ses dents.

— Ça me fait plaisir, parce que Tomohiko n'est pas toujours objectif.

— Tu ne me fais pas confiance, autrement dit, grommela-t-il en en se frottant la joue.

Depuis une quinzaine de jours, elle apportait de temps en temps son déjeuner. Qu'elle en prépare un pour Tomohiko n'avait rien d'étonnant, mais j'avais été surpris qu'elle le fasse pour moi aussi. Ce devait être de sa propre initiative, car je suis certain qu'il ne lui aurait jamais demandé une chose pareille.

Mes sentiments quand je mangeais ce qu'elle avait cuisiné étaient complexes. J'étais content, mais j'avais aussi l'impression que c'était une manière de me prier de continuer à être l'ami de Tomohiko.

— Tu veux encore un café ?

— Volontiers. Tu as besoin de monnaie ?

— Non, j'ai ce qu'il faut, répondit-elle.

Elle m'adressa un autre sourire et me demanda si j'en voulais un aussi.

— Merci, j'irai me l'acheter moi-même.

Je fis mine de me lever.

— Reste assis, enfin ! lança Tomohiko.

Je ne pus que lui obéir. Elle s'éloigna de nous, vêtue d'une ample blouse. Le soleil qui entrait par la fenêtre fit voir un instant la silhouette de son corps par transparence. Cela suffit à créer une nouvelle image pour mes fantasmes. Je la suivis des yeux pendant qu'elle allait vers la machine à café en l'imaginant nue, et la vis en imagination faire la queue dans le plus simple appareil.

— Elle m'a dit un drôle de truc tout à l'heure, tu sais, fit Tomohiko qui ne pouvait deviner les pensées qui occupaient mon esprit.

— Quoi donc ? ai-je demandé en tournant les yeux vers lui.

Je vis qu'il la regardait.

— Elle a l'impression que tu nous évites, répondit-il, avec un certain embarras.

J'ai continué à mâcher mon sandwich. Ça m'évitait d'avoir à parler et me donnait quelques instants pour réfléchir à ma réponse.

— Je lui ai dit que c'était impossible, mais elle en est persuadée. Et elle pense que c'est à cause d'elle.

J'ai cessé de mastiquer et j'ai cligné des yeux. J'attendais qu'il continue. Je voulais savoir à quoi elle attribuait cela.

— Dis, Takashi, tu en penses quoi, toi ? reprit-il en parlant moins fort.

J'ai avalé ce que j'avais dans la bouche, avec l'impression d'avoir un couteau sous la gorge.

— De quoi ?

J'étais très mal à l'aise.

— D'elle, répondit-il en tournant à nouveau les yeux vers elle. Elle a peur que tu ne l'aimes pas.

J'ai failli avaler de travers.

— Que je ne l'aime pas ? Mais pourquoi ?

— Je n'en sais rien. Mais c'est ce qu'elle croit. Elle a l'impression que ça ne t'intéresse pas qu'elle te parle de son travail. Si je suis seul, tu viens me parler, mais quand elle est là, tu ne le fais pas. En tout cas, c'est ce qu'elle dit.

Elle se méprenait complètement.

— Elle se trompe.

— C'est bien ce que je pensais, mais ça la préoccupe.

— Quelles raisons aurais-je de ne pas l'aimer ?

— Moi, je n'en sais rien. On n'a pas toujours de raison pour aimer ou ne pas aimer quelque chose. Mais je dois dire que je comprends un peu pourquoi elle pense ça.

— Comment ça ?

— Aujourd'hui, par exemple, continua-t-il après s'être assuré que Mayuko n'était pas encore revenue. On aurait dit que tu ne voulais pas déjeuner avec nous.

Je me taisais. Il l'avait remarqué ? Bon, ça n'avait rien d'étrange.

— Écoute, Takashi, fit Tomohiko avec une expression un peu tendue, car il était maintenant certain que Mayuko ne se faisait pas des idées, si tu as des choses à lui reprocher, tu ne veux pas me le dire franchement ? Si sa présence dans ma vie devait fragiliser notre amitié, je n'aurais d'autre choix que de remettre en question ma relation avec elle.

— Hé, hé du calme !

J'ai levé les deux mains comme pour l'arrêter.

— Tu fais erreur ! Je n'ai absolument rien à reprocher à Mayuko !

— Mais alors, pourquoi nous évites-tu ?

— Eh bien c'est tout simplement que…

Je me suis interrompu. J'avais l'impression d'en avoir déjà trop dit. Il fallait absolument que j'invente quelque chose. J'ai tapoté la table des doigts. Une idée m'était venue.

— Je ne veux pas vous déranger.

— Nous déranger ?

— Toi et moi, on se connaît depuis le collège, on a beaucoup d'amis communs et de sujets de conversation. J'ai peur que quand on est ensemble tous les deux on ait tendance à le faire, et qu'elle se sente exclue. Tu es d'accord avec moi que ça ne serait pas bien, non ?

Il parut à la fois soulagé et déçu.

— Moi, elle m'a dit qu'elle aimait bien qu'on parle de notre passé. Elle ne se sent pas exclue du tout.

— Je suis content de l'apprendre.

— C'est ta seule raison ?

Il me regarda droit dans les yeux. Il est très sensible, et j'ai compris qu'il savait qu'il n'y avait pas que ça.

— Il y a aussi le fait que j'essaie de ne pas vous gêner, ajoutai-je en lui faisant un clin d'œil. C'est clair que vous préférez être seuls tous les deux !

L'expression de Tomohiko changea. Je vis qu'il n'avait plus aucun doute, mais qu'il était un peu embarrassé.

— Ne t'en fais pas pour ça !

— Je ne veux surtout pas vous déranger.

— Pour être tout à fait franc, je préfère quand tu es avec nous. Parce que, par moments, je ne sais pas quoi lui dire. Enfin, dans la mesure où ça ne t'embête pas.

— Bien sûr que ça ne m'embête pas !

— Donc dorénavant, je compte sur toi pour passer du temps avec nous sans te faire du souci inutilement.

— OK, d'accord.

— Super ! Le problème est réglé, conclut-il en croisant les bras.

Il avait l'air content, et j'ai été saisi par une nouvelle bouffée de culpabilité. Normalement, un homme qui aime une femme ne veut surtout pas qu'un autre s'intéresse à elle, mais Tomohiko m'accordait une confiance sans limite. Il ignorait que je m'imaginais Mayuko nue, que je souffrais terriblement, que, chaque nuit, je la transformais en une femme dépravée et que je me masturbais en pensant à elle. Il était incapable de le concevoir.

Elle est revenue avec trois cafés sur un plateau.

— Ça vous dirait qu'on aille boire un verre ensemble ce soir ? lança-t-il comme s'il venait d'y penser.

— Moi, je suis pour, répondit-elle, les yeux brillants.

— C'est bon pour toi aussi, hein, Takashi ?

Impossible de refuser après la conversation que nous venions d'avoir.

— Ça marche, fis-je.

L'établissement s'appelait Les Fruits du Palmier et se trouvait au quatrième étage d'un immeuble proche du grand magasin Isetan de Shinjuku. Quand on sortait de l'ascenseur, on était en face de deux palmiers, entre lesquels il fallait passer pour entrer. Une hôtesse nous a conduits à une table le long du mur. De l'autre côté de la salle se trouvait une petite estrade sur laquelle trois musiciens habillés bizarrement jouaient de la musique hawaïenne. Le menu ne comportait aucune spécialité d'Hawaï.

Nous avons commandé de la bière, ainsi que plusieurs plats de poissons et de fruits de mer accommodés au goût chinois.

— Il s'est passé un truc un peu rigolo aujourd'hui, a déclaré Tomohiko après avoir trinqué avec nous.

L'expression de Mayuko montrait qu'elle savait déjà de quoi il s'agissait.

— On a testé sur Shinozaki une stimulation du lobe temporal. Pour vérifier l'effet flashback. Tu sais ce que c'est, non ?

— Il s'agit de raviver un souvenir ancien, c'est ça ?

— Exactement. Ces derniers temps, on arrive à susciter des flashbacks de manière stable.

— Mais ce genre d'expérience nécessite la participation du groupe de recherche sur les fonctions cérébrales, non ? Surtout avec un sujet humain. Ils étaient là ?

— C'est ce que j'ai dit aussi, dit Mayuko, affairée à répartir les hors-d'œuvre dans trois assiettes.

— Avec un courant de ce genre, ce n'était pas indispensable, lui répondit Tomohiko sur le ton d'un enfant à qui sa mère vient de faire un reproche.

L'effet flashback consiste à éveiller un souvenir du passé chez un sujet grâce à une stimulation électrique de son cerveau. Il a été découvert par un neurochirurgien canadien, Wilder Penfield. Quand il a fait cette découverte, la stimulation indirecte n'existait pas, et il utilisait une méthode primitive, en appliquant à la surface du cerveau un courant électrique de faible intensité.

— Et Shinozaki a commencé à raconter des trucs rigolos ?

J'ai posé la question en pensant à ce jeune homme au teint clair et au visage plaisant, qui a rejoint cette année l'équipe de recherche de Tomohiko en même temps que Mayuko.

Celui-ci a porté à la bouche une tranche de pieuvre marinée, qu'il s'est mis à mâcher comme du chewing-gum.

— Non, il n'a rien dit de rigolo, mais quelque chose de bizarre. Il a parlé d'un souvenir erroné.

— Un souvenir erroné ?

— Oui. Il croyait à la réalité de quelque chose qui n'en avait pas.

— Comment peux-tu le savoir ?

— Eh bien, commença Tomohiko qui but une gorgée de bière. La fois précédente, il a donné une réponse différente à la même question.

Il s'interrompit pour regarder Mayuko.

— C'est bien ça, hein ?

Elle hocha la tête avec une expression qui montrait qu'elle en doutait un peu.

— C'était quoi, son souvenir ? ai-je demandé, curieux d'entendre la réponse.

— Un souvenir qui remontait à l'école élémentaire, expliqua-t-il. Plus précisément à la dernière année. Il a décrit la salle de classe en détail. Les têtes de ses camarades qu'il voyait de dos. Parce qu'il était apparemment assis derrière. Il y avait une fenêtre sur le côté droit, par laquelle il voyait le pylône d'une ligne à haute tension. La salle de classe était au deuxième ou au troisième étage. Au tableau était écrit un problème de maths, à la craie. Shinozaki était en train de le recopier dans son cahier. Debout à côté du tableau, le professeur regardait les élèves.

Il raconta tout cela d'une seule traite, comme s'il s'agissait de son propre souvenir. Puis il leva l'index.

— Le problème, c'est l'enseignant.

— Comment ça ?

— La fois précédente, il avait parlé d'un homme assez vieux, qui avait du ventre. Mais aujourd'hui, il a dit que c'était une femme, jeune et grande. C'est bizarre, non ?

— Et la bonne réponse, c'est laquelle ?

— Celle de la fois précédente. On l'a vérifié après l'expérience. En lui expliquant qu'il avait donné deux réponses différentes et en lui demandant laquelle était la bonne. Il y a réfléchi un peu, et c'est ce qu'il nous a dit. Il s'est même demandé pourquoi il avait mentionné cette grande jeune femme.

— Hum…

— C'est rigolo, non ?

— Oui. Mais s'il ne s'agit pas d'une simple erreur de sa part, cela veut dire que sa mémoire a été réorganisée.

Il a tapé du poing sur la table.

— C'est ce que tu penses aussi ? m'a-t-il demandé d'une voix excitée. Takashi voit les choses comme moi !

Il s'adressait à Mayuko, qui penchait la tête, comme si elle avait des doutes.

— Comment cela a-t-il pu se produire ?

— C'est toute la question. Pour y répondre, je compte répéter la même expérience. Si nous y arrivons, cela constituera un progrès important. J'ai l'impression de voir de la lumière au bout du tunnel, ajouta-t-il avant de finir sa bière d'un seul trait et d'en commander une autre.

Le groupe de recherche sur les systèmes de perception visuelle et auditive, auquel j'appartenais, cherchait à créer une réalité virtuelle en stimulant directement le nerf optique ou le nerf auditif. Tomohiko et Mayuko faisaient partie du groupe de recherche sur les packs mémoire, qui essayait d'inscrire des informations extérieures dans le centre de la mémoire. Pour dire les choses un peu rapidement, mon groupe voulait faire ressentir au sujet une réalité virtuelle, alors que le leur voulait lui donner le souvenir d'avoir vécu une réalité virtuelle. Le mécanisme du cerveau est bien mieux connu aujourd'hui mais celui du souvenir, presque inexploré. Tomohiko et ses collègues n'avaient même pas encore établi sous quelle forme il était possible de créer un "pack mémoire".

Tomohiko ne tenait pas particulièrement l'alcool. Il but ce soir-là trois fois plus que d'habitude, et ce, deux fois plus vite. L'ivresse le rendit très loquace. Exalté par ce rayon de lumière entrevu dans ses recherches, il avait aussi l'impression qu'il devait animer cette soirée avec sa petite amie et son meilleur ami. Il se conduisait d'une manière qui ne lui ressemblait pas. Lorsqu'un homme qui portait une chemise hawaïenne s'approcha de notre table et nous demanda s'il pouvait prendre une photo de nous qui serait ensuite affichée dans le restaurant, Tomohiko ne se contenta pas d'accepter. Sans résistance aucune, il se laissa passer autour du cou le *lei* que l'autre lui tendait. Certains des autres clients en rirent, mais il leur répondit en agitant la main, une attitude qu'il n'aurait jamais eue à jeun.

Cela dut le fatiguer, car il s'endormit bientôt, le dos appuyé au mur.

— Il en a trop fait. Laissons-le se reposer un peu, dis-je.

Mayuko acquiesça en riant. Elle avait remarqué qu'il n'était pas dans son état normal.

Moi, je buvais du bourbon à l'eau de Seltz et j'essayais de trouver des sujets de conversation appropriés au lieu. C'était une occasion unique et inespérée de lui parler. Ma conscience me reprochait déjà de vouloir en profiter.

Le visage souriant, elle gardait les yeux fixés sur son verre encore à moitié rempli de jus d'orange. Tomohiko lui avait certainement dit que je n'avais rien contre elle, mais peut-être trouvait-elle difficile de relever la tête pour me parler.

— Tu t'es habituée au laboratoire ?

Cette question quelconque était le fruit d'une longue réflexion.

Elle me regarda pour me répondre en plissant ses yeux en amande.

— Oui, à peu près. Mais on est toujours débordés, ça ne s'arrête jamais.

Quand elle souriait, son visage était l'innocence même. Il m'apaisait. Mais en même temps, j'aurais aimé qu'il ne soit que pour moi.

— Je te recommande de lever le pied de temps en temps. Pour te changer les idées.

J'ai jeté un coup d'œil sur Tomohiko.

— Enfin, peut-être n'en as-tu pas besoin puisque vous travaillez ensemble.

J'ai grimacé un sourire en m'en voulant.

— J'ai l'impression que beaucoup de gens chez MAC font du tennis pour se détendre.

— Oui, parce qu'il y a un court juste en face, ai-je répondu.

— Tu n'en fais pas, toi ?

— J'aimerais bien, mais je préfère le soft tennis.

— Vraiment ?

Elle parut surprise.

— Oui, j'en ai fait au lycée.

Elle changea d'attitude en m'entendant et regarda Tomohiko comme pour s'assurer qu'il dormait.

— Moi aussi… Au lycée, et au collège.

J'ai poussé un cri de surprise. Cela m'ouvrait une porte. Je n'ai pas caché ma joie.

— Ah bon ?

— Je ne suis pas très bonne, a-t-elle ajouté en haussant les épaules et en montrant le bout de sa langue, une attitude enfantine que je lui avais encore jamais vue.

Nous avions enfin un sujet de conversation commun, et nous avons commencé à bavarder, nous racontant nos échecs, nos difficultés, intarissables tous les deux. J'ai compris qu'elle n'avait jamais parlé de ce sport avec Tomohiko et qu'elle évitait même de le faire.

Mais ce moment privilégié s'est terminé lorsqu'il a bougé. Mayuko et moi nous sommes tus comme si nous en étions convenus.

J'ai donné une légère bourrade à Tomohiko pour le réveiller.

— Allez, debout ! On va rentrer !

Il s'est frotté les yeux.

— Ah... j'ai bien dormi.

— Tu as surtout trop bu.

— J'en ai bien l'impression. Et vous, vous faisiez quoi ?

— Ce qu'on pouvait, puisque tu nous as abandonnés !

— Toutes mes excuses.

Je suis allé régler l'addition et nous avons quitté le restaurant.

— De quoi avez-vous parlé tous les deux ? a-t-il demandé à Mayuko devant l'ascenseur.

— D'un tas de choses ! Du lycée, du collège, de films qu'on a vus.

Elle a cherché mon regard des yeux, et j'ai discrètement hoché la tête.

— Hum... a lâché Tomohiko sans rien ajouter.

L'ascenseur était plein. Nous étions tous les trois collés les uns aux autres. Je la dominais d'une tête. Je me suis appuyé à la cloison de l'ascenseur pour lui laisser de la place. J'ai lu "merci" sur ses lèvres. Pas de quoi, lui ai-je répondu des yeux.

L'idée de partager un secret avec elle me remplissait d'un sentiment de supériorité. Mais j'avais aussi l'intuition que j'avais commencé à trahir mon ami.

CHAPITRE II

NERVOSITÉ

Il prit conscience d'un mur gris juste à côté de lui. Contre lequel il s'appuyait. La pièce carrée était petite. La pénombre y régnait.

Tsuruga Takashi se redressa. L'espace d'une seconde, il ne comprit pas où il était ni ce qu'il faisait là. Mais en regardant son corps, il grimaça un sourire. Son pantalon était baissé, il était assis sur un siège de toilette.

Il se rappela y être allé pendant qu'il travaillait. Assis sur le siège, il ne s'était pas rhabillé : il avait dû s'assoupir soudain. Il ne se souvenait pas de ce qu'il avait fait ensuite, mais son envie était passée. Il urina et remonta son pantalon.

Quand il quitta le petit espace, il en visualisa un autre. Il avait l'impression d'avoir rêvé d'un ascenseur. Mais il n'arrivait pas à se souvenir d'autres détails. J'ai sans doute fait ce rêve parce que je me suis endormi aux toilettes, se dit-il.

Il baissa les yeux vers sa montre. Presque dix minutes s'étaient écoulées depuis qu'il avait quitté le laboratoire. Il croyait avoir dormi plus longtemps. Sa journée de travail était presque terminée.

Il revint dans sa partie du laboratoire. Un employé de la division des matériaux, un nouveau qui avait été embauché cette année à la sortie du lycée, attendait devant l'entrée, debout à côté d'un chariot.

— Vous allez conduire une autre expérience aujourd'hui ?

— Non. Tu peux les emmener, répondit-il avant d'ouvrir la porte de son laboratoire.

Sutō n'était pas là. De l'autre côté de la cloison en plexiglas, l'autre équipe tenait une réunion.

Le jeune employé hocha la tête et plaça les cages de Chewy et Whoopee sur le chariot. La division des matériaux était responsable des animaux d'expérimentation dont les équipes de recherche assuraient les soins du lundi au jeudi soir. Le reste du temps, ils devaient retourner dans la section des animaux, où ils étaient placés en observation. Si un problème était décelé, l'équipe devait modifier le mode d'expérimentation.

— Whoopee ne semble toujours pas dans son assiette, mais elle n'a pas de problème particulier ? s'enquit Takashi en pointant du doigt la femelle chimpanzé accroupie au fond de la cage.

Le jeune employé inclina la tête.

— Je ne peux rien vous dire, car je ne suis pas informé des tests qui sont faits. Mais si un problème avait été découvert, vous en auriez été informé.

— C'est vrai, admit Takashi en essayant de se débarrasser de l'inquiétude qui pointait en lui.

Ces derniers temps, la guenon affichait parfois une expression nihiliste qu'il n'arrivait pas à oublier.

— J'aimerais bien voir à quoi la section d'hébergement des animaux ressemble, dit-il au jeune homme qui s'apprêtait à quitter le labo en poussant le chariot. Vous pourriez me la montrer un de ces jours ?

L'employé eut l'air surpris, puis embarrassé. Il tourna les yeux vers la cage, puis vers Takashi.

— Je ne pense pas que ce soit une bonne idée, finit-il par répondre, tête baissée.

— Comment ça ?

— Je ne sais pas comment vous dire, mais en principe, aucune personne extérieure à la division ne doit y entrer, et j'aurais des ennuis si ça devait se savoir…

Il se gratta le visage. Son embarras était visible.

— Ah bon ? Très bien, je n'insiste pas.

— J'en suis navré, ajouta l'employé qui s'inclina avant de quitter le laboratoire.

Takashi n'avait pas pensé à mal en faisant cette demande, mais la réaction du jeune homme, qui lui paraissait excessive, le préoccupait à présent. Son chef lui avait probablement dit qu'aucune personne extérieure à la division des matériaux ne devait venir voir les animaux. Takashi réfléchit à ce qui pouvait motiver un interdit aussi sévère, sans trouver de réponse.

Il quitta le centre de recherche et décida de passer par Shinjuku sur le chemin du retour, sans but particulier. Il ressentait soudain l'envie d'y aller, comme mû par une nostalgie qu'il ne s'expliquait pas.

Après s'être promené pendant quelque temps au hasard, il entra dans la librairie Kinokuniya. Il était au rayon scientifique lorsque quelqu'un lui donna une tape sur l'épaule. Surpris, il se retourna et reconnut Okabé, un camarade d'études à l'université.

— Dis donc ! Ça fait longtemps ! Tu vas bien ?

— On fait aller, répondit l'autre. Je n'ai pas encore perdu mon boulot.

Comme autrefois, il parlait fort.

Ils quittèrent la librairie ensemble et allèrent boire un café. Après des études de cybernétique, comme Takashi, Okabé avait été embauché par un fabricant de matériel sportif. Comme autrefois, il avait le teint hâlé et de larges épaules, mais son costume lui allait bien. Takashi y vit la preuve qu'il aimait ce qu'il faisait. Il se demanda si Okabé pouvait déduire de son apparence qu'il était considéré comme venant juste d'entrer dans la vie active.

Ils passèrent un moment agréable à évoquer le passé, puis échangèrent leurs coordonnées. Ils parlèrent aussi de camarades d'études. L'un était marié et déjà père, un autre qui avait été muté en province avait du mal à s'acclimater à la vie là-bas.

— Je me suis laissé dire que tu vis en couple, lança Okabé qui était aussi direct qu'autrefois.

— Ce n'est pas faux, répondit Takashi.

— Je t'envie ! s'écria son camarade en hochant la tête. Moi, je n'ai personne dans ma vie. Bon, ça a toujours été comme ça. Toi, tu as toujours eu du succès avec les filles. C'est une collègue ?

— Oui.

Il lui expliqua en quelques mots que Mayuko était entrée chez Bitech l'année précédente, et qu'ils avaient travaillé pendant un an ensemble à l'institut MAC.

— Si je comprends bien, tu l'as tout de suite remarquée, dit-il sur un ton moqueur.

— Non. En réalité, je l'ai rencontrée juste avant son entrée chez MAC. On nous a présentés.

— Qui c'est, on ? Quelqu'un que je connais ?

— Oui, que tu connais bien. Miwa.

Takashi fut surpris de se l'entendre dire. Tomohiko lui avait présenté Mayuko. Mais il venait de s'en souvenir. Pourquoi l'avait-il oublié ? Parce qu'il n'avait pas eu l'occasion de se le rappeler ?

— Miwa ? Je me souviens de lui, fit Okabé en secouant la tête. Vous étiez très proches, tous les deux. Mais ça me surprend qu'il ait eu des contacts avec une fille.

— Ils s'étaient rencontrés dans un magasin d'ordinateurs.

— Et Miwa, il a une copine ?

— Je n'en sais rien. En fait, non, je ne pense pas, répondit Takashi en ressentant une certaine nervosité.

— Dans ce cas, il est bizarre, lui ! Il n'a pas de copine, mais il te présente une fille, commenta son camarade en souriant à moitié.

— Ce n'est pas faux, dit Takashi en baissant la tête vers le café qui restait dans sa tasse.

Ce jour-là, Tomohiko lui avait présenté Mayuko en lui disant qu'ils avaient fait connaissance dans un magasin d'ordinateurs. Rien de plus. Et Takashi était venu à Shinjuku parce que Tomohiko voulait qu'il la rencontre. C'était du moins ce dont il se souvenait.

Soudain il n'en fut plus certain.

Les choses s'étaient-elles vraiment passées de cette façon ?

Le doute s'infiltra dans son esprit. Ses souvenirs étaient de plus en plus flous. Tomohiko ne lui avait-il pas dit que Mayuko était sa petite amie ? Pourtant Takashi était tombé amoureux d'elle dès la première fois qu'il l'avait vue, non ?

Non, ce n'était pas exact, se dit-il aussitôt. Ça, ça s'était produit dans le rêve qu'il venait de faire, et non dans la réalité. Pourquoi était-il troublé à ce point ?

— Et Tomohiko, il va comment ?

Takashi leva les yeux vers Okabé.

— Que veux-tu dire ?

— Vous êtes entrés chez Bitech ensemble, non ? Il va bien ?

— Ah… oui, ça va, répondit-il avant de boire une gorgée de son café qui avait refroidi. Je pense qu'il va bien.

Okabé lui décocha un regard surpris.

— Tu ne le vois plus ?

— Non, parce qu'il travaille au siège, à Los Angeles.

— Il est en Amérique ? Il doit être drôlement fort pour avoir été muté là-bas !

Okabé était bien informé.

— Et il y est pour longtemps ?

— À dire vrai, je n'en sais rien, répondit Takashi.

— Tu m'étonnes ! Vous étiez toujours fourrés ensemble, avant ! déclara Okabé d'un ton convaincu, en hochant plusieurs fois la tête.

Takashi avait l'impression qu'il cherchait à lui faire comprendre que, dans la vraie vie, les choses ne se passent pas comme dans celle des étudiants.

Ils quittèrent le café ensemble, et se dirent au revoir. Okabé prit la direction de la gare, et Takashi partit dans le sens opposé. Il avait besoin de réfléchir. De penser à Miwa Tomohiko.

Cela ne faisait pas longtemps qu'il avait appris son départ pour Los Angeles. Le lendemain du jour où il avait fait ce rêve étrange, quand il avait demandé des nouvelles de lui à Sutō. Sutō avait été le mentor de Tomohiko chez MAC.

"Tout s'est décidé très vite. Il n'a pas dû avoir le temps de venir te dire au revoir. Je suis sûr qu'il va bientôt te contacter, parce qu'il doit s'être habitué à sa nouvelle vie, maintenant."

Takashi n'avait pas caché sa surprise en écoutant les explications de Sutō.

Il avait aussi eu du mal à le croire. Même si son départ avait été précipité, comment imaginer que Tomohiko ne le contacte pas ? Il aurait pu lui téléphoner de l'aéroport, par exemple.

Que lui-même ait été distrait au point de ne penser à lui que maintenant, deux mois après la fin de ses études chez MAC, était encore plus incompréhensible. Il se demanda ce qu'il avait fait pendant ces deux mois. Il se rappelait très bien les détails de son quotidien pendant cette période, mais ne s'expliquait pas pourquoi il n'avait pas du tout pensé à Tomohiko.

Los Angeles…

Il ressentit un pincement au cœur. Autrefois, il avait rêvé d'être muté au siège de Los Angeles. De bons résultats chez MAC permettaient de l'envisager. Mais il n'avait pas été choisi. Tomohiko, lui, avait eu cette chance. Takashi devait admettre qu'il en était jaloux.

Il se demanda si son ami lui avait tu son départ aux États-Unis par égard pour lui. Mais il rejeta immédiatement cette idée. Leur amitié était plus solide que ça.

Takashi continua à marcher comme dans un brouillard intérieur. Il passa devant le grand magasin Isetan, traversa et tourna soudain les yeux vers un immeuble voisin où s'affichait le nom de plusieurs restaurants et cafés. En lisant Les Fruits du Palmier, il s'immobilisa.

Des idées complexes et confuses lui passèrent par la tête. Un souvenir lié à cet établissement émergea en lui. Il y était venu un an auparavant, avec Mayuko et Tomohiko. Tomohiko qui avait trop bu s'était endormi, et Mayuko et lui avaient parlé de soft tennis.

Mais un instant plus tard, une autre pensée recouvrit son esprit telle une membrane semi-opaque. Elle évoquait autre chose et ressemblait à ce dont il venait de se souvenir, sans être complètement identique. Il se concentra pour essayer de la voir plus nettement. Il lui semblait que la différence portait sur son état d'esprit. Il avait ressenti une sorte de culpabilité vis-à-vis de Tomohiko. Il réalisa que cela s'était produit parce qu'il avait des sentiments amoureux pour sa petite amie et en fut très étonné. Comme après son rêve l'autre jour, l'illusion que Mayuko avait été la petite amie de Tomohiko s'était à nouveau immiscée dans ses pensées.

Il s'efforça de se souvenir d'une manière plus précise de la scène. Mayuko et lui avaient bavardé quelque temps avant de réveiller Tomohiko et ils avaient quitté l'établissement ensemble tous les trois. Ensuite, il l'avait raccompagnée chez elle.

À partir de là, ses souvenirs étaient très vagues. Mais il se rappelait une autre image précisément. Mayuko et Tomohiko s'éloignant ensemble.

Il secoua la tête. C'était impossible. Impossible que ces deux-là soient partis ensemble après lui avoir dit au revoir. Pourtant, se dit-il, si cette scène ne correspondait pas à la réalité, où l'avait-il vue ?

Des gouttes de sueur perlaient sur son visage. Plusieurs personnes lui jetèrent un regard soupçonneux en passant devant lui immobile sur le trottoir. Il décida de repartir.

Dans le métro qui le ramenait chez lui, il chercha à déterminer s'il s'agissait d'un rêve. Était-il sous le coup d'une illusion qui lui faisait prendre un rêve pour la réalité ? C'était la seule chose qu'il pouvait envisager. Mais pourquoi s'était-il soudain mis à faire des rêves de ce genre ? Était-ce lié au fait que jusqu'à peu, il avait oublié l'existence de Tomohiko ?

Il eut beau y réfléchir du mieux qu'il put, il ne trouva pas de réponse raisonnable, et cela le préoccupait encore quand il arriva chez lui. Il y avait de la lumière, Mayuko avait dû le précéder.

— Qu'est-ce qui t'arrive ? Pourquoi fais-tu une tête pareille ? lui demanda-t-elle en l'accueillant dans le vestibule, sans doute parce qu'il la dévisageait sans défaire ses chaussures.

— Rien du tout, répondit-il en les ôtant.

Une boîte de sushis était posée sur la table de la salle à manger. Mayuko avait dû les acheter en rentrant de MAC.

Il alla se changer et s'assit à table. Mayuko lui apporta un bol de soupe au miso qui n'était pas non plus faite maison.

— Mayuko, tu te souviens de Tomohiko ? demanda-t-il avant de commencer à manger.

— Miwa Tomohiko ?

Elle lui posa la question en soulevant légèrement le sourcil droit. Ce fut sa seule marque d'intérêt, pour autant qu'il pût en juger.

— Bien sûr ! Quelle drôle de question ! s'écria-t-elle, d'une voix rieuse. Pourquoi me demandes-tu ça ?

— Et tu sais ce qu'il fait en ce moment ?

— Hum... fit-elle en clignant des yeux. Non, je ne suis au courant de rien.

— Toi non plus...

— Comment ça, moi non plus ?

— J'ai entendu dire qu'il était aux États-Unis, et plus précisément au siège, à Los Angeles. Je viens de l'apprendre.

— C'est drôlement bien pour lui, non ?

Elle but une gorgée de soupe, puis tendit ses baguettes vers un sushi. Takashi eut l'impression que cette nouvelle ne l'intéressait pas particulièrement.

— Ses profs à MAC pensaient beaucoup de bien de lui, tu sais !

— Ça ne te paraît pas bizarre que nous n'ayons pas de nouvelles de lui ? Que nous ayons oublié un ami aussi proche ?

— Je ne crois pas qu'on l'a oublié, mais plutôt qu'on n'a plus eu le temps de se demander ce qu'il devenait.

Ces deux derniers mois, ta vie a changé et tu n'avais plus de temps pour rien.

— Peut-être, mais c'est quand même bizarre. À l'époque où j'étais chez MAC, on faisait tout ensemble.

Elle reposa le sushi à la crevette qu'elle s'apprêtait à manger et fronça les sourcils.

— Tu peux dire ce que tu veux, on n'y peut rien si on l'a oublié.

Il hocha la tête, prit son bol de soupe qu'il mélangea en y plongeant ses baguettes.

— Je suis bien d'accord. Même si ça paraît bizarre, la réalité est ce qu'elle est.

— Qu'est-ce que tu cherches à dire ? Ça change quoi qu'on l'ait oublié ?

Elle le lui demanda en lui lançant un regard soupçonneux.

— Je ne sais pas, mais quelque chose là-dedans me gêne, répondit-il en prenant sans se servir de ses baguettes un maki qu'il enfourna dans sa bouche.

Les algues noris collèrent désagréablement à son palais.

Mayuko alla préparer du thé, comme si elle avait envie de quitter la table parce qu'elle ne comprenait pas où il voulait en venir. En la regardant, Takashi sentit une autre image incompréhensible s'imposer à son esprit. Il voyait Tomohiko debout à côté d'elle qui versait du thé dans le gobelet de son ami. Il secoua la tête pour la chasser.

Il ne lui avait naturellement pas parlé de son rêve étrange de l'autre jour, de peur qu'elle se moque de lui ou se mette en colère. Mais parce qu'il se souvenait de ce qu'il avait ressenti devant le panneau du restaurant Les Fruits du Palmier tout à l'heure, il se sentit obligé de le faire.

— Je peux te poser une drôle de question ?

— Comme si tu ne m'en avais pas déjà posé beaucoup, répondit-elle en plaçant un gobelet de thé devant lui. Je t'écoute.

— C'est à propos de toi et lui. Vous n'étiez que… euh… que des amis, n'est-ce pas ?

Elle serra soudain les lèvres, ce qui lui donna une expression sévère.

— Que veux-tu dire, exactement ? demanda-t-elle en baissant le ton. Tu penses qu'il y a eu plus entre nous ?

— Non, pas du tout. Ce que je veux savoir…

Il s'arrêta, parce qu'il ne voyait pas comment continuer.

Il s'interrogeait à ce sujet. S'il avait pu être tout à fait franc, il aurait reconnu qu'il voulait savoir si Mayuko sortait déjà avec lui un an auparavant. Il comprenait aussi l'absurdité de cette question. C'est bien parce qu'ils le faisaient déjà qu'ils vivaient ensemble aujourd'hui.

— Pardon. Je ne suis pas dans mon assiette. Oublie ce que je viens de dire, s'il te plaît.

Il porta une main à son front. Il se sentait mal et n'avait plus faim. Il se leva de sa chaise.

— Je vais m'allonger. J'ai mal à la tête.

— Ça va ? s'écria Mayuko en venant immédiatement près de lui.

— Oui, ce n'est rien. Juste un peu de fatigue.

— Oui, ça doit être ça.

Elle fit légèrement pression sur son bras, et le regarda tendrement. Du moins c'est ce qu'il crut.

D'ordinaire, ils aimaient jouer aux échecs après le bain, mais ce soir-là, il alla directement se coucher. Elle le rejoignit au lit, il la serra dans ses bras et se mit à caresser ses cuisses. Elle sourit.

— Je croyais que tu étais fatigué…

— Non, ça va mieux.

Ses caresses se firent plus précises, et il lui fit enlever son bas de pyjama, avant d'en faire autant. Ils transpiraient tous les deux. Sa main se posa sur son pénis en érection. Ils sourirent puis se mirent à rire. Il s'apprêta à l'embrasser et elle ferma les yeux.

Au même instant, un mauvais pressentiment s'empara de lui.

Le visage de Tomohiko lui apparut, l'angoisse et la culpabilité l'envahirent. Il se sentit oppressé comme par une tempête soudaine qui emporta son désir.

Mayuko rouvrit les yeux et lui jeta un regard surpris. Le sexe de Takashi ramollissait dans sa main.

— Qu'est-ce qui se passe ?

— Ce n'est rien.

Mais ce n'était pas vrai. Ce soir-là, il ne réussit pas à avoir une autre érection.

— Ce n'est pas grave, ça arrive, dit-elle en lui tapotant la poitrine. Ne t'en fais pas.

Il ne répondit rien et fixa longtemps l'obscurité avant de s'endormir.

SCÈNE 3

Seul dans ma chambre, je fixais l'obscurité en réfléchissant à Mayuko. Et à Tomohiko.

Ma conscience me murmurait que je ne devais pas me rapprocher plus d'elle. Que je risquais de perdre mon meilleur ami. Et qu'il était peu vraisemblable qu'elle m'aime.

Mais une autre voix en moi m'invitait à être honnête avec moi-même. Il n'y avait rien de mal à aimer quelqu'un.

J'étais tourmenté, je souffrais, et je m'irritais contre moi-même. Puis je finissais par m'endormir, épuisé. C'était comme ça chaque soir. Nous étions en juin.

Pendant la pause, ce matin-là, j'étais allé me chercher un café au distributeur lorsque Mayuko était arrivée. Elle portait une blouse blanche sur son tee-shirt. Ses traits étaient si bien dessinés que je la trouvais plus belle ainsi que vêtue de vêtements élégants. Enfin, les deux me plaisaient, bien sûr.

— Aujourd'hui Tomohiko ne travaille pas, me dit-elle en souriant.

— Il est malade ?

— Je crois qu'il a attrapé un rhume. Je l'ai appelé tout à l'heure.

— C'est grave ?

— Il m'a dit qu'il avait de la fièvre. Mais il a pris un médicament.

Elle pencha la tête, visiblement inquiète.

— Dans ce cas, on n'a qu'à passer le voir après le travail. Il n'a peut-être rien à manger chez lui.

— Bonne idée, répondit-elle, l'air soulagé.

Nous avons quitté MAC ensemble pour marcher jusqu'à son appartement à une demi-heure de là. Il habitait à Takadanobaba, et c'était elle qui avait suggéré d'y aller à pied. Parce qu'il fait bon dehors, avait-elle dit. Moi, je n'avais pas d'objection, car cela me permettait de passer plus de temps avec elle.

— Tu vas des fois chez lui ?

— J'y suis allée une seule fois. Il voulait me montrer son ordinateur.

La rapidité de sa réponse m'avait rassuré. Si elle avait marqué une hésitation, j'en aurais immédiatement déduit qu'ils avaient une relation charnelle. Même si cette rapidité ne signifiait peut-être rien.

— Et il est déjà venu chez toi ?

— Non, pas encore. Il me raccompagne toujours, mais ne monte jamais chez moi.

J'avais envie de lui demander pourquoi, mais je n'en ai rien fait. La question aurait paru bizarre.

— Ça fait longtemps que tu vis seule ?

— Cinq ans, puisque j'ai commencé à le faire quand je suis entrée à l'université.

Tomohiko m'avait dit qu'elle habitait à Kōenji.

— Ta famille habite à Niigata, c'est ça ?

— Oui, dans un trou perdu à la campagne, répondit-elle en riant. Ne le répète pas trop, s'il te plaît.

— Tes parents sont au courant ? Je veux dire, du fait que tu sors avec Tomohiko ?

Elle cessa de sourire et son visage s'assombrit. Elle secoua tristement la tête en essayant de retrouver le sourire.

— Non, je ne leur en ai pas parlé.

— Pourquoi pas ?

— Parce que…

Elle s'immobilisa. Nous étions à un carrefour et le feu venait de passer au rouge pour nous.

— Je ne pense pas qu'ils accepteraient. Ils sont conservateurs. Très conservateurs !

— Oui, mais ils peuvent comprendre que tu aies un copain, non ?

— Là n'est pas le problème, répondit-elle en cherchant ses mots posément. Ils ont des préjugés.

— Des préjugés ?

— Vis-à-vis des personnes handicapées comme lui, dit-elle d'une voix dans laquelle j'entendis sa colère. Je trouve ça nul. Penser comme ça, de nos jours !

— Je vois… Pourtant le handicap de Tomohiko n'est pas lourd !

— Pour eux, ça ne fait aucune différence. Ils ont des préjugés contre tous les gens qui ne sont pas comme eux. Ils ne le diraient jamais tout haut, mais ils le pensent profondément. Je suis sûre que si je leur présentais Tomohiko, ma mère me dirait de trouver quelqu'un qui ne soit pas difforme, peu importe ce qu'il sait faire.

— Vraiment ?

— Tu crois que je plaisante ? Ça me met hors de moi, répondit-elle, le visage courroucé comme si elle était en face de sa mère.

Le feu passa au vert pour nous. Nous nous sommes remis à marcher.

— Mais il faudra bien que tu leur dises un jour, non ? Si ça continue entre vous…

— Je suis d'accord. Et je pense aussi que j'ai le devoir de détruire ce préjugé. Mais…

Elle marchait en regardant ses pieds.

— Tu en penses quoi, toi ? lui demandai-je.

— De quoi parles-tu ?

— De son handicap. Tu dois bien en penser quelque chose, non ?

— Eh bien… répondit-elle d'un ton hésitant avant de continuer d'une voix plus ferme. Je reconnais que lorsque j'ai fait connaissance avec lui, ça m'a un peu gênée. Mais ça ne m'a pas déplu. J'ai eu envie de l'aider. Et je me suis dit que ce serait bien d'arriver à le faire.

— J'envie Tomohiko.

— Vraiment ?

Elle sembla intimidée.

— Mais il ne s'agit pas de pitié ?

Elle s'arrêta. Cette fois-ci, nous n'étions pas à un carrefour. Elle se tourna lentement vers moi.

— Non, je ne pense pas.

Le regard de ses beaux yeux en amande était grave.

— Vraiment ?

— Oui, parce que l'aider, c'est aussi positif pour moi. S'il est heureux, moi aussi je le serai.

— Donc tu n'as pas pitié de lui.

— Eh bien…

Son regard se fit moins sûr. Je sentis quelque chose vibrer en moi.

— Un peu quand même ?

Ses épaules s'abaissèrent. Et elle ouvrit les bras.

— C'est impossible de ne pas avoir un peu pitié de lui !

— Oui, c'est vrai. Si on me posait la question de savoir si j'ai un peu pitié de lui, je serais obligé de reconnaître que oui.

— Mais il n'y a pas que ça.

— Non, bien sûr. Mais c'est quand même présent en permanence. Et je fais aussi attention à ce qu'il ne se rende compte de rien.

— Je n'y avais jamais vraiment réfléchi.

— Pourtant je suis sûr que tu le fais, ai-je répliqué d'un ton définitif. L'autre jour, lorsque nous sommes allés boire un verre ensemble, on a parlé de tennis tous les deux. Mais tu ne lui en as rien dit.

— C'est que… commença-t-elle avant de s'interrompre.

— Je ne te critique pas. Je voulais juste m'assurer de tes sentiments pour lui. Tomohiko est un ami qui compte pour moi, et toi aussi, tu comptes pour moi, ai-je ajouté dans un souffle.

C'était la première fois que je m'ouvrais à elle à ce sujet. Mais je ne pense pas qu'elle ait pleinement compris la portée de ce que je venais de dire, car elle s'est contentée de me remercier en riant. Et elle s'est remise à marcher.

Pendant quelque temps, nous n'avons rien dit. Elle devait être plongée dans ses pensées. Je me trouvais répugnant. Parce que je me rendais compte que je l'avais confrontée à cette proposition à laquelle il n'y avait pas de bonne manière de réagir, en cherchant inconsciemment à la déstabiliser dans ses sentiments pour lui.

— Je n'aurais pas dû lui mentir par omission au sujet de notre conversation, finit-elle par lâcher.

— Je n'en sais rien.

Nous nous sommes arrêtés pour lui acheter des choses à manger dans un supermarché. Elle ne savait pas ce qui lui ferait plaisir, et c'est moi qui ai décidé.

Un peu plus loin, nous sommes passés devant une petite boutique qui vendait des bijoux et des montres à prix réduit. Elle s'est arrêtée devant la vitrine.

— Tu vois quelque chose qui te plaît ?

— Oui, mais 50 000 yens, c'est un peu cher pour moi, a-t-elle répondu en se passant la langue sur les lèvres. Désolée, j'ai oublié qu'on est pressés.

J'ai regardé ce qui l'attirait : une broche avec un camée en pierre bleue, qui coûtait le prix qu'elle avait mentionné.

Une fois que nous étions arrivés devant la porte de Tomohiko, j'ai sorti la clé de ma poche, et je l'ai ouverte. Il me l'avait confiée longtemps avant, à la demande de sa mère, que cela rassurait. Je ne m'en étais jamais servi pour rentrer chez lui en son absence.

— Tomohiko, ça va ? ai-je lancé depuis l'entrée.

Je l'ai vu bouger sous le couvre-lit bleu.

— T'es venu ? Merci, a-t-il fait d'une voix incertaine en se relevant à moitié.

Il portait un pyjama rayé blanc et bleu, et il a mis ses lunettes.

— T'es là aussi Mayuko ?

— Tu vas comment ?

— J'ai un peu de fièvre. Mais ça va aller. Je suis sûr que je pourrai venir travailler demain, a-t-il dit en la regardant.

— Tu verras comment tu te sens !

— J'ai tellement à faire que je ne peux pas me permettre de rester chez moi.

Il s'est tourné vers elle.

— Vous avez décidé du programme de tests avec Sutō ?

— On a tout reporté à la semaine prochaine.

— Ah bon… a-t-il lâché en se laissant retomber sur son oreiller. Quel dommage… Quand je pense qu'aujourd'hui le groupe de recherche sur les fonctions cérébrales devait venir…

— Pourquoi tu t'affoles comme ça ? Vous avez obtenu des données particulières ?

Un dossier était ouvert sur son lit. J'ai vu des diagrammes.

— Oui, enfin… Je t'en parlerai plus tard. Quand ça sera le moment.

Il a dû remarquer mon regard sur le dossier, car il l'a refermé.

— Tu as mangé quelque chose aujourd'hui ? a-t-elle demandé.

— Oui, des nouilles instantanées à midi.

— C'est bien ce que je pensais, ai-je dit en prenant le sac du supermarché. Je vais te préparer une soupe de riz à l'œuf.

Mayuko a dit qu'elle allait s'en charger, mais il lui a ordonné de me laisser faire parce que pour ce genre de plats faciles, j'étais très bon.

Elle m'a aidée à couper les légumes. Nous avons aussi fait griller du poisson, et nous avons dîné ensemble tous les trois. Ma soupe au riz était correcte, mais Mayuko m'a complimenté.

— L'année dernière à la même époque, tu m'en as déjà fait, s'est souvenu Tomohiko alors que nous buvions du thé vert après le repas.

— Ah oui, c'est vrai.

— Je tombe toujours malade à cette période.

— Dans ce cas, il faut que tu fasses plus attention, a-t-elle remarqué.

— Le bizarre, c'est que moi j'attrape toujours quelque chose, mais jamais Takashi.

— Ce n'est pas tout à fait vrai !

— Oui, mais tes rhumes à toi sont moins forts. Si tu n'avais pas été opéré de l'appendicite, tu aurais fait tout le collège sans être absent une seule fois. Et ça aurait été pareil au lycée si tu n'avais pas séché de temps en temps.

J'ai ri.

— Ça doit être parce que tu fais du sport. Tu en as toujours fait, au collège et au lycée, a-t-il continué.

J'ai cessé de rire, et j'ai tourné les yeux vers mon assiette vide.

— Tu sais, Takashi était un des meilleurs joueurs de soft tennis de notre département.

— Je n'étais pas si fort que ça !

— Bien sûr que si ! Tu n'as pas besoin de faire le modeste.

— Eh bien moi… commença Mayuko.

Tomohiko et moi nous sommes tournés vers elle. Elle nous a regardés l'un après l'autre, en souriant innocemment.

— Moi, c'est pareil, reprit-elle, avec un enjouement qui me parut surjoué.

— Pareil ? demanda-t-il.

— Pour le soft tennis. Moi aussi, j'en ai fait au lycée. Je t'en ai parlé, non ?

Sa question s'adressait à Tomohiko. Moi, je regardais mes pieds, incapable d'affronter son expression ingénue.

— Non, jamais, répondit-il, d'un ton monocorde. Si tu l'avais fait, je m'en souviendrais. Je n'oublie pas ce genre de choses.

— Vraiment… fit-elle d'un ton abattu.

— Alors comme ça, toi aussi, tu as fait du soft tennis… Tu étais au courant, Takashi ?

J'ai relevé la tête. Les lunettes de Tomohiko reflétaient la lumière, je ne voyais pas ses yeux, et cela me gênait.

— Non.

Je n'ai rien dit d'autre.

— Hum… lâcha-t-il en jetant un coup d'œil à sa couverture, avant de retourner son regard vers Mayuko. Dans ce cas, vous devriez essayer de jouer ensemble ! Puisqu'il y a un court de tennis là-bas. Tu n'es pas d'accord ?

La question s'adressait à moi.

— Oui, c'est une bonne idée, dit-elle.

Mayuko m'a regardé. J'ai hoché légèrement la tête.

Nous avons ensuite bavardé, avant tout de nos souvenirs de lycée, mais la conversation qui manquait d'allant fut ponctuée de nombreux silences. Nous avons aussi écouté de la musique, parce que ça comptait pour lui, mais ça n'a rien changé.

J'ai attendu qu'il soit 22 heures pour dire que j'allais rentrer. Mayuko a annoncé qu'elle en ferait autant.

— Merci d'être venus, nous a-t-il dit sans quitter son lit.

J'ai répondu en levant la main.

Mayuko et moi avons marché jusqu'à la station de Takadanobaba. Elle était visiblement abattue et son pas était pesant.

— J'aurais mieux fait de me taire, a-t-elle lâché.

— À propos du tennis ?

— Oui.

— C'est de ma faute, je n'aurais pas dû te dire ce que je t'ai dit avant d'arriver chez lui.

— Non, ça n'a aucun rapport ! C'est moi qui ne suis pas nette.

Elle a soupiré.

— Je suis sûre qu'il s'est rendu compte que ce n'était pas vrai.

— Quand j'ai dit que je ne savais pas que tu avais aussi fait du soft tennis ?

— Oui.

— Sans doute…

Je connaissais mieux que personne l'hypersensibilité de Tomohiko.

Elle a poussé un autre soupir.

Nous nous sommes séparés sur le quai. Son train est arrivé avant le mien.

— Il ne faut pas t'en faire pour ça, ai-je fini par lui glisser.

Elle m'a souri furtivement.

J'ai suivi des yeux le train qui s'éloignait en éprouvant des émotions complexes. Ses sentiments pour lui commençaient à changer. J'alternais entre la culpabilité parce que je savais que j'étais à l'origine de ce changement, et la joie qu'il me procurait.

CHAPITRE III

PERTE

Mayuko parut surprise en entendant Takashi annoncer qu'il allait au laboratoire. Comme tous les samedis, ils s'étaient levés tard et étaient en train de prendre un repas à mi-chemin entre le petit-déjeuner et le déjeuner. Il y avait sur la table du pain grillé, du café, de la salade, des œufs brouillés et des saucisses. À part le café, Takashi avait tout préparé.

— C'est rare que tu ailles travailler le week-end, dit-elle, de l'étonnement dans la voix.

Elle avait enfilé un gilet en coton blanc sur son pyjama.

— J'ai besoin de mettre de l'ordre dans certaines données. Je voulais le faire hier, mais le serveur a eu un problème, répondit-il sans la regarder, en beurrant un toast.

— Tu ne m'en as pas parlé hier soir.

— Hier soir, j'hésitais encore. Mais j'ai finalement décidé d'y aller.

— Il faut absolument que tu fasses ça aujourd'hui ? C'est urgent ?

— On a une réunion en début de semaine, et c'est quelque chose que je voudrais inclure dans ma documentation.

— Ah bon… dit-elle sans paraître convaincue, avant de hausser les épaules avec un sourire. Moi qui espérais que tu viendrais faire des courses avec moi !

— Désolé. Vas-y seule.

— Tu iras travailler demain aussi ?

— Je ne sais pas encore. Ça dépend de ce que j'arrive à faire aujourd'hui.

— D'accord… Je ferai du shopping sans toi, alors.

— Oui, ça sera mieux comme ça, répondit-il en prenant une bouchée d'œufs brouillés sans y ajouter de ketchup.

Une fois le repas terminé, il revint dans leur chambre et ouvrit le deuxième tiroir du secrétaire qu'il partageait avec Mayuko, où ils rangeaient le matériel de bureau. Il en sortit une petite boîte qui avait contenu des agrafes mais dans laquelle se trouvait une clé. Il la plaça sur sa paume, et réfléchit un instant, en ressentant une étrange émotion qu'il ne s'expliquait pas.

Il s'habilla.

— Bon, j'y vais, dit-il à Mayuko qui faisait la vaisselle dans la cuisine.

Elle se retourna vers lui.

— Tu y vas comme ça ?

Il portait un jean et un polo.

— Oui, c'est le week-end.

— D'accord, mais ne rentre pas tard, s'il te plaît !

— Je n'en ai pas l'intention, répondit-il en enfilant ses baskets.

Arrivé à la station de Waseda, il acheta un billet et prit le métro dans la direction opposée à celle de son bureau. Il en descendit à l'arrêt suivant, Takadanobaba, qui était aussi le plus proche de l'appartement de Tomohiko.

Il avait passé deux appels depuis son bureau la veille, le premier au numéro de l'appartement où vivait son ami quand il était à l'institut technologique MAC. Il s'attendait à ce que la ligne ne fonctionne plus, mais à sa surprise, le répondeur s'était enclenché et il avait entendu une voix lui demander de laisser un message après le bip. Ce n'était pas celle de Tomohiko, mais il avait reconnu le message de son répondeur. Il en déduisit que son ami avait gardé son appartement.

Le second numéro qu'il composa était celui de ses parents qui, comme les siens, habitaient la ville de Shizuoka, dans le département éponyme. Tomohiko était fils unique, son père dirigeait une petite imprimerie, et sa mère, une femme de petite taille, était d'une grande douceur. Takashi ne les avait pas vus depuis plusieurs années mais il allait souvent chez eux quand il était au collège et au lycée.

Ce jour-là, c'est la mère de Tomohiko qui décrocha le téléphone. Il ne s'était pas imaginé qu'elle serait heureuse de l'entendre, mais sa réaction le prit de court. Elle lui dit bonjour, mais rien de plus, si bien qu'il lui demanda s'il s'était passé quelque chose.

— Non, pas du tout, mais que t'arrive-t-il pour nous appeler ?

— Je voulais vous demander quelque chose à propos de Tomohiko.

— De Tomohiko ? Quoi donc ?

— Je n'ai aucune nouvelle de lui ces derniers temps, et je me demandais comment il allait.

— Tomohiko ? Comment ça ? Tu sais qu'il est aux États-Unis, non ?

— Oui, à Los Angeles, n'est-ce pas ? Je suis au courant, mais c'est tout. Il ne m'a pas écrit.

— Il ne nous écrit pas non plus, tu sais ! Il n'a jamais été fort pour ça. Mais il va bien, à ma connaissance.

— Il vous a téléphoné ?

— Oui, plusieurs fois.

— La dernière fois, c'était quand ?

— Il y a un peu plus d'une semaine, je crois. On était en train de dîner.

— Vous pourriez me donner son numéro de téléphone ? J'aimerais l'appeler.

Elle ne répondit pas tout de suite. Il y eut un silence pesant.

— En fait, il n'a pas encore le téléphone chez lui, finit-elle par lui dire. Ni son propre appartement. Il doit déménager bientôt.

— Comment le préviendriez-vous s'il vous arrivait quelque chose ?

— J'avoue que, moi aussi, ça me préoccupe, mais tout va bien pour nous, et comme il nous téléphone de temps en temps…

Il attendit qu'elle continue, mais elle n'en fit rien.

— Ah bon…

— C'est comme ça, on n'y peut rien. En tout cas, je te remercie d'avoir appelé.

— Vous croyez qu'il vous téléphonera bientôt ?

— Je ne peux rien te dire. Il appelle toujours à l'improviste.

— S'il n'a pas encore d'appartement, il vous appelle du travail ?

— Sans doute.

— Bon… La prochaine fois que vous l'aurez au bout du fil, je peux vous demander de lui dire que j'aimerais avoir de ses nouvelles ? Et qu'il peut même m'appeler en PCV.

— Oui, bien sûr, je lui passerai le message !

— Je vous remercie.

Après avoir raccroché, il avait fait un calcul sur un papier. Si Tomohiko avait appelé sa mère à l'heure du dîner au Japon, cela signifiait qu'il était au milieu de la nuit à Los Angeles.

C'est impossible, avait-il pensé. En tout cas, il n'avait pas pu le faire depuis son travail.

D'autres éléments de cette conversation lui paraissaient douteux, dont le premier était que les parents de Tomohiko n'avaient aucun moyen de le contacter.

Il ne lui avait pas fallu longtemps pour arriver à la conclusion qu'elle lui cachait quelque chose. Si son ami avait disparu, il y avait une raison à cela.

L'appartement n'était qu'à cinq minutes à pied de la station de métro, au quatrième étage d'un immeuble plus haut que large. Takashi prit l'ascenseur qui était assez lent, en se souvenant que son ami lui avait dit qu'il montait parfois à pied quand il était pressé. Peut-être voulait-il insister sur le fait que son handicap n'en était pas un.

Arrivé au bon étage, il alla à la porte de l'appartement. Le nom sous la sonnette était encore Miwa. Il sortit la clé de sa poche. C'était celle de la boîte à agrafes.

Il eut à nouveau une sensation étrange.

Jusqu'à ce qu'il vérifie en composant le numéro de son ami la veille que celui-ci l'avait conservé, il n'avait jamais eu l'idée de venir ici. Parce qu'il se disait qu'il ne pourrait de toute façon pas y entrer.

Mais ce matin, il s'était soudain souvenu qu'il en avait la clé et qu'il la conservait dans une boîte d'agrafes dans un tiroir de son bureau. Il avait décidé de s'y rendre.

Il ne comprenait pas pourquoi il avait oublié l'existence de cette clé, ni pourquoi cela lui était soudain revenu. En soi, se souvenir brusquement de quelque chose n'avait rien d'extraordinaire, mais ce matin, la sensation que cela lui avait procuré était très différente.

C'était la même qu'il avait eue lorsqu'il s'était rappelé l'existence de Tomohiko.

Comme cela ne l'avançait guère de continuer à y réfléchir, il introduisit la clé dans la serrure et la fit tourner. Il entendit le bruit du verrou et la porte s'ouvrit.

On aurait dit qu'une tempête avait ravagé le studio qu'il observa attentivement.

Il ne restait presque aucun livre sur les deux étagères métalliques accrochées au mur. Ceux qui s'y trouvaient autrefois étaient par terre, en vrac, comme le contenu des tiroirs du bureau. L'armoire à vêtements avait subi le même traitement, ainsi que les tiroirs de la commode. Les vidéos et les CD du meuble stéréo gisaient aussi sur le plancher.

Takashi enleva ses chaussures et entra en faisant attention à ne rien écraser. Il étudia à nouveau la pièce des yeux.

La première chose qui lui vint à l'esprit était que l'appartement avait été cambriolé. C'était arrivé à un camarade de classe quand il était enfant. Quand il l'avait su, il avait couru chez lui, poussé plus encore par la curiosité que la sympathie. Il se souvenait d'un spectacle semblable à celui qu'il avait sous les yeux.

Il se demanda s'il devait prévenir la police. Si c'était l'œuvre d'un cambrioleur, son devoir était naturellement de le faire. Mais il avait besoin dans ce cas de quelque chose qui soit une preuve irréfutable.

Tout en faisant attention à ne rien toucher, il alla jusqu'à la fenêtre, devant laquelle se trouvait le lit. Il était défait, comme si personne n'y avait touché depuis la dernière fois que son ami l'avait quitté. Mais les boîtes de rangement glissées en dessous avaient elles aussi été sorties et renversées.

Il examina la fermeture de la fenêtre. La vitre n'était pas cassée, et la poignée intacte. Si cambriolage il y avait eu, le malfaiteur était passé par la porte.

Il en conclut qu'il ne pouvait s'agir d'un simple cambriolage.

Un voleur expérimenté était probablement capable de forcer une serrure. Il n'était pas non plus impossible que la porte n'ait pas été fermée à clé. Envisager qu'un cambrioleur l'ait verrouillée en partant était cependant difficile. Or elle l'était quand il était arrivé ici.

La première possibilité était que Tomohiko ait tout retourné chez lui. Mais Takashi l'exclut immédiatement. Il connaissait bien Tomohiko, et il était certain qu'il n'aurait jamais agi ainsi, quelles que soient les circonstances.

Il n'y avait qu'une seule autre possibilité. Quelqu'un était entré ici et avait tout retourné parce qu'il cherchait quelque chose.

Un MiniDisc encore dans son emballage d'origine se trouvait sur le bureau. Il le prit sans intention particulière. Takashi et ses collègues de Bitech se servaient souvent de ces produits comme mémoire externe, parce que leur capacité était cent fois supérieure à celle des disquettes. Tomohiko avait peut-être acheté celui-ci pour son travail.

Le bureau était uniformément recouvert de poussière. L'emplacement du MiniDisc qu'il tenait était la seule exception. Un certain temps s'était écoulé depuis la visite de cet intrus.

Il se demanda s'il devait informer les parents de son ami de ce qu'il venait de découvrir ici avant de décider de n'en rien faire. Il n'arrivait pas à se débarrasser de l'impression que la mère de Tomohiko lui avait menti hier. Il avait aussi le sentiment qu'elle et son mari étaient sans doute déjà au courant de l'état du studio. Cela devait faire plus de deux mois que leur fils avait quitté les lieux. La logique aurait voulu qu'il officialise son départ. Qu'il ne l'ait pas fait ne pouvait que signifier qu'il y avait une explication. Elle devait être en rapport avec l'état du studio.

Takashi reposa le MiniDisc sur le bureau et examina les ouvrages qui gisaient sur le plancher. Il y avait des livres de biologie moléculaire, de neurosciences, de mécanique, de thermique, ou de chimie appliquée, tous utiles pour la cybernétique. Takashi avait d'ailleurs les mêmes chez lui. S'y trouvaient aussi des romans, des albums de photos, et des livres se rapportant à la musique, parce que Tomohiko jouait du violon.

Il les observa pendant quelque temps, et finit par avoir envie de rire de lui-même. Il pourrait passer le reste de la journée à les contempler sans rien apprendre de plus sur ce que recherchait la personne qui s'était introduite ici. Déterminer ce qui manquait était le plus important.

Même s'il ne serait pas allé jusqu'à prétendre qu'il savait tout ce que son ami possédait, il était venu assez souvent ici pour avoir une bonne idée ce qui s'y trouvait. Tout en remettant les livres sur les étagères, il passa en revue ce dont il se souvenait.

Il prit ainsi conscience que les dossiers qui se trouvaient sur le rayon le plus élevé des étagères avaient tous disparu. Takashi savait que son ami conservait chez lui les fichiers concernant les résultats des expériences qu'il avait menées au sein de MAC ainsi que les rapports qu'il avait rédigés.

Cela le conduisit à inspecter les objets se trouvant près de l'ordinateur. Comme il s'y attendait, toutes les boîtes de disquettes étaient vides. Les seules qui restaient étaient vierges. Il y avait aussi ce nouveau MiniDisc. Il ouvrit ensuite les tiroirs du bureau, qui ne contenaient ni cahiers ni bloc-notes.

L'intrus les aurait-il dérobés ? Rien n'est moins sûr, se ravisa-t-il aussitôt. Penser que Tomohiko les avait emportés à Los Angeles était probablement plus logique. S'il était lui-même muté aux États-Unis, il prendrait assurément avec lui les résultats de tous les travaux qu'il avait accomplis.

Mais dans ce cas, son ami n'aurait-il pas aussi mis dans ses cartons les ouvrages de référence, utiles à la suite de ses recherches ? D'autant plus que se les procurer là-bas n'aurait pas été aisé.

Cela s'appliquait sans doute aussi aux vêtements. Parmi ceux qui jonchaient le plancher, il en reconnut que Tomohiko portait souvent. Pourquoi ne les avait-il pas inclus dans ses bagages ?

Takashi s'assit sur le lit, et fit à nouveau le tour de la pièce des yeux. Son regard s'arrêta sur le meuble stéréo dont il s'approcha.

Là aussi, il ne restait aucun MiniDisc. Ces produits avaient d'abord été conçus pour les enregistrements audio, et Tomohiko s'en servait pour ceux de musique classique dont il était amateur. Les cassettes audio avaient aussi disparu. Mais les CD enregistrés n'avaient pas été touchés. L'idée que son ami n'avait emporté que ce qu'il avait lui-même enregistré paraissait peu naturelle.

Il continua à chercher et comprit que les cassettes vidéo manquaient aussi. Ne restaient que des neuves non encore utilisées. Il ne vit pas les cassettes des films d'Hitchcock que son ami avait faites, ni celles de la série télévisée que Tomohiko enregistrait chaque semaine.

Il prit à nouveau le temps de réfléchir. Avaient disparu du studio les dossiers et les cahiers, les disquettes, les MiniDisc, les cassettes audio et vidéo. Quel était leur point commun ?

Il s'agissait dans tous les cas de supports d'enregistrement. Tout ce que Tomohiko avait lui-même enregistré, sur des supports papier et technologiques, avait disparu.

Takashi eut comme un frisson dans le dos, car il lui paraissait impossible que son ami ait fait cela lui-même. La seule hypothèse plausible était que l'intrus ait tout emporté.

Quelles informations recherchait-il ? Le fait qu'il ne soit pas contenté des MiniDisc et des disquettes, mais qu'il ait aussi pris les cassettes audio et vidéo paraissait anormal. On s'était servi par le passé de cassettes de ce genre comme support d'enregistrement de données informatiques, mais c'était il y a longtemps. Et dans le cas des cassettes vidéo, cela n'avait jamais été une pratique courante. Il était bien sûr possible de conserver des données sous forme visuelle, mais pour autant que Takashi le sache, Tomohiko ne l'avait jamais fait.

L'hypothèse la plus évidente était que l'intrus ait eu pour but les résultats de recherche de son ami. Mais pourquoi ? Celles qu'il menait avec ses collègues ne méritaient probablement pas qu'on les vole. La plupart n'étaient d'ailleurs pas terminées.

Arrivé là dans ses pensées, Takashi eut un doute. Était-ce vrai ?

Son ami n'aurait-il pas trouvé quelque chose d'extraordinaire ?

“Une découverte qui nécessite de revoir entièrement notre approche de l’ingénierie de la réalité virtuelle.”

Il releva la tête, avec l’impression qu’une voix dans sa tête avait prononcé cette phrase. Il lui semblait l’avoir déjà entendue quelque part. Dans la bouche de quelqu’un qui faisait l’éloge de Tomohiko. Qui était-ce ? Quand cela était-il arrivé ? Il secoua la tête. Impossible de s’en souvenir. Il se dit que ce n’était sans doute qu’une illusion.

Il fit à nouveau le tour de la pièce des yeux, à la recherche d’un indice qui le mettrait sur la bonne voie. Qui était cet intrus ? Quel était son but ? Avait-il trouvé ce qu’il cherchait ? Tomohiko était-il au courant de ce qui s’était passé ?

Ses yeux se posèrent sur l’étagère à côté de la stéréo, où s’alignaient des partitions, et un album photo, de petit format, comme ceux que l’on reçoit parfois quand on donne un film à développer.

Il le prit et l’ouvrit. Les photos qu’il y vit le rendirent nostalgiques. Elles dataient du voyage qu’il avait fait dans la région du Tōhoku avec son ami après leur admission à l’institut de technologie MAC. Debout sur un rocher, Tomohiko levait la main. Pour une fois, son visage était bronzé et il paraissait en pleine forme. Les gorges à l’arrière-plan étaient sans doute celles de Genbikei. La page suivante montrait les deux amis sur les pentes du mont Osore. Il se souvenait des plaisanteries qu’ils avaient faites là-bas.

Venait ensuite une photo où son ami était seul. Elle n’était pas datée mais ses vêtements donnaient à penser qu’elle avait été prise en mai ou en juin. Il souriait, assis sur un banc devant un château dans le lointain.

Takashi se rendit compte que le château était celui de Disneyland Tokyo. Deux pages plus loin était collée une autre photo sans doute prise au même endroit. Tomohiko y figurait seul à l'entrée du parc d'attractions. Il tenait un sac de la main droite, et faisait le V de la victoire de la gauche. Qu'il y ait une page blanche avant une autre photo visiblement prise au même endroit que celle-ci était étrange. Comme si la précédente avait été enlevée.

De quand dataient-elles ? s'interrogea-t-il. Il ne se rappelait pas être jamais allé là-bas avec Tomohiko. Ce n'était d'ailleurs pas un endroit que l'on visitait seul ou avec un copain. Autrement dit, son ami avait dû être accompagné d'une fille. Pourquoi n'y avait-il pas de photo d'elle ? Ou bien était-ce celle qui avait disparu de l'album ?

Pourquoi ? Qui était cette fille ? Étant donné la date de leur voyage dans le Tōhoku, les photos de Disneyland Tokyo avaient probablement été prises au début de l'été de l'année dernière. Tomohiko avait une petite amie à cette époque ?

Non, pensa immédiatement Takashi. Ni l'été dernier, ni jamais, ce qui était vraiment dommage pour lui. S'il avait rencontré quelqu'un, Tomohiko lui en aurait d'abord parlé à lui, son meilleur ami. Takashi en était certain.

Soudain le visage de Mayuko lui apparut. Il ressentit simultanément le même malaise confus qu'il avait déjà éprouvé plusieurs fois ces derniers jours.

Mayuko serait sortie avec Tomohiko ?

Il secoua la tête en essayant de se convaincre que c'était impossible. C'était son amie à lui. Maintenant, comme l'été de l'an dernier. Mais il en doutait au point qu'il devait se le répéter pour s'en convaincre. Pour une raison qui le dépassait, la possibilité qu'elle ait été celle de Tomohiko lui paraissait crédible. Par contre, lorsqu'il essaya de se souvenir d'elle un an plus tôt, il n'arriva à rien.

Il referma l'album, incapable de supporter son trouble. Son instinct lui interdisait de continuer à y réfléchir.

Il décida de poursuivre ses recherches sur l'intrus et son objectif, tout en pensant que c'était vain. Il finit par retourner dans l'entrée et remit ses chaussures, déterminé à prendre contact avec son ami.

Il se retourna pour jeter un dernier coup d'œil sur la pièce. Quelque chose brillait sur le rebord de la fenêtre dehors. Les rideaux étaient entrouverts.

La fenêtre donnait sur un immeuble presque identique. Quelqu'un était debout sur l'escalier extérieur. Un homme qui tenait ce qui ressemblait à un appareil photo, dont l'objectif reflétait le soleil. C'était ce qui avait attiré son regard.

Il ôta ses chaussures et s'approcha de la fenêtre. L'homme n'était plus dans l'escalier. Peut-être était-il entré dans un appartement ou dans l'ascenseur.

Takashi ouvrit la fenêtre et regarda dehors. Il vit un homme en costume gris sortir de l'immeuble. Il ne pouvait être certain que c'était celui qu'il venait de voir, mais il avait l'impression que cet inconnu était très pressé. Il s'engouffra dans une voiture garée le long du trottoir, qui démarra aussitôt.

Après avoir quitté le studio de Tomohiko, il se dirigea vers MAC. Il aurait préféré y aller en semaine, mais cela lui aurait fait courir le risque d'y croiser Mayuko. Il souhaitait l'éviter, car il préférait ne pas lui révéler ses doutes et sa préoccupation.

Comme Bitech, MAC était fermé le week-end, et les locaux paraissaient désertés. Mais ils étaient sous la protection d'un gardien, devant qui Takashi passa en montrant sa carte d'employé de Bitech.

Le bâtiment n'était pas vide. Les chercheurs qui s'y trouvaient préparaient des colloques ou d'autres communications.

Il frappa à la dernière porte d'un des couloirs du rez-de-chaussée.

— Entrez, répondit une voix enrouée.

Il s'exécuta. L'homme maigre aux joues creuses assis à un bureau devant la fenêtre se retourna vers lui. Il s'appelait Osanai, et c'était un des enseignants que Takashi avait eus quand il étudiait ici.

— Ça alors ! lança-t-il, en tournant sa chaise vers lui. Ça faisait longtemps ! Tu vas bien ?

— Oui, à peu près, répondit son ancien étudiant en s'asseyant. J'étais sûr que vous seriez ici même un samedi.

— Tu te disais que j'avais encore des problèmes, c'est ça ? Je peux le comprendre, je fais toujours la même chose…

— Nous aussi, au centre de recherche, on fait quasiment tous les jours des tests avec les animaux.

Osanai prit la cigarette qui fumait dans son cendrier, tira une bouffée, et souffla de la fumée.

— Vous non plus, vous ne progressez pas beaucoup, non ? On m'a dit que vous vous contentez de vérifier les données qu'on a collectées ici.

— On ne peut pas dire que tout soit cool. Et nous n'en sommes pas encore au niveau des applications.

— N'empêche que j'ai entendu dire que, l'année prochaine, les recherches sur le système de perception visuelle et auditive seront entièrement confiées au centre de recherche, et non plus à MAC.

— Vraiment ?

— Enfin, ce n'est pas encore absolument sûr… dit Osanai en soufflant de la fumée avec une expression déçue.

Dans le cas de recherches sur un même thème, MAC se chargeait de la recherche fondamentale, et le centre de recherche des applications. Mais lorsque l'étape de la recherche fondamentale était terminée, la mission était transmise au centre de recherche. La règle était dans ce cas que l'équipe de MAC intègre le centre de recherche.

— Donc vous allez nous rejoindre l'année prochaine ?

— Probablement pas, répondit-il en écrasant sa cigarette. Nous les enseignants, on reste ici. Une nouvelle directive nous ordonne de trouver un nouveau sujet de recherche.

— Comment est-ce possible ? Dans les faits, votre section va être réduite, non ?

— Exactement. Les pontes de Bitech ont apparemment renoncé à utiliser le système de perception visuelle et auditive pour la réalité virtuelle de prochaine génération.

— Ils y ont renoncé ? Mais ça servira à quoi, alors ?

Osanai prit une nouvelle cigarette qu'il fit passer sous ses narines comme pour la renifler.

— L'avenir, c'est le pack mémoire, un point c'est tout.

— Je n'y crois pas ! souffla Takashi. Ce groupe a subi une forte réduction d'effectifs. MAC ne s'en occupe déjà plus. Et au centre de recherche, le sujet est à l'arrêt. Je travaille avec M. Sutō, celui qui enseignait ici avant, sur un autre sujet.

— C'est ce que j'ai appris. L'analyse des circuits cérébraux au moment des rêveries, c'est ça ?

— Et on n'avance vraiment pas vite.

Il rit comme pour se moquer de lui-même mais n'alla pas jusqu'à dire que ce sujet ne l'inspirait pas.

Osanai alluma sa cigarette et la fuma très vite. L'air de la pièce prit une couleur blanchâtre.

— Moi, ce que j'ai entendu dire, c'est que Bitech n'a pas renoncé au pack mémoire. Le groupe de recherche sur les fonctions cérébrales va recevoir des renforts.

— Vraiment ? Ça ne veut pas nécessairement dire qu'ils ne travailleront que sur ça…

— Je n'en sais pas plus, lâcha Osanai en fronçant les sourcils.

Il se tut pendant une dizaine de secondes. Takashi tourna les yeux vers l'extérieur. Le court de tennis était visible derrière les cerisiers.

Cela fait longtemps que je n'en ai pas fait, se dit-il. À quand remontait la dernière fois ? Il se souvenait que c'était avec Mayuko. Le soleil brillait, il transpirait…

— Et qu'est-ce qui t'amène chez moi aujourd'hui ? J'imagine que ce n'est pas parce que tu savais que j'avais envie de me plaindre.

— Non, pas du tout, mais ce dont je suis venu vous parler n'est pas complètement sans rapport. Il s'agit de Miwa.

— Miwa le déchiqueteur…

C'était le surnom qui lui avait été donné ici, en raison de sa rapidité d'esprit.

— Il s'est passé quelque chose ?

— Vous savez ce qu'il fait en ce moment ?

— Il n'est pas à Los Angeles ?

Takashi hocha la tête.

— Si. Vous le savez depuis quand ?

— Euh… environ un mois, je pense. Je l'ai appris de Sutō quand je suis allé au centre de recherche. Je dois dire que je ne m'y attendais pas. Qu'il ait été muté là-bas n'avait rien d'étonnant, mais d'ordinaire nous, les enseignants, en sommes informés.

— Moi aussi, je l'ai appris récemment.
— Vraiment ? Pourtant vous étiez si proches !
— C'est pour ça que moi aussi j'étais surpris.
— Hum, fit Osanai, l'air pensif, en tirant sur sa cigarette dont la cendre tomba sur son pantalon.
— Et vous savez ce qu'il fait là-bas ?
— Non. Et toi ?
— Moi non plus. Il ne m'a pas contacté du tout.
— Peut-être est-il trop occupé pour le faire. Il faut du temps pour s'habituer au changement de vie, expliqua-t-il d'un ton convaincu.
Takashi ne l'était pas. Il avait le sentiment que l'existence de son ami était intentionnellement cachée. Mais que pouvait justifier une telle action ?
— Et ta nouvelle vie te plaît ? C'est agréable ?
Son ancien enseignant lui fit un clin d'œil en lui posant la question.
— Agréable ?
— Ne fais pas l'idiot ! Tsuno est tout le temps fourrée chez toi, non ?
— Ah…
Il ne lui dit pas qu'en réalité, ils habitaient ensemble.
— Les membres du groupe de recherche sur les fonctions cérébrales se réjouissaient de l'arrivée de cette belle nouvelle collègue, mais ils ont été drôlement déçus quand ils ont su qu'elle avait déjà un copain !
— Je l'ignorais, répondit Takashi en se grattant la tête.
L'équipe de recherche sur les packs mémoire ayant été supprimée ce printemps, Mayuko avait été affectée au groupe de recherche sur les fonctions cérébrales. Comme elle n'avait qu'une licence, elle y assurait surtout des tâches de soutien des membres plus diplômés.
— J'avoue que je m'y attendais pas non plus. Je ne vous imaginais pas du tout ensemble.

Il réagit à cette déclaration d'Osanai en fronçant les sourcils.

— Je croyais que tout le monde le savait.

— Tout le monde savait que vous étiez proches tous les trois ! Vous étiez inséparables. Mais moi, j'avais plutôt l'impression que c'était Miwa qui sortait avec elle, et qu'on vous voyait toujours à trois parce que Miwa et toi étiez de si bons amis.

— Vous aviez l'impression qu'elle sortait avec Miwa…

Ce qu'Osanai venait de dire lui pesait sur l'estomac.

— C'est peut-être parce qu'ils appartenaient au même groupe que je les voyais toujours ensemble. En y repensant, elle est si belle qu'elle va mieux avec toi.

Osanai le dévisagea.

— Si je t'ai mis mal à l'aise, je te demande pardon. J'aurais dû réfléchir avant de parler !

— Pas du tout, pas du tout, s'écria Takashi.

Il se rappelait que Mayuko et lui cachaient leur relation lorsqu'il était encore à MAC. Et par égard pour Tomohiko, ils faisaient toujours tout à trois.

Mais il ne pouvait ignorer le fait qu'il y ait eu des gens pour croire que Mayuko était l'amie de Tomohiko. Osanai n'était sans doute pas le seul.

Cette idée fit naître de l'irritation en lui. Pourquoi était-il à ce point inquiet ? Il savait mieux que personne que Mayuko était avec lui.

— Vous comptez vous marier ?

— Oui. Une fois qu'elle aura été affectée à Bitech.

— J'approuve ! C'est quelqu'un de très bien ! Vous serez certainement heureux ensemble. Et contrairement au passé, Bitech accepte maintenant les mariages entre collègues. Qui sait, vous serez peut-être dans le même groupe !

Un large sourire, dévoilant des dents jaunies par le tabac, apparut sur les lèvres d'Osanai.

Pensant que mieux valait en rester là, Takashi s'apprêtait à partir quand il se souvint d'une autre question qu'il voulait poser à son ancien instructeur.

— Ah oui... Vous sauriez à quel groupe de recherche est rattaché Shinozaki, qui travaillait sous les ordres de Miwa avant ?

— Shinozaki ? répéta Osanai en fronçant les sourcils.

— Il faisait partie du groupe de recherche sur les packs mémoire.

Autrefois, il aidait Miwa dans ses travaux. Peut-être savait-il quelque chose sur ce que Tomohiko était devenu. Takashi aurait aimé lui parler.

La réponse d'Osanai le stupéfia.

— C'est complètement impossible qu'il soit ici, enfin !

— Comment ça ?

— Tu n'es pas au courant ? Il a démissionné il y a plusieurs mois de ça. Tu travaillais encore ici !

— Quoi ?

Il se creusa la tête. Shinozaki ne faisait pas partie de ses proches, mais lorsqu'ils se croisaient, ils échangeaient toujours quelques mots.

Un souvenir lui revint. Il datait de l'automne dernier. Le nom de Shinozaki était sur toutes les lèvres.

— Ah oui...

— Tu t'en souviens maintenant ?

— Il a cessé de venir tout à coup, n'est-ce pas ?

— C'est ça. Il a accumulé les absences non justifiées, et a fini par démissionner. Je crois que c'est par le siège de Bitech qu'on l'a appris. En tout cas, il n'est jamais revenu ici. Je pensais m'être habitué à l'attitude irresponsable que peuvent avoir les jeunes recrues aujourd'hui, mais lui a vraiment dépassé les bornes.

Tous ses camarades, à commencer par Tomohiko et Mayuko, avaient aussi été stupéfaits de la légèreté de Shinozaki.

— Tu voulais le voir ?

— Non, pas particulièrement, répondit Takashi.

Si Shinozaki avait cessé de travailler ici à l'automne précédent, il ne pourrait rien lui apprendre.

— Maintenant qu'on parle de Shinozaki, ça me rappelle que j'ai eu une visite un peu bizarre il y a quelque temps, deux mois, il me semble, reprit Osanai qui croisa les bras en regardant le calendrier accroché au mur. Celle d'une fille qui disait qu'elle le cherchait.

— Elle le cherchait ? Comment ça ?

— Je n'ai pas bien compris. Le gardien m'a appelé pour me dire qu'il y avait une jeune femme qui souhaitait parler à un supérieur de Shinozaki. En toute logique, ça aurait dû être Sutō, avec qui tu travailles, mais il n'était déjà plus là, et j'ai accepté de la recevoir. Cette jeune femme – je devrais plutôt dire cette jeune fille, car elle avait l'air d'avoir vingt ans – m'a dit qu'elle était embêtée parce que Shinozaki avait disparu. Ses parents n'avaient plus de nouvelles de lui, et son appartement était vide. Quand je lui ai dit qu'il avait cessé de travailler ici depuis plusieurs mois, elle a paru ébahie. Elle a beaucoup insisté, elle croyait que je savais où il était, mais comment aurais-je pu lui répondre ? Je lui ai dit que je ne l'avais jamais revu depuis qu'il avait cessé de travailler ici, et elle a fini par repartir.

— C'est bizarre.

— Sans aucun doute. Après ça, elle m'a encore appelé deux fois, mais je n'ai rien pu lui dire de plus. J'ai demandé à tout le monde autour de moi, mais personne ne savait rien. J'ignore ce qui s'est passé ensuite, mais puisqu'elle ne me recontacte pas, elle l'a peut-être retrouvé, dit Osanai qui n'en semblait pas persuadé.

Takashi trouva l'histoire étrange.

Il se demanda s'il n'y avait pas de rapport avec Tomohiko, étant donné que lui aussi avait disparu. Leur appartenance au même groupe de recherche l'intriguait. Même si cela pouvait n'être qu'une coïncidence, il voulait en savoir plus.

— Vous croyez que c'était la petite amie de Shinozaki ?

— Sans doute. Je n'ai pas eu l'impression que c'était quelqu'un de sa famille, et elle ne portait pas le même nom que lui.

— Vous avez ses coordonnées ?

— Attends…

Osanai ouvrit un tiroir qui était rempli de divers articles de bureau, et en tira un pense-bête.

— Les voici.

Elle s'appelait Naoi Masami et habitait l'arrondissement d'Itabashi. Takashi nota le tout sur une feuille de papier que lui donna Osanai.

— Tu as une idée ?

— Non, pas spécialement. Je compte prendre contact avec Miwa assez vite. Je lui demanderai s'il sait quelque chose pour Shinozaki, et s'il me répond oui, je pourrai appeler cette jeune fille.

— Ça serait gentil de ta part. Mais je ne pense pas que Miwa puisse l'aider. Il était ici quand Shinozaki a cessé de venir.

— Vous avez sans doute raison, répondit Takashi en se levant.

— Tu t'en vas ?

— Oui. Mais j'ai encore une faveur à vous demander.

— Quoi donc ?

— Vous voulez bien ne pas parler de ma visite à Tsuno ? Elle voulait que je l'accompagne faire du shopping, je n'en avais pas envie, et je lui ai dit que je devais travailler.

Osanai rit.

— Tu agis comme un homme marié, dis donc ! Je m'inquiète pour votre avenir. Mais ne t'en fais pas, je ne lui en dirai rien.

— Je vous remercie !

Sitôt sorti de MAC, il téléphona à Naoi Masami de la première cabine téléphonique qu'il vit. Elle n'était pas là. La voix enregistrée sur le répondeur lui parut plus jeune que les vingt ans qu'elle était censée avoir.

Dans son message, il expliquait qu'il travaillait encore chez MAC trois mois plus tôt, voulait lui parler de Shinozaki, et lui demandait de l'appeler à son domicile.

Il revint ensuite chez lui. Mayuko n'était pas là. Sans doute faisait-elle du shopping. Il vit qu'il était 18 heures passées. Elle avait dû penser qu'il rentrerait plus tard.

Il se mit en survêtement et s'allongea sur le lit pour réfléchir à Mayuko, Tomohiko et lui, en quête d'une logique. Il chercha longtemps sans arriver à rien. Les éléments refusaient de former un tout, aucune réponse à ses interrogations ne se dessinait.

Il repensa à l'homme qu'il avait aperçu depuis le studio de Tomohiko. Qui était-ce ? Pourquoi l'observait-il ?

Takashi n'avait rien qui lui permette de le deviner.

Irrité, il changea de position sur le lit. Ses yeux se posèrent sur un petit cadre tout en haut des rayons de livres, qui contenait une photo de Mayuko. Il se leva pour le prendre en main. Elle portait une veste en jean sur un tee-shirt noir et souriait. Il vit qu'elle avait des boucles d'oreilles rouges.

Le ciel était bleu, et une barrière brune se dressait derrière elle. Il connaissait ce paysage. Où était-ce ? Il s'en souvint aussitôt.

Elle avait été prise à Disneyland Tokyo.

Ils y étaient allés l'an dernier au début de l'été.

Il se le rappelait à présent. Y était-il vraiment allé ? Il fouilla dans ses souvenirs. Space Mountain, Pirates des Caraïbes, Star Wars, ils avaient tout essayé. Mayuko avait renversé du pop-corn devant le château.

Non, pensa-t-il aussitôt. Ce n'était pas Mayuko, mais la fille avec laquelle il sortait quand il était étudiant.

Que s'était-il passé quand il y était en compagnie de Mayuko ? Comment était-elle habillée ? Ah oui, elle avait une minijupe qui se soulevait sur toutes les attractions. Il lui avait dit qu'elle aurait mieux fait de venir en jean et elle lui avait répondu qu'elle était très bien comme ça.

Non, ça non plus, ce n'était pas un souvenir de Mayuko.

Incapable de rester immobile, il se mit à marcher de long en large, en regardant autour de lui. Avait-il d'autres photos de cette visite à Disneyland Tokyo ? La réponse aurait dû être oui.

Il finit par s'arrêter au milieu de la pièce. Il avait soudain froid dans le dos.

Il venait d'arriver à la conclusion qu'ils n'y étaient pas allés ensemble. Les souvenirs qu'il avait du parc à thème étaient sans lien avec elle.

Le plus incompréhensible était qu'il ait cru l'avoir fait. Il posa à nouveau les yeux sur la photo de Mayuko souriante.

Un mauvais pressentiment s'empara de lui. Il en avait vu une autre qui dégageait la même ambiance aujourd'hui dans l'album qu'avait Tomohiko chez lui.

La photo qu'il tenait en main ne venait-elle pas de là ? N'était-ce pas Tomohiko qui avait accompagné Mayuko ce jour-là ? Et qui était l'auteur de la photo ?

C'était impossible. Il se demanda ce qui le prenait. Pourquoi imaginait-il des choses impossibles ?

Il eut tout à coup mal à la tête et envie de vomir. Il remit le cadre à sa place, et s'assit sur le lit, en proie à un profond malaise. Impossible de penser à autre chose.

À cet instant précis, il entendit la porte d'entrée s'ouvrir.

— Tu es là ? fit la voix de Mayuko.

Il y eut un bruit de pas, et elle entra dans la chambre.

— Tu es déjà rentré ?

Elle le regarda et parut inquiète.

— Tu en fais une drôle de tête ! Ça ne va pas ?

— Si, si, ce n'est rien, juste un coup de fatigue.

— Tu as pu faire ce que tu voulais au travail ?

— Oui, à peu près.

— Tant mieux.

Elle ouvrit l'armoire et se changea, sans remarquer que le cadre n'était pas exactement à la même place qu'avant. Devait-il lui poser une question à propos de cette photo ? Ce n'était pas compliqué, mais il n'osa pas, sans comprendre pourquoi. Il avait le sentiment que s'il le faisait, il ne pourrait plus revenir en arrière.

— Nous n'avons qu'à dîner tout de suite. J'ai acheté des plats chez un traiteur, dit-elle avant de quitter la chambre.

Pendant qu'ils mangeaient, elle lui parla de sa journée, des bonnes affaires qu'elle avait faites grâce aux soldes, de la dame d'âge mûr qui lui avait adressé la parole dans le métro, et d'autres petites choses. Conscient de sa mine décomposée, il l'écouta en manifestant son attention quand il le fallait. Heureusement pour lui, elle ne parut pas s'en offusquer.

Le téléphone sonna alors qu'ils buvaient du thé après le repas. Mayuko décrocha et lui passa le combiné sans fil. Comme ils n'avaient pas officialisé leur relation, c'était lui qui répondait au téléphone. S'il était absent, les appels allaient sur le répondeur, et Mayuko décrochait quand elle savait que l'appel venait d'une personne au courant de leur situation.

— Allô, fit-il.

— Euh… bonjour, je suis bien chez Tsuruga Takashi ? s'enquit une jeune voix féminine.

Il reconnut celle qu'il avait entendue plus tôt dans la journée, sur un répondeur.

— Oui, mais…

— Mon nom est Naoi, précisa sa correspondante. Vous m'avez laissé un message.

— Oui, c'est exact. À l'improviste, désolé, reprit-il en regardant Mayuko, qui paraissait se demander qui était son correspondant.

Takashi se leva de table.

— Un instant s'il vous plaît.

Il se tourna vers elle en cachant de la main le bas du combiné.

— Il faut que je consulte des documents du travail, ajouta-t-il.

Il partit vers la chambre sous son regard légèrement suspicieux.

— Désolé de vous avoir fait attendre, déclara-t-il, une fois assis. En fait, comme je vous l'ai dit dans mon message, je voulais vérifier deux ou trois choses à propos de Shinozaki.

Il parlait doucement, pour éviter que Mayuko ne l'entende.

— À propos de la disparition de Gorō ?

— Vous parlez de Shinozaki ?

— Oui, pardon. Gorō, c'est son prénom.

— Je vois. Oui, c'est bien ça.

— Vous savez où il est ? demanda son interlocutrice d'une voix excitée.

Il en déduisit qu'elle ne l'avait pas encore retrouvé, et qu'elle avait dû l'appeler, pleine d'espoir, après avoir entendu son message. Il s'en voulut un peu.

— Non, désolé. Mais nous étions proches, et j'aurais voulu en savoir plus. Pour tout vous dire, ce n'est qu'aujourd'hui que j'ai appris sa disparition.

— Vraiment…

Il l'entendit soupirer. Elle devait être déçue.

— Vous ignorez où il se trouve ?

— Complètement.

— À quand remonte sa disparition ?

— Je ne le sais pas exactement. Je n'arrivais plus à le contacter, et j'ai fini par appeler ses parents au moment du Nouvel An. Il n'est pas rentré chez eux pour les fêtes.

— Quand lui avez-vous parlé pour la dernière fois ?

— Ce devait être à l'automne de l'année dernière.

C'est-à-dire à l'époque où Shinozaki avait cessé de venir à l'institut MAC.

— Vous seriez d'accord pour qu'on se rencontre ? Peut-être pourrais-je vous aider si j'en sais plus.

— Oui, bien sûr. Moi aussi j'aimerais en savoir plus.

— Demain à 14 heures à Ikebukuro, ça vous conviendrait ? proposa-t-il en se souvenant qu'elle habitait dans l'arrondissement d'Itabashi.

— Très bien. Où à Ikebukuro ?

Il lui donna le nom d'un café à la sortie ouest.

— Je placerai un sac en papier de Bitech sur ma table.

— C'est noté.

Elle raccrocha. Une seconde plus tard, la porte de la chambre s'ouvrit pour laisser passage à Mayuko qui lui apportait son gobelet de thé sur un plateau.

— Tu as fini ?

— Oui.

— C'était qui ?

— Quelqu'un du travail, répondit-il après en avoir bu une gorgée. Demain aussi, il faudra que j'aille au bureau.

— Ah bon… Dommage pour toi !

Elle tendit le bras vers son épaule et enleva un fil qui y était collé.

Takashi ne mentionna le nom de Shinozaki qu'une fois que Mayuko et lui s'étaient couchés. Il lui semblait avoir laissé passer assez de temps depuis l'appel de Naoi pour ne pas éveiller sa suspicion.

— Shinozaki, tu veux dire celui de MAC ? demanda-t-elle en se collant contre lui.

— Exactement. Tu sais ce qu'il fait en ce moment ?

— Non, pas du tout. Il a démissionné l'année dernière en automne, non ?

— Oui, apparemment il a cessé de venir travailler.

— Je ne sais rien de particulier, mais j'ai entendu dire que Sutō était furieux. Parce que Shinozaki ne s'était pas conduit comme un adulte.

— S'il a simplement cessé de venir travailler sans prévenir, je peux comprendre sa fureur. Tu le connaissais bien ?

— Je n'irais pas jusque-là. Nous appartenions à la même équipe, mais c'est tout.

— Donc tu n'as aucune idée de la raison de son départ ?

— Non. Comment se fait-il que tu t'intéresses à lui tout à coup ?

— Aujourd'hui, j'ai croisé quelqu'un que je connaissais quand j'étais à MAC, et il m'a dit un truc bizarre. Personne ne sait où Shinozaki se trouve aujourd'hui.

— Comment ça ?

— Il a disparu sans laisser de trace. Et sa famille a appelé MAC pour avoir de ses nouvelles.

— Ah bon…

— Tu n'en as jamais entendu parler ?

— Maintenant que tu le dis, il me semble qu'un des profs nous a posé une question à ce sujet. Mais comme j'ai changé d'équipe, je ne savais rien, et je n'ai rien répondu.

— Je comprends.

— Ça a l'air de beaucoup te préoccuper. Tu n'étais pourtant pas particulièrement proche de lui, non ?

— Tu n'as pas tort. Mais cette histoire est tellement bizarre…

Il attira Mayuko à lui et ferma les yeux.

SCÈNE 4

À partir de la mi-juin, le temps fut souvent à la pluie. L'Agence météorologique qui avait annoncé une saison des pluies sèche s'était une fois encore trompée dans ses prévisions à long terme. Personne ne les prenait au sérieux, mais cette erreur était regrettable du point de vue de ceux de mes collègues dont l'unique plaisir quotidien était de jouer au tennis pendant la pause du déjeuner. Le crachin qui tombait depuis le matin s'arrêta un peu avant midi. En regardant par la fenêtre, je me suis dit que les amateurs de tennis étaient certainement en train de se changer.

— C'est purement incroyable. Je ne peux pas te donner plus de détails pour l'instant, mais c'est du long terme. Une découverte qui nécessite de repenser entièrement notre approche de l'ingénierie de la réalité virtuelle.

L'auteur de cette déclaration était bien sûr un membre de l'équipe de recherche sur les packs mémoire, donc quelqu'un qui travaillait avec Tomohiko. Un dénommé Shinozaki, entré à MAC en même temps que Mayuko. La personne à qui il s'adressait était un autre nouveau, un certain Yanasé.

— Au lieu de nous faire languir comme ça, dis-nous tout ! lança-t-il.

— J'aimerais bien, mais la consigne est de ne pas en parler tant que ça n'a pas été confirmé. Je me dois de la respecter.

— T'exagères ! Tu as juste dit ça pour te faire remarquer.

— Pas du tout. C'est vraiment un truc incroyable. Ne t'en fais pas, tu n'auras pas à attendre longtemps pour le savoir, répondit Shinozaki qui paraissait un peu vexé.

— Moi, j'ai entendu dire que vous avez réussi une véritable réorganisation des souvenirs, ai-je lancé en me mêlant à la conversation.

Shinozaki eut l'air très surpris. Il ne s'était visiblement pas attendu à ce que je dise ça, mais il hocha vigoureusement la tête.

— Exactement. Vous êtes bien informé !

— Tomohiko m'en a touché un mot l'autre jour. Il m'a raconté que tes souvenirs d'école élémentaire ne correspondaient pas à la réalité.

— Oui, on peut dire ça comme ça. Mais on a encore progressé depuis.

— Ça alors !

Shinozaki mourait visiblement d'envie d'en dire plus, mais il dut se souvenir de la consigne qu'il avait reçue, et il grimaça un sourire.

— Je pense que M. Sutō ou M. Miwa feront bientôt une communication à ce sujet.

Quelqu'un frappa à la porte au même moment.

— Entrez, répondis-je.

Le visage de Tomohiko apparut dans l'entrebâillement. Il tourna d'abord les yeux vers Shinozaki qui se leva immédiatement.

— Tu as fini de trier les données pour le groupe de recherche sur le cerveau ?

— Euh… pas tout à fait.

— Dans ce cas-là, occupe-t'en au plus vite. Ils attendent les résultats des analyses avant la fin de la semaine.

— Euh… Oui, bien sûr, fit Shinozaki en baissant la tête.

Il quitta la pièce en passant à côté de Tomohiko qui entra en faisant un sourire mi-figue mi-raisin.

— Celui-là, si on ne le surveille pas tout le temps, il s'arrête de travailler.

— Tu sais qu'il s'est vanté de vos résultats de recherche ? Pas vrai, Yanasé ?

Celui-ci hocha la tête en riant.

— Il a la langue bien pendue, c'est un autre de ses défauts, ajouta Tomohiko en venant s'asseoir à côté de moi. Et comment ça va chez vous ? Vous avancez ?

Il tourna les yeux vers les documents sur ma table de travail.

— Oui, mais lentement. Un pas en avant, un pas en arrière…

— Hum…

Je compris en voyant son expression qu'il avait quelque chose à me dire. Mais nous n'étions pas seuls. Je me suis tourné vers Yanasé.

— Je voudrais que tu ailles à la documentation chercher les dossiers dont nous aurons besoin pour la prochaine réunion de travail. Et tu n'as qu'à aller directement déjeuner ensuite.

Il dut comprendre où je voulais en venir, car il quitta la pièce sans paraître offensé.

— Et tu es venu me voir pourquoi ? ai-je demandé à Tomohiko.

Au lieu de répondre, il a rapproché sa chaise de la mienne.

— J'aimerais avoir ton avis sur un truc.

Ses yeux étaient cernés de rouge.

— C'est à propos d'elle ?

— Euh… fit-il en se grattant la nuque.

Il hésita un peu avant de continuer.

— C'est son anniversaire le mois prochain, et je ne sais pas quoi lui offrir.

Je suis resté interloqué une seconde. Quelle question risible ! Mais j'ai aussi ressenti de la tristesse. Il n'était jamais sorti avec une fille et ce serait la première fois qu'il ferait un cadeau de ce genre.

— C'est quand déjà ?

— Le 10 du mois prochain.

J'ai regardé le calendrier accroché au mur. Le 10 tombait un vendredi. Ils pourraient donc dîner et même aller quelque part hors de Tokyo, s'ils voulaient. Non,

Tomohiko devait l'avoir déjà prévu. Cette idée transforma ma bienveillance envers lui en jalousie. En même temps, je me sentais un peu oppressé.

— Un bijou fantaisie, ça serait bien, non ? dit-il sans du tout se rendre compte de mes sombres pensées.

— Si ça vient de toi, elle sera de toute façon contente.

— Peut-être, mais j'aimerais lui offrir quelque chose dont elle a envie.

— Je te trouve bien exigeant.

— Tu comprends, tout le monde n'a pas les mêmes goûts en matière de broche ou de bague, a-t-il ajouté en croisant les bras.

En l'entendant le mot "broche", je me suis souvenu de quelque chose. Lorsque j'étais allé le voir avec Mayuko quand il était malade, elle s'était arrêtée en route devant une bijouterie pour regarder une broche avec un camée. Et elle avait dit qu'elle aimerait bien se l'acheter. Si j'en parlais à Tomohiko, il n'hésiterait plus.

— Je ne sais vraiment pas quoi faire, Takashi !

— Pourquoi pas des boucles d'oreilles ? Elle a les cheveux courts, et je suis sûr que ça lui irait bien.

— Des boucles d'oreilles ? Pourquoi pas… Mais comment les choisir ?

— La vendeuse te conseillera. Dis-lui ton budget, et fie-toi ensuite à ce qui te plaît !

— Pour moi, c'est loin d'être simple, mais je vais suivre ton conseil.

Il eut l'air songeur. Il pensait sans doute à un magasin.

— C'est de ça que tu voulais me parler ?

— Non, pas que de ça.

Il s'interrompit, fit remonter ses lunettes sur son nez, et prit une expression plus solennelle.

— Je voulais te parler de la clé de chez moi. Tu en as un double, non ?

— Oui, c'est ta mère qui m'a demandé d'en garder un.

J'avais deviné où il voulait en venir.

— Tu l'as sur toi ?

— Non. Je l'ai chez moi.

Je mentais. Il était dans la poche de mon pantalon, sur mon porte-clés.

— Tu en as besoin ?

— Oui. Enfin ça n'a rien d'urgent… répondit-il.

Il porta à nouveau la main à ses lunettes. Ses oreilles étaient rouges.

Je l'ai regardé avec une expression destinée à le refroidir, tout en veillant à avoir l'air naturel.

— Dis-moi la vérité. Tu veux le lui donner, c'est ça ?

— Non… répondit-il avec un sourire embarrassé. Enfin, si. Même si je ne lui en ai pas encore parlé.

— Vous en êtes déjà là ?

— Non, pas encore. Mais je me dis que c'est une bonne occasion.

— Une bonne occasion ?

— Oui.

Il hocha la tête, et la garda baissée. Son sourire avait disparu et son regard était grave.

— De passer à une nouvelle étape avec elle.

— Ah, d'accord.

Ma réponse était ambiguë à dessein. Je comprenais ce qu'il voulait dire. J'étais maintenant certain que leur relation n'était pas encore physique. Je le croyais puceau. Il allait devoir faire preuve d'un grand courage pour franchir ce pas. J'ai compris qu'il avait pour cela besoin d'une occasion spéciale.

— D'accord, je te la rapporterai le plus tôt possible. C'est vrai que ça n'a plus de sens que je garde ce double.

Mon ton était plutôt sec, bien que ça n'ait pas été mon intention. J'ignore comment il l'a interprété, mais j'ai lu de l'hésitation sur son visage.

— Je ne suis pas pressé, tu sais ! Je te demande juste d'y penser.

— Je vais le noter.

J'ai sorti mon carnet. Au même moment, la sonnerie de midi a retenti et quelqu'un a frappé à la porte.

— Entrez ! a dit Tomohiko.

— C'est bien ici que vous étiez, s'est exclamée Mayuko. Allons déjeuner !

— Oui. Tu viens, Takashi ?

Il s'est levé. Peut-être parce que nous venions de parler d'elle, sa voix était un peu rauque.

Elle n'avait pas préparé de bento ce jour-là, et nous sommes allés à la cantine. C'était moins bon, mais plus facile pour moi.

— D'après Shinozaki, vous avez fait un bond en avant. C'est vrai ?

J'ai posé la question à Tomohiko une fois que j'avais fini mon assiette. Lui était encore en train de manger. Il a avalé ce qu'il avait dans la bouche avant de me répondre.

— Il est trop tôt pour le dire. Il est plus exact de dire que nous n'avons encore rien de définitif.

— Ce n'est pas comme ça que Shinozaki en parlait.

— Il exagère toujours tout, lui ! N'est-ce pas ? ajouta-t-il en recherchant l'assentiment de Mayuko qui n'avait pas encore fini son riz sauté aux crevettes.

Elle nous a regardés alternativement tous les deux avant de faire un sourire ambigu.

J'ai eu la certitude qu'ils me cachaient quelque chose. Le mois dernier, quand nous étions allés boire un verre ensemble, tout allait si bien entre nous, pourtant.

Aujourd'hui, ils se montraient très réservés avec moi. Peut-être n'était-ce pas parce que leurs recherches stagnaient, mais parce qu'ils en étaient à un stade où mieux valait ne rien dire. Comme pour me conforter en ce sens, Tomohiko n'arrêta pas de parler de choses sans lien entre elles après le repas – les dernières vidéos qu'il avait vues, ou encore la musique qu'il aimait en ce moment.

Il ne se tut qu'après que nous étions dans l'ascenseur où se trouvaient deux hommes habillés pour jouer au tennis. Ils venaient visiblement de finir une partie.

J'ai eu un mauvais pressentiment, en m'imaginant que Mayuko le partageait. Je n'avais pas tort.

— Takashi, tu as tes affaires de tennis dans ton casier, n'est-ce pas ? lança-t-il une fois que les deux autres avaient quitté la cabine.

J'ai hoché la tête après avoir jeté un coup d'œil à Mayuko.

— Oui.

— Tu as deux raquettes, non ?

— Oui.

— Dans ce cas, pourquoi n'allez-vous pas en faire maintenant ? continua-t-il en la regardant. Le court doit être libre, puisque ces deux-là ont fini.

— Mais… commença-t-elle avec une hésitation visible.

— Aujourd'hui, ça n'est pas la peine, dis-je. De toute façon, je suis sûr que le court est déjà occupé.

— Tu crois ?

L'ascenseur arriva au rez-de-chaussée. Il courut à la fenêtre et regarda dehors avant de se retourner vers moi.

— Il n'y a personne. Allez-y donc tous les deux !

— Mais je n'ai pas de tenue, protesta-t-elle.

— Tu peux y aller comme ça, non ?

Elle était en jean et tee-shirt. Elle avait dû se changer en arrivant ici. Notre travail à MAC était souvent physique.

— Ça fait du bien de faire du sport de temps en temps !

Elle me consulta des yeux. Je suis sûr qu'elle ne comprenait pas ce que Tomohiko attendait vraiment d'elle. Je partageais son incertitude. J'avais envie de jouer avec elle, mais je n'osais pas le montrer.

— Alors ? me demanda-t-elle.

— C'est comme tu veux, répondis-je en me sentant lâche.

Je ne voyais pas quoi répondre d'autre.

— Allez-y donc ! insista Tomohiko. De toute façon, il faut que je passe à la documentation.

— Vraiment ?

Mayuko parut surprise.

— Donc ne vous gênez surtout pas pour moi !

Elle regarda sa montre.

— Dans ce cas, d'accord, mais on ne jouera pas longtemps, dit-elle en me regardant.

— OK.

Comment aurais-je pu protester ?

Cinq minutes plus tard, nous étions sur le court. Elle avait enfilé un jogging que quelqu'un avait dû lui prêter.

— Tu vois, ça le travaillait.

J'ai compris qu'elle faisait allusion à ce dont nous avions parlé quand nous étions allés le voir chez lui.

— C'est normal, il est amoureux de toi !

— Mais moi, ça m'embête un peu.

— Ce n'est pas la peine d'y penser, non ? C'est aussi la meilleure façon de ne pas le blesser.

— Tu as raison, concéda-t-elle avec un sourire.

Elle tenait la balle.

— Je n'ai pas joué depuis longtemps. N'y va pas trop fort !

— Moi aussi, ça fait plusieurs mois.

Nous sommes partis chacun de notre côté du filet.

Le sol était un peu mou, car il venait de pleuvoir, mais les conditions étaient parfaites pour le reste. Au début, je lui ai lancé des balles courtes pour voir son niveau, mais comme elle les a toutes bien renvoyées, j'ai tapé de plus en plus fort. Son revers était étonnamment puissant et elle marquait souvent des points en renvoyant la balle là où je ne m'y attendais pas. Quand elle courait, elle prenait une expression sérieuse qui méritait le qualificatif d'énergique.

Nous n'avons joué qu'un quart d'heure, mais j'étais en nage. Ça me plaisait, mais moins que son air enchanté.

— On a bien joué. Merci.

— Moi aussi, ça m'a plu. Mais tu as dû me trouver nulle.

— Pas du tout. La vigueur de tes coups m'a surpris.

— Vraiment ? Tu me fais plaisir. Il faudra qu'on recommence.

— Oui.

Mayuko avait les joues rouges et les yeux brillants. De la sueur ruisselait sur son cou. J'avais très envie de la prendre dans mes bras.

Elle a entrouvert la bouche.

— Euh…

— Qu'y a-t-il ?

Elle secoua la tête sans rien dire.

— Rien, rien.

Elle sourit.

— Hum…

Peut-être que… N'avait-elle pas été sur le point de me dire qu'elle me voyait aussi dans le wagon de la ligne Keihin-Tōhoku ? J'en ai eu l'intuition.

À l'instant où nous avons commencé à marcher vers le bâtiment, j'ai remarqué une ombre à une fenêtre du premier étage. Tomohiko. Elle l'a aperçu à peu près au même moment et s'est soudain écartée de moi.

Je lui ai fait signe de la main. Il y a répondu, sans sourire.

Ce soir-là, en rentrant chez moi, j'ai enlevé la clé de l'appartement de Tomohiko de mon trousseau, je l'ai mise dans la boîte d'agrafes vide, avant de la ranger dans mon tiroir.

J'avais l'intention de l'y laisser jusqu'à ce qu'il m'en reparle, en faisant semblant d'avoir oublié.

CHAPITRE IV

CONTRADICTIONS

Takashi arriva au rendez-vous avec cinq minutes d'avance. Le café était quelconque, avec des tables carrées. Après avoir commandé un café, il plaça sur la table le sac en papier où apparaissait le logo de Bitech.

Aussitôt, une jeune fille aux longs cheveux, plutôt petite, s'approcha en regardant le sac et lui. Elle portait un chemisier vert menthe sur une minijupe blanche.

Il se leva à moitié.

— Vous êtes Naoi Masami ?

— Oui.

Elle avait un petit visage et de grands yeux. Peut-être parce qu'elle était tendue, il lui trouva quelque chose d'agressif.

— Et moi, je suis Tsuruga Takashi.

Elle s'était assise à une autre table, et le café qu'elle avait commandé y était posé. Il décida d'aller la rejoindre et le dit à la serveuse.

Il commença par la remercier d'être venue, et lui tendit sa carte de visite. Elle l'accepta et la lut attentivement.

— Vous étiez dans la même école Bitech que Gorō, enfin, je veux dire Shinozaki ?

— Oui. J'appartenais à une autre équipe de recherche, mais nous travaillions au même étage, et nous nous croisions souvent. Nous nous parlions de temps à autre.

Il enjoliva un peu la réalité pour la rassurer.

Elle l'écouta attentivement.

— Et vous êtes sa petite amie ?

— Nous avons commencé à sortir ensemble au lycée, répondit-elle après une seconde d'hésitation.

— Vous étiez dans la même classe ?

— Non, j'ai deux ans de moins que lui. Nous nous sommes rencontrés au club de badminton du lycée.

Cela ne le surprit pas. Si Masami avait l'âge de Shinozaki, elle aurait dû avoir vingt-trois ou vingt-quatre ans, mais elle aurait pu passer pour une lycéenne.

— Et vous êtes étudiante ?

Elle secoua la tête.

— Non, j'ai fait des études courtes, et j'ai fini ce printemps.

— Je vois.

La serveuse lui apporta son café, il y versa du lait.

— Vous vous voyiez souvent ?

— Autrefois, quasiment tous les jours. Mais moins fréquemment depuis avril de l'année dernière.

— Avril de l'année dernière, c'est-à-dire après qu'il a commencé à travailler chez Bitech.

— Oui… Gorō, pardon Shinozaki…

— Tu peux dire Gorō. Et puis tutoyons-nous, ce sera plus simple.

Masami parut moins tendue. Elle but une gorgée de café.

— Gorō et moi, on est d'Hiroshima. On a tous les deux fait nos études là-bas. À cette époque-là, on se voyait tout le temps. À partir du moment où il a trouvé du travail à Tokyo, c'est passé à une fois tous les mois ou tous les deux mois. Généralement, c'était moi qui venais ici.

— Tu n'as pas trouvé de travail ici ?

— Non, je ne me suis installée à Tokyo qu'au début de l'année. Parce qu'avant, je ne pouvais pas quitter mes parents.

— Hum… fit Masaki en se demandant pourquoi. Et tu m'as dit qu'à partir de l'automne dernier environ, tu n'es plus arrivée à le contacter.

— Oui. Il ne répondait pas au téléphone quand je l'appelais, et les lettres que je lui ai envoyées sont restées sans réponse. Je me suis dit qu'il devait être trop pris par son travail.

— Mais à cette époque-là, il avait déjà quitté MAC et Bitech.

— C'est ce que j'ai appris, à ma grande surprise.

— Et que disent ses parents ?

— Ils ne se sont pas particulièrement inquiétés car il ne les appelait pas souvent. Ils m'ont dit qu'ils ignoraient qu'il avait quitté son travail. Le fait qu'il ne rentre pas pour le Nouvel An ne les a pas étonnés, car il les avait prévenus quand il était revenu en août qu'il ne le passerait pas avec eux.

— Et toi, quand t'es-tu rendu compte qu'il avait disparu ?

— Quand j'ai déménagé à Tokyo, il y a deux mois. Je suis allée chez lui, et j'ai trouvé un message.

— Un message ?

Elle posa son sac sur ses genoux et en sortit une feuille de papier à lettres qu'elle déplia et lui tendit.

Il la prit en main et la lut.

Je pars en voyage pour quelque temps. Il n'y a pas d'inquiétude à avoir. Shinozaki Gorō

La date du 2 octobre apparaissait en bas à droite.

— Quand je l'ai découvert, j'étais tellement surprise que je suis allée à l'institut MAC où il étudiait. Et j'ai appris qu'il l'avait quitté depuis longtemps.

Sa rencontre avec Osanai datait de ce moment-là.

— Tu en as informé ses parents ?

— Oui, immédiatement. Eux aussi étaient stupéfaits, et sa mère a pris le train pour Tokyo le jour même.

Takashi comprit à son ton que ses parents et ceux de Shinozaki étaient au courant de leur relation.

— Et ensuite ?

— Sa mère a contacté ses amis de l'université, ses connaissances, tous les gens à qui elle pouvait penser. Mais personne ne savait rien. Elle était très ennuyée.

— Elle a signalé sa disparition à la police ?

— Elle est allée au commissariat le plus proche pour demander conseil. Mais comme il ne s'agissait pas d'une fugue, puisqu'il avait laissé un message, la police ne paraissait pas prête à faire quelque chose.

— Je comprends, grommela Takashi en croisant les bras.

Il réfléchissait. Se pouvait-il que Shinozaki ait simplement eu envie de partir en voyage ? Il se demanda s'il était capable de le faire, et se rendit compte qu'il le connaissait trop mal pour le déterminer.

— Et à MAC, personne ne sait rien ? demanda Masami.

— Non. Apparemment personne ne l'a rencontré depuis qu'il a quitté l'institut.

— Ah bon…

Elle baissa les yeux.

— Il a gardé son appartement ?

— Oui.

— Comment ça se passe pour le loyer ?

— La banque le vire automatiquement. Le propriétaire m'a dit qu'il n'y avait jamais eu de problème.

— Tu es allée le voir ?

— Oui. D'après lui, Gorō lui a envoyé une lettre pour lui dire qu'il serait absent quelque temps.

— C'était quand ?

— À l'automne dernier.

— Hum…

Takashi détourna les yeux et fixa un point dans le vide.

Il se dit que cela ressemblait à ce qui était arrivé à Miwa Tomohiko, même si les circonstances étaient différentes. Dans son cas, ses collègues de Bitech et ses parents étaient d'accord pour dire qu'ils se souvenaient que Tomohiko avait été muté au siège à Los Angeles. Les deux situations se ressemblaient dans la mesure où Tomohiko aussi avait disparu sans rien dire aux personnes dont il était le plus proche, et qu'il avait conservé son logement.

Il regarda à nouveau la jeune fille.

— Et comment as-tu trouvé son appartement ?

— Comment ça ?

Elle paraissait décontenancée.

— Il n'était pas sens dessus dessous ?

— Non. Mais d'après sa mère, il manquait des vêtements et des objets de valeur. Pour moi, il a dû les emporter.

— Je vois.

Cet aspect-là aussi était différent. Dans le cas de Tomohiko, des disquettes et des MiniDisc avaient disparu.

— Et tu as trouvé quelque chose qui ressemble à une piste ? demanda-t-elle en le scrutant attentivement.

— Je ne peux rien dire pour l'instant, mais je vais voir si j'arrive à quelque chose. Je voulais aussi te demander si le nom Miwa te dit quelque chose. Miwa Tomohiko.

— Miwa ? Non. Pourquoi ?

— Il était dans le même groupe de recherche que Shinozaki. Il est à Los Angeles en ce moment, et si j'arrive à lui parler, je lui demanderai s'il sait quelque chose à son sujet.

— Merci.

Il se disait, tout en la regardant, qu'il n'arriverait probablement pas à poser de questions sur Shinozaki à Tomohiko. Si leurs disparitions étaient liées, il était sans doute impossible qu'un seul d'entre eux réapparaisse.

— Très bien. Si j'apprends quelque chose, je te préviendrai, dit-il en prenant les deux notes.

Elle parut surprise.

— Non, c'est moi qui paie. Parce que c'est moi qui t'ai demandé de venir ici.

— Merci, dit-elle en inclinant poliment la tête.

— Tu fais quoi à Tokyo ?

— Une formation professionnelle. En travaillant à côté.

— Tu t'es installée à Tokyo pour le chercher ?

— Non. Quand j'ai décidé de le faire, je n'ai jamais imaginé qu'il aurait disparu.

— Tu veux dire que tu pensais le voir tout le temps ?

— Oui, répondit-elle d'une petite voix. Mais je pense que rien ne serait arrivé si j'avais pu déjà venir à Tokyo en avril dernier en même temps que lui.

— Tu m'as dit que tu n'as pas pu quitter tes parents plus tôt, n'est-ce pas ?

— Non, mon père était malade, et il fallait quelqu'un pour s'occuper de lui. Parce que ma mère devait tenir le magasin. C'est un tout petit salon de coiffure.

— Ton père est malade ? Et c'est toi qui t'en occupais ? Tu es une très bonne fille !

Elle secoua la tête en l'entendant.

— Tu trouves ?

— Ce n'est pas vrai ?

— Ça me met un peu en colère quand on me dit ça.

— Hein ? Pourquoi ?

— Parce que j'ai presque l'impression qu'on se moque de moi !

— Qu'est-ce qui te fait penser ça ?

— Pour parler crûment, je détestais changer les couches de mon père. Chaque fois que je le faisais, tout ce que j'espérais, c'était qu'il meure vite. Une bonne fille ne pense pas des trucs comme ça, non ?

— Tu as peut-être raison.

— Un jour, une de mes tantes était là quand je l'ai fait. Elle s'est exclamée que j'étais vraiment une bonne fille. Moi, j'ai compris qu'elle disait que c'était normal qu'une fille change les couches de son père, et que c'était pratique parce que personne d'autre n'avait à s'en occuper. Je suis sûre que c'est ce qu'elle pensait. Me faire ce compliment la débarrassait de toute obligation. Ça m'a mise hors de moi. J'ai eu envie de lui jeter la couche souillée à la tête.

Takashi ne savait comment réagir parce que Masami qui s'était jusque-là exprimée très timidement avait pris un tout autre ton. Les deux notes à la main, il la regarda, bouche bée. Elle dut le remarquer, car elle se passa la main dans les cheveux.

— Pardon. Je n'aurais pas dû te raconter ça.

— Ne t'en fais pas pour ça, dit-il en riant. Mais ta mère doit être bien embêtée que tu sois partie à Tokyo. Elle n'a plus personne pour s'occuper de ton père.

Masami secoua la tête.

— Pas du tout ! Il n'a plus besoin qu'on s'occupe de lui.

— Tu veux dire que…

— Il est mort à la fin de l'année dernière. Ma mère n'aurait jamais accepté que je vienne à Tokyo s'il était encore vivant.

— Je suis désolé.

Masami leva la main comme pour l'empêcher de continuer. Il n'alla pas plus loin.

— Ne me présente pas tes condoléances, s'il te plaît. Ma mère et moi étions ravies.

Il ne put s'empêcher de sourire.

— Je comprends que Shinozaki soit tombé amoureux de toi.

Elle lui adressa aussi un sourire. Le sien était timide.

Le lendemain, un lundi, il retrouva sa routine – expériences et rédaction de rapports.

De retour de la division des matériaux, Whoopee lui parut plus en forme que la semaine précédente. Mais elle ne s'activait guère dans sa cage. Son expression semblait aussi triste qu'avant, et elle avait le regard perdu dans le vague.

Il la fit asseoir dans le siège, et attacha ses bras, ses jambes et sa taille avec des lanières. Il éprouvait toujours de la culpabilité à ces moments-là. Si les organisations de protection animale découvraient ce qui était fait ici, tout s'arrêterait sans doute. Les premiers temps, la guenon s'était montrée rétive, mais elle était devenue docile. Cela ne diminuait en rien son sentiment de culpabilité.

Il lui passa ensuite un filet spécial sur le crâne, équipé de plus d'une centaine de pôles, destinés à capter tous les signaux émis par le cerveau. Le but n'était pas de faire un électroencéphalogramme, mais d'estimer le mouvement des neurones, en analysant sur un ordinateur l'intensité et la forme des ondes cérébrales. Concrètement, on considérait les activités neuronales comme des moments dipolaires, et on en déduisait, en les comparant avec un modèle de simulation, l'endroit du cerveau où ces moments dipolaires se produisaient. Ils n'étaient pas uniques et il fallait pour les appréhender une énorme capacité de calcul. Celle-ci avait augmenté avec les progrès de la technologie.

Takashi lui mit ensuite un casque équipé de plusieurs dizaines de bornes émettant des ondes électromagnétiques. Elles assuraient la stimulation cérébrale.

Après avoir installé d'autres dispositifs de mesure sur le corps de Whoopee, il plaça devant elle une boîte blanche dont les côtés ne se joignaient pas parfaitement, qu'il avait lui-même fabriquée.

— Tout est prêt, dit-il.

— OK, on y va, répondit Sutō, qui avait procédé aux derniers ajustements du programme informatique.

Vue de l'extérieur, l'expérience paraissait probablement presque ridicule. La boîte blanche s'ouvrait et se fermait à intervalle régulier du côté en face de la guenon. On pouvait aussi l'ouvrir du côté opposé, mais uniquement au moment de changer les choses qui se trouvaient à l'intérieur et intéressaient l'animal, c'est-à-dire des morceaux de pomme ou de banane. Chaque fois que la cloison s'abattait, Whoopee voyait son contenu, mais jusqu'à ce que cela arrive, elle ignorait ce que c'était. Quand elle n'était pas ouverte, elle devait donc se demander ce qu'il y avait à l'intérieur, pensaient Takashi et Sutō, une idée qui était à l'origine de la création du dispositif.

— C'est exactement ce que j'avais prévu, dit ce dernier en regardant son écran. La courbe T1 correspond au moment où elle se représente une banane.

— C'est ce qu'il me semble aussi, fit Takashi.

Aux yeux d'un profane, la courbe T1 était difficilement reconnaissable, mais pour son collègue et lui, elle était distincte.

— OK. La prochaine fois qu'elle apparaît, on fera la stimulation du programme 9.

— Du programme 9 ? demanda Takashi en fronçant les sourcils. En intervenant sur le siège de la mémoire ? Dans quel but ?

— Pour voir si le contenu imaginé est traité comme un souvenir ! Ça fait partie du plan de recherche. Bon, continue à faire ce que tu as à faire ! répondit Sutō sans le regarder.

— Je mets sur programme 9, répondit Takashi en prenant intentionnellement un ton administratif.

Cela faisait deux mois qu'il avait été muté dans ce service, mais il n'avait pas encore saisi l'objectif de Sutō. Au début, il avait attribué cela au fait qu'il s'était toujours occupé de systèmes de perception visuelle et auditive. Mais il ne le pensait plus. Il ne percevait aucune continuité dans les tâches que lui confiait son chef, et il avait l'impression que Sutō surmenait le cerveau des animaux utilisés.

À la fin de la journée, il lui parla de Shinozaki. Sutō se souvenait naturellement de lui. Mais ce nom ne paraissait pas l'émouvoir, et il ne lui apprit rien de neuf.

Son seul commentaire lorsque Takashi lui dit qu'il avait disparu fut que Shinozaki n'était pas du genre à passer sa vie dans un laboratoire et qu'il ne serait pas étonné s'il était parti à l'étranger.

Ce soir-là, assis à la table de la salle à manger, Takashi lut jusqu'à tard. Mayuko alla se coucher la première.

— Il a l'air passionnant, ton livre !

— C'est un roman policier. J'ai envie de le lire jusqu'au bout parce que je veux savoir comment il finit.

Il mentait. Il l'avait acheté au hasard dans une librairie en revenant du travail.

Il était 3 heures et demie lorsqu'il le termina, sans pour autant avoir vraiment compris ce dont il retournait. Cela lui était égal. L'important à ses yeux était de rester debout tard sans éveiller la suspicion de Mayuko.

Il prit le combiné du téléphone sans fil et alla dans la salle de bains pour éviter qu'elle ne l'entende. Il sortit de sa poche le papier sur lequel il avait noté le numéro du siège à Los Angeles, et le composa en ressentant une légère tension, comme chaque fois qu'il téléphonait à l'étranger.

Il donna son nom à la voix féminine qui répondit et indiqua la section dans laquelle il travaillait avant de lui expliquer qu'il souhaitait parler à un chercheur japonais muté au siège. Elle le transféra, et il entendit une autre voix lui demander dans un excellent japonais ce qu'il désirait.

Il se présenta à nouveau, et expliqua qu'il souhaitait avoir le numéro de téléphone de Miwa Tomohiko.

— Donc vous êtes Tsuruga Takashi, n'est-ce pas ? Pouvez-vous me donner votre numéro d'identité ?

Il le fit, et elle lui demanda à nouveau d'attendre.

— Euh… Miwa Tomohiko est affecté à la section B7 de notre centre de recherche.

Il sursauta. Tomohiko était bien à Los Angeles.

— Ah… Je vois qu'il n'y est plus.

— Il n'y est plus ?

— Non, il participe maintenant à un projet spécial, et son adresse est confidentielle.

— Et si j'ai besoin de le contacter, comment dois-je faire ?

— Vous n'avez qu'à joindre la section B7 qui le préviendra.

— Je ne peux pas l'appeler directement, autrement dit ?

— C'est cela. Mais si vous lui laissez un message, je suis sûre qu'il vous rappellera, répondit-elle, sur un ton qui lui sembla plus distant.

— Très bien. C'est ce que je vais faire.

— Vous voulez que je vous repasse le standard ?

— S'il vous plaît.

Il pria la standardiste de lui passer la section B7, et demanda à l'homme qui décrocha, dont l'anglais lui était difficile à comprendre, de dire à Miwa Tomohiko d'appeler Tsuruga Takashi. Il doutait que son interlocuteur l'ait compris.

Même s'il l'avait fait, Takashi n'était pas certain que son ami recevrait le message. Il travaillait à un projet spécial, son adresse n'était pas communicable, et le contacter directement était impossible. Tout indiquait que Bitech craignait les fuites. Était-ce normal d'agir ainsi ? Et surtout, quelle pouvait être la nature de ce projet ultra-confidentiel ?

Incapable de répondre à ses propres interrogations, il éteignit la lumière et quitta la salle de bains. Au moment où il se couchait, il remarqua que Mayuko avait les yeux ouverts.

— Tu as lu jusqu'à présent ?

— Oui, répondit-il en se demandant depuis quand elle était réveillée.

Le lendemain, en arrivant au bureau, il trouva une lettre par avion dans son casier. Il lut le nom de l'expéditeur, "Tomohiko Miwa", et faillit lâcher sa serviette.

Sitôt assis à sa table de travail, il ouvrit l'enveloppe avec un coupe-papier et en sortit le contenu. Comme l'enveloppe, le papier portait l'en-tête du siège de Bitech. Il reconnut l'écriture de son ami et sentit ses doutes à son sujet s'évaporer.

Cher Takashi,

Comment vas-tu ? Je m'en veux beaucoup d'être parti sans te prévenir, mais jusqu'à présent, je n'avais pas trouvé le temps de t'écrire. Ma mutation a été soudaine, mon départ aussi. Comme tu le sais peut-être, je n'ai pas eu le temps de retourner chez mes parents avant de partir. Et une fois arrivé ici, j'ai eu fort à faire, j'ai beaucoup bougé, au point de ne plus savoir où j'en étais. Je suis étonné de ne pas être tombé malade.

La section B7 du centre de recherche principal, ma nouvelle affectation, s'occupe essentiellement d'analyse des ondes cérébrales. Mais pour l'instant, je me trouve dans le laboratoire d'une filiale de Bitech, dont je n'ai malheureusement pas le droit de te donner l'adresse. Pour moi, on n'y fait rien d'extraordinaire, mais c'est comme ça.

J'y ai une chambre, et l'environnement est agréable. La nature ici est magnifique, tout est vaste. Je ne peux pas me plaindre de la nourriture non plus. Sauf hier, quand j'ai été invité par un collègue, et figure-toi qu'au menu, il y avait des huîtres. Comme tu le sais, je suis incapable d'en manger. Mais j'avais si peur de le vexer que j'ai réussi à en avaler !

À part ce genre de déconvenues, je vais bien. Je t'écrirai de nouveau, mais j'aimerais bien avoir de tes nouvelles. J'ai mis l'adresse de B7, ils me transmettront le courrier. Donne mon bonjour à tout le monde !

Takashi lut la lettre deux fois. Il était surtout intrigué par la dernière partie.

Le soulagement qu'il avait d'abord ressenti avait disparu, et le poids qu'il sentait sur sa poitrine depuis quelque temps était revenu, plus lourd encore.

Il doutait de l'authenticité de ce courrier.

À cause des huîtres.

Tomohiko n'en mangeait pas. Non parce qu'il ne les aimait pas, comme il l'écrivait, mais pour une autre raison, dont il lui avait parlé quand ils étaient tous les deux au collège, liée à son grand-père. Lui qui adorait les huîtres avait décidé de s'en priver jusqu'à ce que la jambe de son petit-fils retrouve sa mobilité complète. Au moment où Tomohiko l'avait raconté à Takashi, ce grand-père était mort depuis trois ans, mais son ami avait pris la décision de ne plus jamais en manger et il avait intensément regretté de s'en être délecté devant lui autrefois.

Si Tomohiko était vraiment l'auteur de cette lettre, il n'aurait pas parlé d'huîtres sur ce ton.

Takashi supposa que la lettre avait été écrite par quelqu'un qui savait que Tomohiko n'en mangeait pas et imaginait que c'était parce qu'il ne les aimait pas. Il avait mentionné ce fait pour rendre la lettre plus crédible.

C'était plausible. Plus plausible que de penser que son ami l'avait écrite.

Mais qu'en était-il de l'écriture ? Il secoua la tête au bout de quelques instants. Le problème n'était pas sans solution. L'auteur de la lettre avait un échantillon de celle de son ami, et il avait programmé un ordinateur pour la reproduire.

Toute la question était de savoir pourquoi. Et au-delà, de savoir ce qu'était devenu Tomohiko.

Takashi eut beaucoup de mal à travailler ce jour-là. Sutō s'en inquiéta, mais Takashi ne lui fit aucune confidence. Mieux valait ne pas parler de cette histoire à n'importe qui.

Il quitta son bureau plus tôt que d'ordinaire. Comme il n'avait pas envie de rentrer chez lui tout de suite, il se dirigea vers Roppongi, car il avait besoin de réfléchir seul. Il avait l'impression d'être arrivé à un tournant.

Soudain il entendit une voix crier son nom. Il s'immobilisa et regarda autour de lui. Une jeune fille qui portait une robe rouge très courte vint vers lui en riant. Ses lèvres étaient aussi rouges que sa robe.

— Ça faisait longtemps, dis donc ! Tu vas bien ?

Il se demandait qui elle était lorsque cela lui revint soudain. Elle avait appartenu au club de tennis à l'université.

— Natsué ! Ça faisait un bail, sourit-il. Au moins deux ans, non ?

— Qu'est-ce que tu racontes ? On s'est vus l'année dernière, à Shinjuku, enfin !

— L'année dernière ?

— Oui, avec un copain à toi. Miwa, c'est comme ça qu'il s'appelait, non ? Il voulait te présenter sa copine, tu sais bien.

— Hein ?

Il la dévisagea. Ses souvenirs étaient embrouillés, des images d'avant lui revenaient confusément.

SCÈNE 5

En entendant mon nom, j'ai inspiré profondément, je me suis assuré que ma cravate était bien nouée, et je me suis levé. Une diapositive est apparue sur l'écran presque au même moment. "Saisie d'informations par les nerfs optique et auditif – septième rapport de recherche", disait-elle. J'ai fait le tour de la salle des yeux. C'était l'auditorium utilisé pour les cours aux étudiants. Les fenêtres étaient obstruées par des rideaux noirs. Presque tous les sièges étaient occupés. Il devait y avoir cent, ou plutôt deux cents personnes. Cela témoignait de l'attention que notre communication attirait. Mais il n'était pas nécessaire que tout l'auditoire comprenne nos résultats. Ceux qui comptaient pour moi étaient les hommes des trois premiers rangs. Venus de Bitech, ils étaient là pour voir jusqu'où la ligue junior avait progressé. À moins de réussir à obtenir leur approbation, les portes de la ligue supérieure resteraient closes. Ça ne me faisait pas peur. Ils allaient voir ce qu'ils allaient voir !

— Mon nom est Tsuruga Takashi, du centre d'ingénierie de la réalité virtuelle. Je vais vous présenter les résultats de nos travaux sur la saisie d'informations par les nerfs optique et auditif.

Mon débit était bien plus fluide que je l'espérais. Si je continuais comme ça, tout irait bien. J'ai vu qu'un homme assis au deuxième rang portait la main à ses lunettes. La deuxième diapositive remplaça la première.

Juillet venait de commencer. Comme chaque année à cette époque, les résultats des travaux de recherche de MAC étaient présentés. Chaque groupe choisissait un de ses membres pour s'en charger. Chacun était qualifié pour le faire, mais l'usage voulait que s'il comptait quelqu'un qui allait prendre un poste à Bitech, cette personne le ferait. Voilà pourquoi j'étais debout sur l'estrade.

— Ce graphe est l'enregistrement des réactions internes au cerveau lorsque des images de pomme et de banane transformées en signaux grâce au système que nous avons utilisé parviennent au cerveau des participants à l'expérience. Ils ne connaissent pas leur contenu. Le graphe suivant correspond à l'enregistrement de leurs réactions en face de vraies pommes et bananes. Lorsqu'on exclut les composantes détaillées de fréquence, on voit que leur forme est extrêmement proche. Néanmoins, quand nous avons questionné les participants sur ce qu'ils avaient le sentiment d'avoir vu, ils ont compris qu'il s'agissait de bananes, mais pour les pommes, ils n'étaient pas sûrs de ce que c'était. Le fait est que les pommes ressemblent à beaucoup d'autres fruits par leur forme et leur taille, contrairement aux bananes qui sont uniques de ce point de vue, et nous estimons qu'il est nécessaire de fournir des informations plus détaillées.

J'avais peu dormi toute la semaine précédente, à cause des préparatifs. Je m'étais concentré sur le conseil que m'avait prodigué Osanai : "L'important est de donner à l'auditoire le sentiment qu'il comprend." Très peu de ses membres étaient capables de saisir le contenu des recherches, et il aurait été vain de leur fournir trop de détails. Il fallait mettre en avant les points les plus saillants. Chacun aurait ainsi l'impression de comprendre et serait content, si bien que l'évaluation serait favorable. C'était l'approche d'Osanai. J'avais prévu d'évoquer les difficultés que nous avions rencontrées, mais il me l'avait interdit :

— Ça n'intéresse personne ! Ce que tout le monde veut savoir, c'est comment nous avons progressé, quels obstacles il reste à surmonter pour arriver à une application des résultats, et au-delà, comment ça pourrait être transformé en un produit. Rien de plus. Il n'y a qu'une seule règle : montrer la valeur des travaux accomplis sans parler des difficultés.

Il avait ajouté que ce genre de communication était différent de celui des colloques universitaires.

— Nous devons premièrement veiller à avoir des données plus détaillées sur la perception de la forme et de la couleur, deuxièmement accélérer la saisie des données, et troisièmement comprendre la correspondance avec les déplacements du globe oculaire. Voilà, j'en ai terminé.

Il y a eu quelques applaudissements, pour la forme et non pour le fond. La lumière s'est rallumée, j'ai vu les expressions du public. Certains parmi ceux assis au fond bâillaient.

L'animateur a demandé s'il y avait des questions. Une main s'est levée au premier rang. L'interrogation portait sur la méthode d'analyse des données et j'y ai répondu brièvement. Les deux autres qui ont suivi ont été aussi faciles que celles d'un entretien d'embauche. Au moment où je me disais que je ne m'en sortais pas mal, un homme assis au troisième rang, qui ne paraissait pas avoir quarante ans malgré ses cheveux clairsemés, a levé la main.

— Je trouve remarquable votre analyse des courants cérébraux.

Il a commencé par un compliment, mais j'étais sur mes gardes. J'avais remarqué la tension d'Osanai qui était aussi sur l'estrade.

— Mais pourquoi n'avez-vous pas analysé les réactions chimiques internes au cerveau, une question abordée lors du sixième rapport de recherche ?

En toute honnêteté, je m'y attendais. J'aurais préféré éviter ce thème. Mais puisqu'il avait été mentionné, il fallait répondre.

— Nous continuons nos recherches à cet égard. Mais comme vous le savez, cela nécessite la coopération de patients ayant subi une opération chirurgicale, et il est difficile d'obtenir des données universelles en grand nombre. Nous avons donc progressé en obtenant des données que nous avons analysées essentiellement par la méthode de stimulation indirecte.

— Vous l'aviez déjà indiqué la fois précédente. Mais il ne fait aucun doute que la perception sensorielle auditive et visuelle est intimement liée aux émotions de chacun, n'est-ce pas ?

— C'est exact.

— Il est donc permis de penser que si l'on prend les émotions pour paramètres, il est indispensable de comprendre la réaction chimique. Si, malgré cela, on n'en tient pas compte, il me semble que les graphes des réactions cérébrales que vous nous avez montrés sont dépourvus de sens. Particulièrement le quatrième.

Malheureusement pour moi, la personne chargée des diapositives l'a fait réapparaître sur l'écran.

— Nous en avons tenu compte et nous comptons analyser ce graphe aussi du point de vue de la réaction chimique. Nous concevons la possibilité que cela conduise à une conclusion d'un tout autre ordre, ai-je concédé. Même si elle paraît très faible.

Il fallait bien que je réagisse !

L'homme parut satisfait. Il hocha la tête et se rassit. L'animateur annonça que le temps qui nous était alloué était terminé. Je pouvais descendre de l'estrade.

— Il m'a pris de court, celui-là ! ai-je dit à Osanai qui a eu un sourire peiné, une fois que nous étions revenus dans les coulisses.

— En fait, c'est un chimiste. Il s'appelle Sugiwara et, avant, il travaillait sur les neuromédiateurs.

— J'ai entendu parler de lui. Je comprends mieux.

— On aurait dû se douter qu'il serait là. Nous avons des données de simulation des réactions chimiques, non ?

— Oui, mais elles n'auraient servi à rien. Il n'aurait pas été dupe.

— Ce n'est pas faux.

Notre équipe de recherche sur les systèmes de perception auditive et visuelle était face à un mur, celui évoqué par Sugiwara, à savoir les réactions chimiques internes au cerveau. Les expériences menées sur les singes ne nous avaient pas permis d'obtenir les résultats escomptés, car ils étaient parfois à l'opposé de ce qui était attendu. Au final, il fallait des animaux de laboratoire pour ces expériences qui nécessitaient des opérations, et nous nous heurtions à une incompatibilité insurmontable : pour avoir l'opinion des cobayes, il aurait fallu utiliser des humains.

— Ne te fais pas de bile ! Bitech reconnaît tes capacités, m'a dit Osanai en tapotant mon épaule. Tu dois être fatigué. Va donc t'allonger sur le lit de repos qu'il y a au laboratoire. Tu as passé une nuit blanche, non ?

— Oui… ai-je reconnu en desserrant ma cravate. Mais j'aimerais entendre les communications des autres équipes.

— Je ne crois pas qu'il y en ait d'aussi intéressante que la tienne, m'a-t-il consolé.

J'avais surtout envie d'être là pour celle de Tomohiko. Le mois dernier, Shinozaki, un assistant de son laboratoire, avait parlé avec enthousiasme de ce qu'il faisait. À peu près au même moment, son équipe avait commencé à se conduire d'une manière suspecte. Ses membres, dont Mayuko et Tomohiko, travaillaient très tard tous les soirs, et il fallait montrer patte blanche pour entrer dans leur laboratoire dont les rideaux étaient toujours tirés, si bien qu'on ne voyait rien à l'intérieur.

Supposer qu'ils avaient produit un résultat de la première importance était logique, même si j'avais l'impression d'être le seul à m'en préoccuper. Nombreux étaient ceux qui pensaient que cette équipe travaillait à fond pour être prête pour les présentations. Un tel comportement n'avait rien d'exceptionnel. Garder le secret sur ses travaux était la règle. Beaucoup de chercheurs interdisaient l'accès de leur laboratoire aux personnes extérieures.

Si cela me préoccupait à ce point, c'était bien sûr parce que Tomohiko et Mayuko faisaient partie de cette équipe. Je ne les voyais plus. Il était rare que je les croise au réfectoire au moment du déjeuner. Et lorsque cela arrivait et que je leur demandais d'un ton innocent ce qu'ils faisaient en ce moment, ils se montraient évasifs.

Leur attitude envers moi me paraissait si froide que j'en venais à me demander si elle n'était pas plutôt due au fait que Tomohiko ne voulait pas que je m'approche de Mayuko. Je n'avais pas oublié le regard sombre qu'il m'avait jeté le jour où j'avais joué au tennis avec elle.

Je savais cependant que ce n'était pas le cas. Quand il ne s'agissait pas du travail, il se conduisait avec moi comme autrefois. Étant donné le lieu où nous nous trouvions, parler longtemps de choses sans rapport avec nos recherches était cependant difficile. Nos efforts pour éviter ce sujet conduisaient fréquemment à de longs et lourds silences. Ce qui importait pour moi, que ce soit lié ou non à leur travail, était que Tomohiko m'empêchait d'avoir des contacts avec elle. Je voyais à l'expression de Mayuko qu'elle avait envie de me parler de leurs travaux. Il s'en rendait compte aussi et ne la laissait jamais le faire.

Cela faisait plusieurs jours que je ne lui avais pas adressé la parole et j'en étais un peu irrité. Moi aussi, j'avais passé plusieurs nuits dans mon laboratoire pour préparer ma communication, et j'avais remarqué que la lumière restait allumée tard dans le leur, et que la porte en était toujours fermée à clé. J'aurais tellement aimé savoir ce qu'ils faisaient tous les deux. Bien sûr, ils n'y étaient jamais seuls, et je savais qu'ils travaillaient à leurs recherches.

L'heure de la communication de leur équipe était proche. Je suis retourné dans la salle en bras de chemise, sans cravate et sans veston. L'air conditionné fonctionnait, mais je n'avais pas mis de costume en plein été depuis la première fois que j'étais venu chez Bitech à l'occasion de portes ouvertes quand j'étais encore étudiant.

Il faisait déjà sombre dans l'auditorium. L'animateur a commencé les présentations.

— Nous allons maintenant passer à la prochaine communication, celle de l'équipe des packs mémoire du laboratoire d'ingénierie de la réalité virtuelle. Son thème est "Possibilité d'erreurs temporelles dues à la réalité virtuelle conventionnelle" et elle vous sera présentée par Sutō Takaaki.

Quoi ? J'ai eu envie de me lever et de quitter mon siège. J'avais bien entendu. Sutō est monté sur l'estrade. Où était Tomohiko ? Aucun des membres de son équipe n'était présent. Mayuko et Shinozaki étaient bien sûr absents.

Que se passait-il ? J'ai retourné mon regard sur Sutō. Il avait commencé à parler, d'un ton calme.

L'absence de Tomohiko n'était pas la seule chose étrange. Le thème de la communication l'était tout autant. Son titre paraissait difficile, mais son contenu l'était moins. Il portait sur l'illusion temporelle que l'on pouvait induire avec un dispositif de réalité virtuelle conventionnelle, une projection sur un écran. Si le temps passait exactement de la même façon dans le monde virtuel de l'écran et dans le monde réel, il va sans dire que celui qui l'expérimentait le faisait en temps réel. Que se passait-il si celui de l'écran était un peu accéléré ? Le but était de déterminer s'il était possible de faire vivre une journée à quelqu'un en l'espace d'une minute.

La conclusion était déjà connue. C'était possible dans des conditions extrêmement restreintes, mais impossible autrement. Quand on y réfléchissait, cela tombait sous le sens. Les êtres humains sont pourvus d'une horloge interne. Elle régule jusqu'au sommeil. Il est aussi impossible de tricher avec la faim. Il en va de même avec la fatigue et la récupération. Nombreuses sont les fictions dans lesquelles un personnage ne comprend plus s'il est dans le monde réel ou virtuel. C'est peut-être possible pendant un temps très court, mais impossible sur une durée plus longue.

Toute la question était de savoir pourquoi l'équipe de Tomohiko avait choisi un thème aussi rebattu, et pourquoi la communication était faite par un enseignant de MAC. Je m'étais attendu à une découverte révolutionnaire, mais il me semblait que ce que présentait Sutō traitait de choses qui avaient déjà été vérifiées. Les diapositives elles-mêmes n'avaient rien de neuf.

Il ne lui fallut que quinze minutes pour cette communication. L'enseignant maîtrisait parfaitement son temps.

L'animateur demanda s'il y avait des questions. Je m'attendais à ce qu'il y ait des expressions de mécontentement mais ce ne fut pas le cas. Peut-être parce qu'il s'agissait d'un enseignant. La seule question posée me parut de complaisance.

Il y eut ensuite une pause, et les membres du jury assis au premier rang se levèrent aussi. En les regardant, quelque chose m'a semblé bizarre. J'avais l'impression qu'ils étaient moins nombreux qu'au moment où j'avais fait mon exposé. J'ai fait le compte des yeux : il en manquait au moins trois, dont ce Sugiwara qui m'avait posé une question.

C'était étrange. Que le jury assiste à toutes les présentations allait de soi. Certains de ses membres, connaissant d'avance le thème rebattu de celle de Sutō, auraient-ils exceptionnellement décidé de ne pas rester ?

Mais où était Tomohiko ? J'ai quitté l'auditorium et je me suis dirigé vers le laboratoire de l'équipe des packs mémoire. Que pouvait-il donc faire ?

J'y étais presque arrivé quand sa porte s'est ouverte. J'espérais de tout cœur que Mayuko en sortirait. Mais j'ai été déçu en voyant un homme de haute taille, vêtu d'un costume. Il n'avait pas un visage japonais. J'avais déjà vu ces cheveux blonds et ce menton en galoche, mais je n'arrivais pas à me rappeler où.

Un autre homme le suivait. Celui-là, je le connaissais, car je venais de le croiser. C'était Sugiwara, de Bitech. Il est parti dans la direction opposée à la mienne, en grande discussion avec l'étranger, sans du tout me regarder.

Je me suis approché de la porte du laboratoire. Qu'était venu y faire Sugiwara qui n'avait pas assisté à la présentation de Sutō ? Accompagné d'un étranger, qui plus est.

Tout à coup je me suis rappelé où j'avais vu cet étranger : sur une publication interne de Bitech, qui annonçait la venue à Tokyo d'un directeur de recherche du siège de Los Angeles. Il s'appelait Floyd, me semblait-il, et c'était un expert de l'analyse cérébrale. Que faisait-il ici ?

J'ai décidé de frapper à la porte parce que j'étais persuadé que Tomohiko et les autres étaient à l'intérieur.

— Que veux-tu ? a fait une voix derrière moi au moment où j'allais le faire.

Je me suis retourné et j'ai vu Sutō qui venait de finir sa présentation.

— Euh… je voulais voir Miwa Tomohiko.

— C'est urgent ?

— Non, pas spécialement, mais j'ai une question à lui poser.

— Dans ce cas, a-t-il continué en s'intercalant entre la porte et moi, le mieux serait que tu le fasses plus tard. Parce que nous allons avoir une réunion.

— Vraiment ?

— Désolé…

J'ai hoché la tête, et je suis parti. Pour me retourner aussitôt.

— Monsieur Sutō…

Il était sur le point d'entrer dans le laboratoire, mais il s'est immobilisé.

— Votre présentation tout à l'heure signifie quoi ?

Il a levé un sourcil.

— Comment ça ?

— Sa préparation n'a certainement pas exigé de l'équipe qu'elle passe plusieurs nuits blanches à travailler. Et pourquoi n'est-ce pas Miwa qui l'a faite ?

Il a haussé les épaules.

— C'est à cause des circonstances.

— Vous ne voulez pas m'en dire plus ?

— Non. Ton équipe aussi est parfois contrainte par les circonstances, non ? Par des choses dont tu ne peux parler à des gens qui n'y appartiennent pas. Par exemple, des réactions chimiques du cerveau, ajouta-t-il, narquois, avant de disparaître à l'intérieur du laboratoire.

Ma présentation fut jugée la meilleure. Je n'en ai pas retiré beaucoup de joie. Depuis plusieurs années, les présentations ayant trait à la prochaine génération de réalité virtuelle, le domaine prioritaire de Bitech, obtenaient les meilleures notes. Ça n'avait rien à voir avec l'évaluation de mon travail. Mais j'étais quand même soulagé d'avoir ça derrière moi. Je me disais que j'allais pouvoir passer un peu de temps tranquille.

Le lendemain de la présentation, j'ai rencontré Tomohiko et Mayuko. Ils sont sortis de leur laboratoire au moment précis où je passais devant, en allant au réfectoire.

— Bonjour, a-t-il lancé sur le même ton que d'habitude. Toutes mes félicitations pour hier ! Bravo !

— Toi, tu n'as pas fait la tienne, ai-je répliqué d'un ton vindicatif au lieu de saisir la main qu'il me tendait. Pourquoi ?

— À cause des circonstances, a-t-il répondu en retirant sa main, le visage soudain fermé.

— Sutō m'a dit la même chose.

— En bref, nous n'en sommes pas encore au stade où nous pouvons faire une présentation. Nous avons besoin d'un “N” plus consistant.

Cela voulait dire que son équipe avait besoin d'un nombre d'échantillons plus important.

— Hier, j'ai vu Sugiwara de Bitech sortir de votre labo. Il était avec un étranger, celui qui s'appelle Floyd, je crois.

Il a eu l'air un peu embarrassé.

— Tu veux dire Brian Floyd, non ? C'est vrai qu'il est venu chez nous, mais ça n'a rien d'étrange. Il voulait voir notre dispositif expérimental.

— Le jour des présentations ?

— Il ne fait pas partie du jury. M. Sugiwara lui sert d'interprète parce qu'il le connaît bien. Le président de la session était au courant.

J'ai détourné les yeux de Tomohiko qui paraissait contrarié pour regarder Mayuko. Elle gardait la tête baissée, comme si elle s'en remettait à lui. Cela m'a bien sûr déplu.

— Pourtant Shinozaki affirmait que vous étiez arrivés à un résultat important.

— Je t'ai déjà dit qu'il a tendance à exagérer, non ?

— Vraiment… Je n'arrive pas à me débarrasser de l'impression que vous cachez quelque chose.

Il a froncé les sourcils et jeté un coup d'œil à Mayuko avant de retourner les yeux vers moi.

— Takashi, tu te rends bien compte qu'on ne peut pas tout se dire à propos des recherches que nous faisons, non ? Ou bien t'attends-tu à ce que je te raconte absolument tout ?

J'ai remarqué le regard surpris qu'elle lui a lancé. Moi aussi, j'étais un peu étonné. Il ne m'avait pas parlé sur ce ton depuis le collège.

J'ai hoché la tête. De plus en plus vigoureusement.

— Tu as raison. Tu n'es absolument pas obligé de tout me raconter.

J'étais à moitié sincère et à moitié provocateur. Peut-être avais-je manqué de discernement. Nous pouvions tout nous dire quand nous étions étudiants, mais ce n'était plus vrai maintenant.

— Je n'aurais pas dû parler sur ce ton. Je ne te poserai plus de questions.

Il a eu l'air un peu mal à l'aise mais n'a rien ajouté.

— Allons déjeuner, a lancé Mayuko d'une voix enjouée.

Nous nous sommes dirigés vers le réfectoire. Une fois que nous étions assis à table, elle fut la seule à parler. Tomohiko et moi nous sommes contentés d'acquiescer à ce qu'elle disait.

Je lui avais dit ce que j'avais dit, mais en réalité, ne pas savoir à quoi il travaillait me préoccupait. D'autant plus qu'il avait fait allusion à un possible secret.

Eux qui avaient travaillé si dur avant la date des présentations avaient retrouvé des horaires normaux. Tout le monde semblait considérer que leur communication avait nécessité ce surcroît d'activité, mais je n'y croyais pas. La présentation de Sutō n'avait pas exigé beaucoup de préparation.

J'avais un soupçon. N'y aurait-il pas eu une autre présentation ce jour-là, dans un autre endroit ? Je pensais bien sûr à leur laboratoire.

J'avais eu vent d'une rumeur selon laquelle le contenu des recherches que le siège de Bitech suivait de près ne faisait pas l'objet de communications, pas même au sein de l'entreprise, ni de rapports de recherche, comme c'était en général le cas. Il n'était révélé qu'aux principaux intéressés, et évalué secrètement.

Si c'était vrai, tout s'expliquait. La présentation de Sutō était une ruse. Non, toutes les présentations faites ce jour-là étaient des leurres. Elles permettaient d'envoyer chez MAC tous les principaux ingénieurs de Bitech, sans que personne trouve cela suspect.

Si c'était le cas, était-ce Tomohiko qui avait présenté le résultat de l'équipe de recherche sur les packs mémoire ? Je me suis souvenu de ce qu'avait dit Shinozaki. "Une découverte qui nécessite de revoir entièrement notre approche de l'ingénierie de la réalité virtuelle."

Je ne pouvais que reconnaître que la jalousie me taraudait. Ce qui me tourmentait, c'était que j'aurais aimé que ce soit moi qui aie produit ce résultat, et non Tomohiko. J'étais irrité. Mais je ne pouvais rien faire.

Tel était mon état d'esprit le 9 juillet, la veille d'un jour spécial, celui de l'anniversaire de Mayuko.

J'ai quitté MAC en fin de journée, et je ne suis pas rentré chez moi tout de suite. J'ai erré sous le ciel couvert de nuages, dans la touffeur de l'été. La poussière soulevée par les voitures qui passaient était collante. J'ai essuyé plusieurs fois mon visage couvert de sueur. Mon mouchoir à carreaux bleus et blancs a pris une teinte grisâtre.

Dire que j'ai erré n'est pas tout à fait exact, car j'avais un but. Mais je n'avais pas encore décidé si je devais ou non y aller, même si mes pas m'y conduisaient. Reconnaître que je faisais semblant d'hésiter serait plus honnête. Cela me permettait d'avoir un peu moins mauvaise conscience.

Bientôt j'étais devant une petite bijouterie. Celle devant laquelle Mayuko s'était arrêtée le jour où nous étions allés voir Tomohiko qui était souffrant.

Cette broche en camée y était-elle encore ?

Aujourd'hui aussi, nous avions déjeuné ensemble tous les trois. Quelque chose s'était cassé entre Tomohiko et moi. Notre relation grésillait comme une radio mal réglée. Mais je passais quand même du temps avec eux. Parce que je ne voulais pas perdre son amitié ? Probablement pas, reconnaissais-je quelque part. Mais parce que j'avais envie de la voir, elle. Ou pour être encore plus précis, parce que je tenais à savoir où leur relation en était. Si j'avais pendant un temps pensé que je devais me débarrasser de mes sentiments pour Mayuko, si j'avais alors envisagé de ne plus les voir, je faisais maintenant exactement le contraire.

Il n'avait pas mentionné son anniversaire qui était si proche. J'en avais déduit qu'ils comptaient le fêter seuls tous les deux. Tomohiko devait craindre que s'il le mentionnait, je leur imposerais ma présence. Sans doute pensait-il que je ne dirais peut-être pas que je ne voulais pas les déranger en un tel jour. Pourquoi ? Il avait une excellente faculté d'observation, et il avait dû remarquer quelque chose.

J'ai regardé la vitrine de la bijouterie. La broche au camée, un profil féminin délicat sur un fond bleu pâle, était au même endroit qu'en février. Elle m'a paru très raffinée.

Si Tomohiko avait deviné mes intentions, je n'y pouvais rien.

J'étais devant l'entrée du magasin. La porte automatique s'est ouverte silencieusement.

J'ai dîné dans un restaurant de chaîne, où j'ai ensuite bu deux cafés. Il était presque 20 heures quand j'en suis sorti. Je me suis dirigé vers la station de métro de Takadanobaba. J'ai acheté un ticket, et je suis monté dans un train pour Kōenji.

J'ignorais l'adresse de Mayuko. Je savais juste qu'elle habitait près de cette station. J'ai trouvé une cabine téléphonique, et j'y suis entré. J'ai sorti mon carnet et j'ai vérifié son numéro. Vérifié, parce que je le connaissais par cœur. J'avais eu plusieurs fois envie de le composer mais n'avais jamais osé.

Elle a décroché avant la quatrième sonnerie.

— Allô, ai-je entendu.

— Allô ! C'est moi, Tsuruga.

— Ah… a-t-elle dit d'une voix qui m'a fait imaginer son sourire. Quelle surprise !

— En fait, je suis dans ton quartier. Devant la station de Kōenji.

— Vraiment…

Elle a paru hésiter. Ça se comprenait.

— On pourrait se voir ?

— Maintenant ?

— Oui, juste un quart d'heure. J'ai quelque chose à te dire.

Il y a eu un silence.

— Ça ne peut pas attendre demain ?

— Non, désolé.

Elle s'est tue à nouveau. Elle devait se demander ce que je voulais lui dire. Peut-être s'était-elle rendu compte de mes sentiments pour elle. Cela n'aurait rien eu d'anormal.

— Tu vois un café, d'où tu es ? a-t-elle fini par me demander.

J'ai regardé autour de moi, et j'en ai vu un qui servait aussi des gâteaux. Je le lui ai dit.

— Ah, je sais où c'est. Tu peux m'attendre là-bas ? J'arriverai dans dix minutes à peu près.

— D'accord, ai-je dit avant de raccrocher.

J'ai récupéré ma carte de téléphone, et je suis sorti de la cabine. Mon cœur battait encore plus fort que la première fois que j'avais téléphoné à une fille quand j'étais au collège.

Elle est arrivée moins de dix minutes plus tard. Son sourire en me voyant m'a un peu rassuré.

— Tu n'as pas mis longtemps.

— J'habite tout près.

Elle a commandé un thé à la serveuse qui s'est approchée de notre table.

— Comment vont vos travaux ? Tu es toujours très occupée ?

— Plus que ça encore ! Je suis à fond, même si j'ai l'impression de ne comprendre que la moitié de ce que je fais.

— Tu ne peux pas m'en parler, n'est-ce pas ? Tu n'en as pas le droit, non ?

Elle a eu une expression un peu chagrine.

— Je suis sûre que Tomohiko aimerait le faire. Mais les circonstances sont ce qu'elles sont et…

La serveuse lui apporta sa consommation. Elle en but une gorgée.

— Ne t'en fais pas pour ça. Il a raison, il ne faut pas en parler à la légère. Mais je voudrais que tu me répondes par oui ou par non à une seule question. Tomohiko a fait une découverte ?

Elle a soulevé sa tasse, puis l'a reposée et a gardé le silence quelques secondes, avant de me dévisager et de lentement hocher la tête.

— Oui… Enfin je le pense en tout cas.

— Merci. Ça me suffit amplement.

— Je pense qu'il t'en parlera bientôt.

— Je l'espère, ai-je dit en buvant mon troisième café de la soirée.

Elle m'a regardé par en dessous.

— C'est de ça que tu voulais me parler ?

— Non, ai-je répondu en reposant ma tasse.

J'ai ouvert mon sac et j'en ai sorti un petit paquet carré que j'ai posé devant elle.

— C'est pour toi.

Elle a cligné des yeux, en me regardant puis en regardant le paquet.

— Demain, c'est ton anniversaire, non ?

— Tu es au courant ?

— Tomohiko me l'a dit.

— Ah bon.

L'embarras a remplacé l'étonnement sur son visage. Ensuite elle a souri innocemment. Elle ne devait pas savoir comment réagir.

— Je suis stupéfaite !

— Je peux le comprendre.

— Mais pourquoi me fais-tu un cadeau ?

Sa voix était légèrement tendue.

— Je n'ai pas de raison particulière. Je savais que c'était ton anniversaire, et je voulais t'offrir quelque chose. C'est tout.

— Hum…

— Tu ne veux pas voir ce que c'est ?

Elle a eu une seconde d'hésitation, puis a pris le paquet, qu'elle a ouvert avec précaution. Une petite boîte carrée en est sortie. Elle a soulevé le couvercle.

Elle a écarquillé les yeux et esquissé un sourire.

— Je me suis dit que ça te plairait.

Ses yeux brillaient quand elle m'a regardé. Mais une ombre y est vite apparue.

— Et lui, il est au courant ?

J'ai fait non de la tête.

— Non, je ne lui ai rien dit. Quand il m'a demandé ce qui te ferait plaisir, je ne lui ai pas parlé de cette broche.

Elle ne souriait plus du tout. Elle a réfléchi quelques instants, sans quitter la broche des yeux.

— Je suis bien embêtée, a-t-elle fini par murmurer. Que ça en soit arrivé là.

Elle faisait apparemment référence à nos relations à tous les trois.

— Pour être honnête, moi aussi. Je ne sais pas si j'ai le droit de faire ça ou pas. Je pense que je ne devrais pas, mais je n'ai pas pu m'en empêcher.

— Ce qui veut dire que tu t'en remets à moi ?

— Non. Mais le fait est que je te place dans l'embarras.

— Ça, c'est une certitude.

Elle s'est interrompue pour boire de l'eau.

— Je sais que je ne devrais peut-être pas dire ça, a-t-elle ajouté en remettant la broche dans la boîte, mais ce n'est pas désagréable.

— Ah bon ? Tu me fais plaisir.

— Mais je ne peux pas accepter ce cadeau.

— N'y vois pas de signification particulière, ai-je dit en me demandant si je le pensais vraiment.

— Comment ne pas le faire !

Elle a ri. Mais d'un rire qui n'avait rien à voir avec celui d'avant. Elle a refermé la boîte et a commencé à refaire le paquet.

— Je voulais t'offrir cette broche, c'est tout.

Elle s'est immobilisée et m'a regardé.

— Ce n'est vraiment que ça ?

J'ai croisé les bras, soupiré, sans réussir à trouver une bonne réponse.

— Je voudrais que rien ne change. Mais si j'accepte ce cadeau, je ne pourrai plus te parler comme maintenant.

— Personne n'y peut rien.

— Et moi, ça ne me plaît pas. J'aime les moments que nous passons tous les trois ensemble.

— De toute façon, ça n'est plus possible.

— Je ne suis pas d'accord.

Elle avait fini de refaire le paquet. Comme elle l'avait ouvert en faisant très attention, on aurait dit qu'il ne l'avait jamais été. Elle l'a posé devant moi.

— Je te le rends.

Je l'ai regardé pendant quelque temps en silence, les bras croisés.

— Tomohiko a probablement un cadeau pour toi. Mais celui-là, tu l'accepteras, n'est-ce pas ?

— Oui, sans doute. Peut-être.

— Parce que tu sors avec lui ?

Ma question parut la surprendre.

— Oui, finit-elle par répondre, après un bref silence.

J'ai hoché la tête. C'était tout ce que je pouvais faire. J'ai ensuite tendu la main vers ma tasse de café, mais elle était vide.

— L'autre jour, Tomohiko m'a demandé de lui rendre le double de sa clé. Parce qu'il veut te le confier. Mais je ne l'ai pas encore fait. Tu préférerais que je m'en occupe rapidement ?

Elle a posé les coudes sur les genoux, a jeté un coup d'œil circulaire, avant de retourner son regard vers moi.

— Cette histoire est réglée.

— Réglée ?

— Il m'a dit qu'il voulait me donner la clé de chez lui. La semaine dernière, je crois.

— Et alors ?

— Je lui ai dit que je n'en avais pas besoin.

— Pourquoi ?

— Pourquoi…

Elle a haussé les épaules.

— Parce que je ne voulais pas.

— Hum…

J'ai compris pourquoi il ne m'en avait pas reparlé. J'étais aussi soulagé à plusieurs égards.

Le café s'apprêtait à fermer. Peut-être était-ce le bon moment.

— On y va ?

Mayuko a souri.

Une pluie fine tombait quand nous en sommes sortis. Elle n'avait pas de parapluie. Je le lui ai fait remarquer, mais elle m'a dit que ce n'était pas grave.

— J'habite tout près. Bon, au revoir !

— Attends !

Elle m'a lancé un regard soupçonneux. Je lui ai de nouveau tendu le petit paquet.

— Je te prie de l'accepter. Tu n'as qu'à le jeter si ça ne te plaît pas.

Son regard est devenu triste. J'ai un peu perdu confiance, mais je n'ai pas reculé.

— Je suis tombé amoureux de toi bien avant Tomohiko.

Elle a ouvert la bouche et j'ai eu l'impression qu'elle a dit quelque chose, que je n'ai pas entendu. Ses yeux ont rougi. Son expression s'est faite sévère.

— Il y a deux ans, tu prenais la ligne Keihin-Tōhoku, n'est-ce pas ?

Elle n'a pas réagi.

— Tous les mardis, je prenais la ligne Yamanoté. Les deux trains roulaient parallèlement l'un à l'autre. Je te regardais toujours. Tu avais des cheveux longs.

Elle a continué à se taire. Mais son silence a renforcé ma conviction. Je ne me trompais pas. Elle aussi me regardait autrefois.

— Tu t'en souviens, non ?

Elle m'a regardé droit dans les yeux. Avant de faire non de la tête.

— Pas du tout.

J'ai failli lui dire qu'elle mentait mais je ne l'ai pas fait. Ça n'aurait servi à rien.

Je lui ai encore une fois tendu le petit paquet.

— Je te demande de l'accepter.

Elle l'a regardé quelques instants et l'a pris de la main droite, posément.

— Dans ce cas, d'accord. Je le garderai jusqu'à ce que tu aies repris tes esprits. Préviens-moi quand ça sera le cas. Je te le rendrai.

— J'ai tous mes esprits.

— Non.

Elle a agité la tête et elle s'est éloignée de moi dans l'obscurité.

CHAPITRE V

TUMULTE

— Oui, c'est vrai, répondit Takashi en regardant Natsué. On s'est rencontrés à Shinjuku. Tu étais là aussi…

— Comment tu me parles ! Ce n'est pas très sympa de dire ça. D'ailleurs, tu ne m'as jamais donné signe de vie depuis. Pourquoi ?

— Il n'y a pas de raison spéciale… J'ai été très occupé…

— Tu as dû l'être ! Et maintenant, tu es devenu un salarié normal, ajouta-t-elle en regardant son costume.

Il était de moins en moins à l'aise. Ce jour-là, c'était elle la quatrième personne, une amie à lui. Il se demanda pourquoi il l'avait invitée. Et pourquoi il l'avait oublié jusqu'à maintenant.

— Et toi, tu fais quoi en ce moment ?

— Toujours pareil. Je donne des coups de main lors de salons. Mais ces derniers temps, il n'y a pas grand-chose.

Elle releva ses cheveux qui tiraient sur le brun. Ses ongles étaient vernis.

— Et le petit couple, il va comment ?

— Le petit couple ?

— Miwa et sa copine. Ils avaient l'air super heureux ensemble. Ça va toujours bien entre eux ?

Takashi fronça les sourcils.

— Tu as dit ça tout à l'heure aussi, mais tu te trompes. Ce jour-là, Miwa n'était pas venu avec sa copine !

— Quoi ? s'exclama-t-elle en écarquillant les yeux. Bien sûr qu'ils étaient en couple !

— Non, ils étaient amis, rien de plus. Ils s'étaient rencontrés dans un magasin d'ordinateurs, ils avaient sympathisé, et il voulait me la présenter, c'est tout.

— Comment ça ? s'écria-t-elle une fois encore. Je n'y crois pas ! Tu m'as invitée en m'expliquant qu'il allait te présenter sa petite amie, et que tu préférais ne pas être seul à cette occasion.

— Mais ce n'est…

Il s'arrêta avant d'ajouter "pas possible".

Ses souvenirs étaient ambigus. Comme si sa tête était vide et qu'il n'y restait qu'un brouillard.

Il avait l'impression qu'elle disait vrai. Le café était au premier étage, avec de grandes baies vitrées qui donnaient sur la rue. Natsué était assise à côté de lui. Il lui avait parlé de Miwa, lui avait expliqué qu'ils se connaissaient depuis le collège, qu'il boitait mais qu'il fallait faire comme si de rien n'était. Et il avait ajouté que Miwa voulait lui présenter sa copine aujourd'hui.

Takashi secoua la tête. Il essaya de sourire, tout en sentant que son expression n'avait rien de naturel.

— Je t'assure que tu te trompes. Ce n'est pas sa copine à lui. Juste une bonne amie. Toi, tu as cru que c'était sa copine.

Ce fut le tour de Natsué de secouer la tête. Avec plus de conviction que lui.

— Tu m'inquiètes, tu sais ! C'est toi qui m'as dit que c'était sa copine. Je n'y crois pas ! Comment peux-tu raconter des choses pareilles ?

Elle parlait fort, d'une voix qui déchirait l'oreille comme un clairon. Des passants se retournèrent sur eux.

Il recula d'un pas et se couvrit les yeux de la main. Il commençait à avoir mal à la tête et sentait la nausée monter en lui. Son cœur battait plus vite.

— J'ai vraiment dit qu'ils sortaient ensemble ? demanda-t-il une fois encore à Natsué.

— Mais oui ! Je ne comprends pas ce que tu racontes. Que t'est-il arrivé ?

Elle le regardait à présent avec inquiétude. Cela le convainquit qu'elle ne se moquait pas de lui.

— Et après le café, nous sommes allés quelque part ?

— Quoi ?

— On avait rendez-vous avec Tomohiko et elle dans un café, non ? Ensuite, on est allés quelque part ?

— Euh… attends que je me souvienne…

Elle porta une main à son front.

— Oui, dans un restaurant italien dont j'ai oublié le nom.

— Un restaurant italien…

Il ferma à moitié les yeux. Il commençait à s'en souvenir. La lumière était tamisée, avec des bougies. Mayuko était assise en face de lui, Tomohiko à côté d'elle.

— Ça me revient, dit-il en rouvrant les yeux. Un restaurant italien. J'ai pris des crevettes.

— Ça va ? Tu as mauvaise mine, tu sais ! Tu ne veux pas qu'on aille dans un café ?

— Non, je préfère qu'on reste dehors. Tu as encore un peu de temps ? Je crois que je vais m'en souvenir.

— T'en souvenir ?

— Donne-moi un tout petit peu de temps !

Il leva la main droite. Elle s'écarta un peu, peut-être parce qu'il la mettait mal à l'aise.

L'image se fit plus précise dans son cerveau.

— On a trinqué avec nos cafés ?

— Hein ? De quoi tu parles ?

— Dans ce restaurant, à la fin, on n'a pas tous trinqué avec nos tasses à expresso ?

Elle lui lança un regard suspicieux qui ne dura pas.

— Oui, tu as raison ! On a trinqué avec nos cafés. C'est toi qui voulais qu'on trinque à leur avenir !

— À leur avenir…

— Oui, leur avenir à eux deux, Miwa et sa copine. Mayuko, c'est bien comme ça qu'elle s'appelle ?

— Oui, tu as raison, c'est comme ça que ça s'est passé.

Il s'en souvenait à présent, comme de l'amertume qu'il avait ressentie. Parce que Mayuko sortait avec Tomohiko. Et non pas avec lui…

— Mais enfin, explique-moi ce qui t'arrive, s'il te plaît, reprit Natsué en le regardant par en dessous. Depuis tout à l'heure, tu n'arrêtes pas de dire des choses bizarres.

— Euh… Non, ne t'en fais pas pour moi, s'il te plaît.

— Tu peux dire ce que tu veux, ça ne peut que me préoccuper !

— Non, non, je t'assure que ça va. Je suis un peu fatigué en ce moment, je raconte souvent des trucs bizarres. Je fais peut-être une dépression, conclut-il en s'esclaffant tout en pensant qu'il jouait mal la comédie.

— Ah bon… Si tu me dis que ça va, je veux bien te croire.

Elle le regarda à nouveau par en dessous, sans avoir l'air convaincue. Peut-être s'inquiétait-elle pour lui, mais elle devait aussi se dire qu'elle préférait ne pas en savoir plus.

— Tu étais en route pour quelque part, non ?

Il voulait qu'elle se sente à l'aise pour le laisser seul.

Son visage s'éclaira.

— Oui.

— Désolé de t'avoir raconté des trucs bizarres.

— Ne t'en fais pas pour ça ! Bon, à la prochaine !

— À la prochaine !

Elle commençait à s'éloigner lorsqu'il la rappela, parce qu'il venait de se souvenir de quelque chose.

— Natsué !

Elle se retourna vers lui.

— Tomohiko et toi avez parlé de violon dans ce restaurant, non ?

— Oui, répondit-elle, après avoir levé les yeux une seconde.

— Je ne me trompais donc pas.

— Ça a de l'importance ?

— Non, fit-il en secouant la tête, sans lui dire que cela prouvait que ses souvenirs étaient exacts.

Il lui sourit.

— Aucune ! Merci !

— Fais attention au surmenage, s'il te plaît !

— Je n'y manquerai pas.

— Bon, au revoir, lança-t-elle en agitant la main.

Elle repartit en marchant un peu plus vite. Peut-être voulait-elle éviter qu'il ne l'arrête encore une fois.

Il repartit de son côté et héla un taxi, à qui il donna le grand magasin Isetan de Shinjuku comme destination.

Dans le taxi, il ferma les yeux, afin de passer en revue les images qui lui étaient revenues.

En parlant avec Natsué, plusieurs éléments du passé étaient devenus plus clairs. En particulier le moment où Tomohiko lui avait présenté Mayuko. À cette époque, il l'avait amenée comme étant sa petite amie. Takashi s'en souvenait nettement. Comme de certains des gestes de Mayuko.

Cela fit naître de nouveaux doutes en lui. Des problèmes incroyablement complexes, et essentiels pour lui, qui l'oppressaient. S'il avait pris un taxi pour aller à Shinjuku, c'était parce qu'il était pressé, et parce qu'il se sentait mal au point de ne pas tenir sur ses jambes.

Il se demandait d'abord pourquoi il avait des souvenirs qui ne correspondaient pas à la réalité. Comme celui dans lequel Tomohiko lui avait présenté Mayuko comme une simple amie, et Natsué n'était pas avec eux. Il ne comprenait pas pourquoi il avait pu y croire.

Il se rendait cependant compte que cet écart ne le choquait pas plus que ça. En raison de son malaise. L'idée que Mayuko n'avait pas toujours été sa petite amie, mais qu'elle avait peut-être été d'abord celle de Tomohiko, n'était pas tout à fait nouvelle pour lui, même s'il ne se l'expliquait pas. Cette idée incompréhensible, il avait réussi à se convaincre jusqu'à présent qu'elle venait d'un rêve. Or ce n'était pas un rêve, mais la réalité.

Son deuxième doute, qui en réalité l'intriguait plus encore, portait sur la raison pour laquelle Mayuko, que Tomohiko lui avait présentée comme son amoureuse, était à présent la sienne. Ce n'était pas tout : pourquoi Mayuko ne laissait-elle jamais même entrevoir le fait qu'elle était sortie avec Tomohiko autrefois ? C'était plus fort que cela : le jour où Takashi avait voulu confirmer qu'elle avait eu autrefois une relation avec son meilleur ami, elle s'était fâchée tout rouge en lui demandant s'il croyait qu'elle avait des sentiments pour son collègue Miwa.

Donc elle mentait. Mais dans quel but ?

Il eut à nouveau très mal à la tête et appuya le front contre la vitre du taxi.

Il en descendit devant le grand magasin, marcha un peu et s'arrêta devant un immeuble où s'alignaient les noms des bars et restaurants qu'il abritait. Takashi vit celui qu'il cherchait : Les Fruits du Palmier. L'autre jour aussi, quand il était passé au même endroit, il avait ressenti une émotion complexe. Il se souvenait d'y être venu avec Tomohiko et Mayuko, mais n'avait plus su un instant avec qui était alors Mayuko. Il s'était efforcé de se convaincre que c'était lui.

Il avait maintenant en tête un souvenir précis de cette soirée. Qui lui semblait pourtant sorti d'un rêve. Alors qu'il s'agissait de la réalité.

Il prit l'ascenseur, en descendit au quatrième étage et alla jusqu'à l'entrée du restaurant. Il y avait du monde, surtout des gens visiblement venus ici après le travail. Il répondit par l'affirmative à l'employé qui voulait savoir s'il était seul et le pria ensuite d'attendre un peu.

Il en profita pour observer l'intérieur du restaurant, afin de s'assurer qu'il correspondait à ses souvenirs.

Le mur derrière la caisse était couvert de photos, visiblement celles des clients venus ici.

Le souvenir d'une scène précise lui revint et il se mit à étudier les photos avec plus d'attention.

Celle qu'il cherchait se trouvait loin vers le bas. Elle était nette. En la regardant, Takashi sentit son sang se glacer.

Impossible de se tromper. Ce n'était donc pas un rêve.

Il quitta le restaurant d'un pas chancelant au moment où l'employé s'approchait pour lui dire qu'il avait une table. Takashi l'ignora et appuya sur le bouton d'appel de l'ascenseur.

La photo montrait Tomohiko, Mayuko et lui. Takashi se souvenait que l'homme qui l'avait prise portait une chemise hawaïenne voyante, Tomohiko avait un *lei* autour du cou, et son bras était posé sur l'épaule de Mayuko.

Lui était assis un peu à l'écart, et son visage était éclairé d'un sourire peu naturel.

Il n'y avait pas de lumière dans l'appartement. Mayuko n'était pas encore rentrée. Il prit une bouteille de bourbon et s'en servit un verre à la table de la salle à manger, sans prendre la peine de se changer. Il espérait que l'ivresse lui apporterait du réconfort, tout en comprenant qu'il n'arriverait probablement pas à s'enivrer.

Après avoir bu la moitié du verre, il décida d'essayer de réfléchir posément. Il devait y avoir une explication rationnelle à ces images incompréhensibles. Dire qu'elles l'étaient ne changerait rien à son tumulte.

Il réfléchit d'abord au fait que ses souvenirs étaient contraires à la réalité. Ne s'agissait-il que d'une simple erreur ? Il secoua la tête. Non. Ce n'était pas une simple illusion. Ce qui signifiait qu'il avait été exposé à quelque chose qui avait eu pour effet de changer ses souvenirs. Accidentellement, ou parce que quelqu'un l'avait voulu ?

Il ne croyait pas que c'était accidentel. Dans ce cas, les divergences nées de l'écart entre la réalité et ses souvenirs seraient apparentes. Dans sa situation actuelle, il n'y avait pas d'incompatibilité entre la réalité et ses souvenirs erronés. Un bon exemple était le fait que Mayuko vivait avec lui.

Il fallait qu'il lui en parle. Il regarda sa montre et vit qu'il était 8 heures passées. Elle ne rentrait jamais si tard ces derniers temps. Une expérience devait la retenir au laboratoire.

Il avala une nouvelle gorgée de bourbon et recommença à réfléchir.

Si ce n'était pas dû à un accident, cela signifiait que cette situation étrange avait été créée par quelqu'un. Qui ? Dans quel but ?

Il décida de faire une première supposition. Était-il possible que ce qui lui arrive soit dû à la volonté de quelqu'un ? Autrement dit, quelqu'un était-il capable de modifier les souvenirs d'une autre personne ?

Réorganiser la mémoire, c'est ça, se dit-il. L'objectif ultime de la réalité virtuelle de prochaine génération, c'est-à-dire celui de leurs recherches.

Il secoua la tête, incrédule. Cette technologie n'était pas encore développée. Si elle l'était, tout leur labeur n'avait plus aucun sens.

Takashi fixa le vide. N'avait-il pas lui-même des souvenirs réorganisés ? C'était donc possible. Au niveau où se trouvait leur technologie aujourd'hui, ça l'était devenu, en procédant à un aménagement qu'il ignorait. Non, se corrigea-t-il : pouvait-il vraiment saisir avec précision la situation actuelle qui était la sienne ? Se pouvait-il qu'une technologie extravagante ait été créée à son insu ?

Si c'était vrai, il n'y avait aucun doute à avoir sur l'entité qui tirait les fils. Takashi sortit de sa poche cette lettre prétendument écrite par Miwa Tomohiko. Il la posa sur la table, l'observa et finit son verre.

Bitech était à l'origine de cette situation. La société pouvait aisément avoir fabriqué cette missive qui était la preuve que Tomohiko ne travaillait pas actuellement à son siège aux États-Unis. En tout cas, qu'il ne participait pas là-bas, comme la lettre l'affirmait, à un projet particulier.

Takashi était convaincu que l'altération de ses souvenirs et la disparition de son ami n'étaient pas sans rapport. Mais pourquoi Bitech agissait-elle ainsi ?

Tomohiko et lui n'étaient que de simples chercheurs. Qui plus est, des novices fraîchement émoulus de MAC.

Il reposa le verre qu'il allait porter à ses lèvres.

Le secret daterait des deux ans qu'ils avaient passés dans cet institut ?

Il se mit à chercher ce que ça pouvait être, mais interrompit bientôt sa réflexion. Parce qu'il venait de se rappeler que ses souvenirs pouvaient ne pas correspondre au passé exact.

Mais qu'était ce passé exact ? Et qu'était le passé fabriqué ? Il devait d'abord tirer cet aspect-là au clair.

Il décida de commencer par Mayuko. Elle avait été la petite amie de Tomohiko. Ce passé-là était exact. Le passé inexact était celui selon lequel Tomohiko et elle n'avaient été que de simples amis.

Quand son ami la lui avait présentée, il avait été surpris. Parce que c'était la jeune femme dont il était tombé amoureux autrefois. C'était un fait réel. Donc…

Parvenu là dans son raisonnement, il fut assailli par des pensées complexes. Cela voulait-il dire qu'il s'était à nouveau enflammé pour elle alors qu'elle était l'amoureuse de son meilleur ami ?

Il se leva, fit posément le tour de la table, et alla dans la salle de bains. Il ouvrit le robinet d'eau froide et s'en aspergea le visage. Il releva la tête et se regarda dans le miroir. Il était blafard. Ses yeux étaient rouges, et ce n'était pas seulement à cause de l'alcool. Ses cheveux mouillés collaient à son front.

En se regardant, il reconnut pour lui-même qu'il était tombé amoureux de l'amie de Tomohiko. Il n'avait pas réussi à éliminer les sentiments qu'il avait pour elle, malgré sa mauvaise conscience. Il pensait à elle en permanence. C'était devenu encore pire lorsqu'elle était entrée chez MAC. Il souffrait chaque fois qu'il la voyait.

Mais il n'arrivait pas non plus à vivre sans la voir. Plus il essayait de renoncer à elle, plus sa présence dans son cœur grandissait.

Un souvenir lui revint. C'était en été, le soleil brillait intensément sur le court de tennis. Mayuko lui faisait face de l'autre côté du filet. Il s'en souvenait nettement. Ce n'était pas un souvenir altéré, mais un souvenir réel. Pourquoi avaient-ils joué ensemble ? Parce que leur relation avait progressé jusque-là ? Takashi comprit tout de suite que ce n'était pas le cas. Il se rappelait aussi que Tomohiko les observait depuis une fenêtre à l'étage du bâtiment. À ce moment-là, elle était toujours en couple avec son ami.

Il avait continué à souffrir, car il passait du temps avec eux tout en dissimulant ses vrais sentiments.

Qu'était-il arrivé ensuite ? Il fronça les sourcils pour se le rappeler. Mais il n'avait aucun souvenir clair de ce qui s'était produit plus tard. Il ignorait à partir de quel moment Mayuko s'était mise en couple avec lui, comme la manière dont Tomohiko avait réagi.

Un autre souvenir lui revint. Lié aux travaux de recherche de son ami, un sujet qui le préoccupait alors terriblement. À l'époque, il pensait que Tomohiko avait fait une découverte majeure et qu'il la tenait secrète. Une phrase lui revint à l'esprit : "Une découverte qui nécessite de revoir entièrement notre approche de l'ingénierie de la réalité virtuelle." Ah oui, c'était Shinozaki Gorō qui l'avait prononcée.

Lui aussi avait disparu.

L'eau continuait à couler dans le lavabo. Takashi ferma le robinet et se regarda à nouveau dans le miroir. Se pouvait-il que…

Tomohiko travaillait sur les packs mémoire. Il s'agissait de manipuler la mémoire d'autres personnes. S'il y avait réussi, cela pourrait expliquer le phénomène qui le frappait actuellement. Lui servirait-il de cobaye ?

Takashi se souvint du studio de son ami, qui avait été entièrement retourné et d'où avait disparu tout ce qui aurait pu être le support de données. Le doute n'était plus permis : les recherches menées par Tomohiko avaient un lien intime avec ce qui se passait aujourd'hui.

Il fallait qu'il questionne Mayuko. En regardant sa montre, il vit qu'il était plus de 21 heures. C'était bizarre. Elle ne rentrait jamais aussi tard sans l'avoir prévenu.

Il alla dans la chambre. La lumière était allumée. Il se changea en regardant autour de lui, et ses yeux s'arrêtèrent sur le bureau. Il y vit un petit miroir. Elle s'en servait toujours pour se maquiller, mais ses produits de beauté avaient disparu.

Il ouvrit la porte de l'armoire-penderie. La plupart des cintres étaient en principe utilisés par Mayuko.

Mais ce soir-là, seuls ses vêtements à lui pendaient sur les quelques-uns qui étaient poussés de côté. Les autres étaient vides.

Il ouvrit la seconde armoire. La grande valise de Mayuko avait disparu, ainsi que tous les autres objets lui appartenant.

Il saisit le combiné sans fil et en pressa fiévreusement les touches pour composer le numéro du laboratoire de Mayuko à MAC.

Il raccrocha après avoir laissé sonner dix fois. Il composa ensuite un autre numéro, celui de son appartement à Kōenji, qu'elle avait gardé pour que ses parents ne découvrent pas leur cohabitation.

Un message enregistré parvint à ses oreilles. Le numéro qu'il avait composé n'était pas en service actuellement. Mayuko ne lui avait pas dit qu'elle avait résilié son abonnement.

Il alla dans la cuisine et se versa un verre d'eau. Son cœur battait à grands coups. L'inquiétude le submergeait. Il ramassa ses clés sur la table et quitta l'appartement.

Takashi était déterminé à la chercher, sans savoir par où commencer. Mayuko ne lui avait jamais parlé d'amis proches. Il décida, faute de mieux, de commencer par Kōenji.

Aucun doute n'était possible : elle avait quitté l'appartement où ils vivaient ensemble. Il ne comprenait absolument pas pourquoi. C'était l'un des événements incompréhensibles qui se produisaient dans sa vie. Impossible de le nier.

Arrivé à Kōenji, il partit en courant vers son appartement. Il n'avait pas une minute à perdre, car il lui semblait que chaque seconde qui passait l'éloignait plus de Mayuko. Il regrettait de ne pas être allé directement dans la chambre quand il était rentré chez lui.

L'appartement de Mayuko se trouvait au deuxième étage d'un immeuble assez ancien. Il leva les yeux vers ses fenêtres et aperçut de la lumière. Il monta l'escalier quatre à quatre, arriva au deuxième et sonna à la bonne porte. Il entendit du bruit à l'intérieur.

Le verrou cliqua et la porte s'ouvrit. La chaîne de sécurité était mise. Mayuko, faillit-il crier. Une inconnue le dévisageait suspicieusement.

— Qui êtes-vous ?

La jeune femme avait une vilaine peau et des cheveux artificiellement bouclés.

— Euh… c'est que… bredouilla-t-il en regardant s'il y avait un nom sur la sonnette.

Il n'y en avait pas mais le numéro de l'appartement correspondait.

— Je croyais que Tsuno Mayuko habitait ici.

— Vous faites erreur.

— C'est vous qui habitez ici ?

— Oui, répondit-elle, le visage triste, en s'apprêtant à refermer la porte.

— Depuis combien de temps ?

— Depuis le mois dernier.

— Le mois dernier…

Cela voulait dire que Mayuko avait rendu l'appartement au moins deux mois plus tôt. Sans lui en toucher mot.

— Vous avez d'autres questions ? demanda l'inconnue d'un ton revêche.

— Oui, encore une. Vous ne savez pas ce qu'est devenue la personne qui habitait ici avant ?

— Je n'en ai pas la moindre idée. Maintenant, ça suffit, au revoir !

Elle claqua la porte, et il l'entendit tourner le verrou.

Takashi demeura quelques minutes sur place. Puis il se retourna et alla sonner à la porte de l'appartement d'en face. Un jeune homme qui avait une allure d'étudiant lui ouvrit.

— Oui ?

Une odeur de riz au curry flottait dans l'air. Takashi lui demanda s'il savait quand la jeune femme d'en face avait déménagé. Son interlocuteur esquissa un sourire légèrement moqueur.

— Ah, cette belle jeune femme… Elle s'appelait Tsuno, non ?

Takashi hocha la tête, et l'autre continua :

— Il me semble que c'était fin mars. Je suis rentré chez mes parents pour les vacances, et quand je suis revenu, elle n'était plus là.

— Vous ne savez pas où elle est partie ?

— Non. On ne se saluait même pas quand on se croisait, alors…

L'étudiant dévisagea Takashi effrontément, comme s'il s'interrogeait sur la nature de ses relations avec son ancienne belle voisine.

— Je vous remercie, dit Takashi avant de s'éloigner.

Il frappa aux autres portes de l'étage, mais n'apprit rien de plus. Cela n'avait rien d'étonnant, les habitants de ce genre d'immeuble ne se fréquentaient guère entre eux.

Il revint dans la rue et repartit lentement vers la station. Demain, il appellerait Mayuko chez MAC, même s'il devinait que ça ne servirait à rien. Il comprenait intuitivement que le problème était plus compliqué.

Il décida de considérer qu'elle aussi avait disparu. Cela lui semblait la manière la plus appropriée d'y penser. Étant donné les circonstances, il était raisonnable de croire qu'elle n'avait pas été enlevée, mais qu'elle avait décidé de disparaître. Par conséquent, elle devait comprendre jusqu'à un certain degré ce qui se passait.

Mais quand même… Comment se faisait-il qu'il ait été le seul à ne pas s'apercevoir que sa mémoire avait été altérée ?

Comme il y avait une cabine téléphonique devant la station, il y entra et appela chez lui. Son espoir que Mayuko réponde fut déçu. Il raccrocha et reprit sa carte de téléphone.

À cet instant, il aperçut une pâtisserie, à côté de laquelle se trouvait un café.

Ah oui… c'était ici.

Sous la pluie qui tombait ce soir-là, il lui avait donné son cadeau d'anniversaire. Une petite boîte qui contenait une broche avec un camée. Celle qu'elle voulait.

J'ai tous mes esprits, lui avait-il dit. Et elle, qu'avait-elle répondu ? Il y réfléchit quelques instants, mais ne réussit pas à s'en souvenir.

SCÈNE 6

J'ai passé la soirée du 10 juillet habité de sentiments complexes. Je suis allé manger dans la cantine où j'avais mes habitudes, en pensant qu'au même moment, Mayuko et Tomohiko étaient probablement en train de boire du vin blanc pour accompagner leur repas dans un restaurant italien. Où iraient-ils ensuite ? Sans doute dans un bar. S'ils avaient dîné dans un restaurant d'hôtel, ne seraient-ils pas montés dans le bar du dernier étage, pour profiter de la vue ? Et après avoir bu plusieurs cocktails, ils se dirigeraient vraisemblablement vers la chambre qu'il avait réservée.

C'était une évidence. Je n'y pouvais strictement rien. Ils sortaient ensemble, ce genre de scénario n'avait rien d'extraordinaire. J'aurais dû me réjouir que Tomohiko ait enfin cette chance. J'ai eu beau me le répéter encore et encore, ça n'a rien changé à mon désarroi. Je suis allé m'acheter une bouteille de bourbon, je suis rentré chez moi, et j'ai commencé à la boire avec des glaçons. Je préférais rester chez moi. J'aurais eu peur de paraître pathétique dans un bar.

J'ai essayé de penser à autre chose. Je n'arrivais pas à ne pas me les représenter. Où étaient-ils ? Que faisaient-ils en ce moment précis ? De quoi parlaient-ils ? Était-elle contente du cadeau qu'il lui avait fait ? Avait-elle décidé de se donner à lui ce soir ? Arrivé jusque-là dans mes divagations, j'ai imaginé son corps nu. Je me l'étais souvent représenté en me masturbant. Mais je n'avais aucune envie de le faire ce soir. Ni aucune excitation. Je ne ressentais qu'une vive irritation qui me faisait bouillir. J'ai allumé la télévision. Il était question d'un scandale de corruption impliquant une entreprise du bâtiment, de la victoire des Tokyo Giants, du temps qu'il ferait demain… Rien de tout ça ne m'atteignait. L'image du lit double où étaient allongés Tomohiko et Mayuko s'est superposée au visage sérieux du présentateur du journal télévisé.

Pourquoi pas, me suis-je dit, étrangement. Ils étaient en couple, et qu'ils aient une relation physique était normal. Moi aussi j'avais été en couple avec une fille avec qui j'avais eu des relations sexuelles. Mayuko avait trouvé un amoureux. Ça ne me regardait pas. Mais à peine étais-je parvenu à cette conclusion, qu'une nouvelle vague d'incertitude m'a submergé. Je ne voulais pas que ça arrive. Je ne voulais pas qu'il me la prenne. En même temps, j'étais quelque part inquiet pour Tomohiko. Il était puceau, sans aucun doute. Réussirait-il à faire ce qu'il fallait ? Le tumulte régnait dans mon esprit.

Je me suis réveillé avec l'impression qu'il y avait eu un tremblement de terre. J'avais dû m'endormir. Un vieux western en noir et blanc passait à la télé. Je n'avais pas les idées claires.

Quelqu'un frappait à ma porte. Avec insistance. Je me suis levé et suis allé dans l'entrée d'un pas incertain.

— Qui est là ? ai-je demandé.

Il n'y a pas eu de réponse. Méfiant, je me suis approché de la porte sans faire de bruit, j'ai collé mon œil au judas, et j'ai découvert Tomohiko accroupi dehors.

Stupéfait, je lui ai ouvert. Il ne s'y attendait pas et il est tombé sur les fesses.

— Qu'est-ce qu'il t'arrive ?

Je l'ai agrippé par le bras pour l'aider à se relever. Il avait la mine défaite. Son haleine sentait l'alcool.

— Je veux de l'eau, a-t-il gémi.

— Entre !

Je l'ai tiré à l'intérieur. Le moindre mouvement devait lui être pénible, car il a grimacé. Je ne l'avais jamais vu aussi soûl. Mon ivresse a immédiatement disparu.

Je lui ai apporté de l'eau, il en a bu, et je lui ai dit de s'allonger.

— J'ai la tête qui tourne, a-t-il annoncé avant de se mettre à vomir.

Il a dit qu'il allait nettoyer, mais je lui ai ordonné de ne pas bouger, et je m'en suis occupé. Ça m'a rappelé les fêtes d'étudiants.

Au bout d'un moment, il s'est assis sur mon lit et a paru se calmer. Il était blême.

— Que s'est-il passé ? lui ai-je demandé, assis en tailleur à ses pieds.

Il ne m'a pas répondu tout de suite. Immobile, il se tenait la tête entre les mains. J'ai changé de chaîne, mais j'ai fini par revenir au western, car les autres émissions étaient inintéressantes.

Il a murmuré quelque chose, je n'ai pas compris, et je lui ai demandé de répéter.

— Elle m'a rejeté, a-t-il fait un peu plus fort.

— Elle t'a rejeté ? Comment ça ?

— Je lui ai dit que j'avais réservé une chambre, mais elle n'a pas voulu y aller.

Il avait maintenant la tête posée sur ses poings.

J'ai imaginé la situation. Il avait effectivement réservé une chambre.

— Ça ne devait pas être un bon jour pour elle. Ça arrive aux filles, tu sais !

Mais il a fait non de la tête.

— Elle a précisé que ce n'était pas à cause de ses règles.

— Et donc… ai-je commencé avant de m'interrompre, pensant soudain que je n'avais pas le droit de lui poser des questions.

— Elle m'a juste dit qu'elle rentrait chez elle, ajouta-t-il.

— Hum…

Je fixais des yeux le vieux papier peint de ma chambre, incapable de continuer à parler.

— Notre relation n'était que ça ! J'étais le seul à croire qu'il y avait plus.

— Mais non !

— Mais si ! Je le sais, moi !

Il a porté les deux mains à sa tête, et il a commencé à fourrager dans ses cheveux.

— Elle ne m'a pas refusé que ça, d'ailleurs !

J'ai relevé la tête.

— Que veux-tu dire ?

— Je lui ai parlé de l'avenir. En lui faisant comprendre que j'aimerais qu'on se marie vite.

— Et alors ?

— Elle m'a répondu qu'elle avait besoin de plus de temps, qu'elle devait encore réfléchir…

— Donc elle ne t'a pas dit non !

— Si, j'ai bien compris ce que cela signifiait. Elle était embêtée. Elle a refusé, sans le dire explicitement.

Il a secoué la tête.

— Elle était bizarre aujourd'hui. Comme absente. Je lui ai parlé d'un tas de choses, pour l'intéresser, mais rien n'a marché. J'ai eu l'impression qu'elle ne prenait plus aucun plaisir à être avec moi. Oui, c'est exactement ça.

Sa voix était pâteuse.

Comme j'ignorais de quoi ils avaient discuté, j'étais incapable de confirmer ou d'infirmer ce qu'il disait. Ça ne me semblait pas si grave, mais étant donné son caractère, je pouvais comprendre son trouble. Malgré son manque total de confiance en lui pour ce qui était du domaine sentimental, il sortait avec une fille aussi parfaite que Mayuko, et la perspective de la perdre l'affolait plus qu'il ne l'aurait fallu. Peut-être était-ce pour cela qu'il était aussi déprimé que s'ils avaient définitivement rompu.

Mais je ne comprenais pas les intentions de Mayuko. Était-ce lié à ce qui s'était passé entre nous la veille au soir ? Elle m'aurait choisi ? Ça me paraissait de plus en plus vraisemblable.

Je n'arrivais pas à y croire. Et je faisais de gros efforts pour réprimer ce léger espoir qui grandissait en moi.

Il a continué, le regard vide, à spéculer sur ce qui avait causé ce changement en elle, en répétant encore et encore qu'en fait elle ne l'avait jamais aimé, qu'elle n'avait eu que de la pitié pour lui, que, finalement, elle était peut-être comme toutes les autres filles. Je le connaissais depuis très longtemps, mais j'ignorais que l'ivresse le rendait à ce point collant.

J'ai passé la soirée à le consoler. À lui dire qu'il ne devait pas s'en faire, que ce genre de choses arrivait, qu'elle était juste un peu plus prudente que d'autres, qu'elle prenait ses décisions lentement, qu'elle l'aimait, je m'en portais garant.

Je ressentais du dégoût pour moi-même, de l'irritation, et de la jalousie. Ainsi que du soulagement – elle ne s'était pas encore donnée à lui, et je dois avouer que quelque part je me réjouissais de ce qui était arrivé à mon ami.

Au bout d'un moment, il s'est allongé sur mon lit, et il a commencé à ronfler. Je l'ai couvert d'une couette légère. J'ai éteint la lumière, et je me suis couché par terre pour dormir, lorsqu'il a dit mon nom.

— Qu'est-ce qu'il y a ?

Il ne m'a pas répondu tout de suite.

— Mayuko est une fille extraordinaire, a-t-il déclaré au moment où je me disais qu'il s'était rendormi.

— C'est sûr.

— Tous les garçons ne peuvent qu'être attirés par elle.

— Tu as sans doute raison…

— Mais les autres garçons, ils peuvent trouver d'autres filles. Autant qu'ils veulent. Ils n'ont pas que Mayuko comme perspective.

Je me suis demandé quoi lui répondre.

— Mais pour moi, il n'y a que Mayuko. Je ne rencontrerai jamais plus quelqu'un d'aussi bien qu'elle.

J'ai continué à me taire.

— Je ne veux pas la perdre. Je ne veux pas que quelqu'un me la prenne.

Je n'ai rien dit. Je comprenais qu'il attendait ma réponse, mais je ne pouvais que me taire.

Au matin, Tomohiko était parti. Il m'avait laissé un message sur mon lit. Pardon, avait-il écrit sur une feuille de papier.

Le lundi suivant, entre deux expériences, je suis allé m'acheter un café glacé à la machine à café. Pendant qu'il coulait, j'ai regardé dehors. Il faisait tellement chaud que le paysage au loin semblait mouvant. À ma grande surprise, j'ai vu qu'il y avait des gens qui jouaient au tennis. Deux enseignants de MAC. La plupart étaient sportifs, mais je n'aurais jamais pensé qu'ils l'étaient à ce point.

Au moment où je me suis penché pour prendre mon café, j'ai remarqué deux jambes en jean. J'ai relevé la tête lentement : Mayuko me souriait, d'un sourire complexe, un peu contraint.

— Salut ! Ça ne fait que deux jours qu'on ne s'est pas vus, mais ça me paraît bien plus long.

— C'est vrai, a-t-elle répondu en mettant de la monnaie dans la machine.

Elle a appuyé sur le bouton du thé glacé. J'ai entendu le bruit des glaçons dans le gobelet.

— Je ne t'ai pas vu à la cantine aujourd'hui.

— Je suis allé manger dehors. Des crêpes au chou. Ça faisait longtemps.

— Des crêpes au chou ?

J'ai cru qu'elle allait dire que ça lui faisait envie, mais je me suis trompé.

— Pourquoi ne viens-tu plus à la cantine ?

— Pourquoi me poses-tu la question ?

Je me suis interrompu pour boire une lampée de café. Il n'était pas très bon, comme toujours.

— Je t'ai dit l'autre jour que je ne pourrais pas continuer à faire comme avant.

C'était une référence à notre conversation lorsque je lui avais donné son cadeau d'anniversaire.

— C'est bien pour ça que je ne voulais pas l'accepter. Je te l'ai dit d'ailleurs !

— Je ne veux plus jouer la comédie devant lui.

Elle a soupiré.

— Ça m'embête. Pourquoi a-t-il fallu que ça vire comme ça ?

— Sache que je ne cherche pas à être pénible.

— Mais ça l'est pour moi !

— Tu attends des excuses de ma part ?

— Tu ne regrettes rien ?

— La réponse la plus honnête que je puisse te faire est que je n'en sais rien. D'un côté, tout est plus clair, de l'autre, je sais que j'ai mal agi.

— Oui, tu as mal agi. Sois-en conscient !

Son ton était aussi un peu celui de la plaisanterie, ce qui m'a soulagé.

— Il est venu chez moi.

Elle a penché la tête, comme si elle ne comprenait pas. J'ai bu une autre gorgée de café glacé.

— La nuit de ton anniversaire. Il était blafard, puait l'alcool, et ne marchait pas droit.

Elle a baissé les yeux en clignant des cils.

— Et alors ?

— Il m'a parlé de toi. Il avait beaucoup bu, mais j'ai compris ce qu'il racontait.

— Ah bon.

Elle a bu d'un trait son gobelet de thé glacé et a soupiré profondément. Son visage était calme, mais je voyais qu'elle maintenait difficilement cette façade.

— Ça m'a été pénible à entendre.

Elle a écrasé son gobelet entre ses doigts, s'est retournée et l'a jeté dans la corbeille à papier derrière elle.

— Ne te méprends pas, s'il te plaît. Si je n'ai pas accepté ce qu'il a suggéré, ce n'est pas parce que tu m'avais fait part de tes sentiments, mais parce que j'avais besoin de réfléchir à ceux que j'ai pour lui. J'avoue être très troublée. Je ne sais plus si me marier avec lui est ce que je dois faire. Bien sûr que c'est ce que tu m'as dit qui m'a ébranlée. Mais si mes sentiments pour Tomohiko étaient authentiques, ça ne devrait pas m'ébranler. Je suis surprise que ça me soit arrivé, et désespérée. En même temps, je me dis que c'est une bonne chose que je m'en sois aperçue.

— Si je comprends bien, mon initiative n'a pas été que négative pour toi.

— Je ne suis pas sûre qu'on puisse dire ça, a-t-elle répondu en penchant la tête.

— Tu ne devrais pas lui en parler ?

— De quoi ?

— De ce que j'ai fait.

— C'est impossible, enfin ! a-t-elle jeté en m'adressant un regard noir, avant d'ajouter d'une voix triste : si je fais ça, vos relations seront détruites, non ?

— C'est inévitable. Je l'ai trahi. Comment pourrais-je continuer à être son ami comme si de rien n'était ?

— Votre amitié n'appartient pas qu'à toi ! Elle lui est très précieuse.

— Moi, je n'ai pas envie de mentir en permanence, ai-je répondu en regardant son profil. Tomohiko est venu chez moi parce que les choses ne se sont pas passées comme il l'espérait avec la fille dont il est amoureux, lui qui ne boit jamais s'est soûlé, et il est venu me trouver. Je continue à être la personne en qui il a le plus confiance. J'ai envie de lui faire comprendre que je n'ai pas tant de valeur que ça.

— S'il est venu chez toi, c'est bien parce que tu en as à ses yeux.

— Mais c'est moi la cause de ses souffrances ! Ça ne te paraît pas bizarre que je le console en ne lui en disant rien ?

— Tu l'as quand même fait, non ?

— Je lui ai dit des trucs que je ne pensais pas. Alors que moi, ce que j'espère, c'est que tu le rejettes.

— Peu importe que tu lui aies menti et que tu le fasses encore, si ça l'aide à regagner des forces. C'est aussi ça, l'amitié !

— Ne dis pas n'importe quoi !

— C'est toi qui racontes n'importe quoi ! Je n'en reviens pas que tu sois prêt à détruire une amitié de plus de dix ans !

Nous nous sommes dévisagés, et trois personnes sont passées à côté de nous. J'en connaissais deux, des chercheurs, et je les ai salués des yeux en leur adressant un sourire artificiel. Puis j'ai jeté mon gobelet vide dans la corbeille à papier.

— Et comment va-t-il aujourd'hui ? L'autre jour, il était très déprimé.

— Hum… a-t-elle fait en se passant la main dans les cheveux. Il a l'air comme d'habitude, mais je ne suis pas sûre que ce soit vrai.

— Tu as déjeuné avec lui, non ? Comme toujours.

Elle a serré les lèvres et secoué la tête.

— Non, pas aujourd'hui.

— Ah bon ! Pourquoi ?

— On était en train de faire une expérience, et on s'est relayés pour aller à la cantine.

— C'est exceptionnel !

— C'est vrai.

— Je peux te dire le fond de ma pensée ?

Elle a levé vers moi un regard craintif.

— Moi, tout ce que j'espère, c'est que votre relation se défasse ainsi, petit à petit, ai-je dit en la fixant des yeux.

Ça ne lui a pas plu. Elle a froncé les sourcils. Mais j'ai continué.

— Je suis comme ça, je n'y peux rien.

Je n'ai pas compris pourquoi son expression est devenue aimable. Elle a baissé la tête une seconde, avant de la relever pour me dire à la manière d'une enfant :

— Jure-moi que tu ne lui raconteras pas !

— D'accord. Mais il finira par s'en rendre compte tout seul. D'ailleurs il l'a peut-être déjà fait.

Je me suis souvenu de lui chez moi, soûl. "Je ne veux pas la perdre. Je ne veux pas que quelqu'un me la prenne."

— Il ne faut rien faire pour qu'il s'en rende compte. Pour notre bien à tous les trois.

— Autrement dit, le jour où tu m'accepteras n'arrivera jamais, c'est ça ?

Elle m'a regardé avant de baisser les yeux.

— Effectivement, a-t-elle lâché calmement.

CHAPITRE VI

CONSCIENCE

Takashi ne ferma pas l'œil de la nuit. Il s'était allongé sur son lit sans se déshabiller. Peut-être s'assoupit-il quelques instants, sans en avoir conscience. Il ne s'attendait pas à réussir à dormir.

Mayuko ne revint pas.

Cela ne le surprit pas. Il avait réfléchi calmement, et était aisément arrivé à la conclusion qu'elle ne le ferait pas. Cela l'attristait et paradoxalement, le rassurait aussi. Depuis qu'ils avaient commencé à vivre ensemble, elle n'avait jamais passé la nuit dehors sans le prévenir. En temps normal, il aurait été très inquiet.

Pendant cette nuit blanche, il n'avait cessé de réfléchir à ses souvenirs originels, particulièrement ceux concernant Tomohiko et Mayuko.

Il s'était rappelé qu'après lui avoir fait cadeau de cette broche avec un camée pour son anniversaire, ses sentiments pour elle étaient devenus encore plus profonds. Et il classait du côté des faits avérés son espoir d'une rupture entre Tomohiko et Mayuko. Il en était chagriné, parce qu'il avait cru que cette amitié entre Tomohiko et lui était un lien plus fort encore que celui qui l'unissait à ses parents.

Des souvenirs de Tomohiko collégien étaient gravés dans son cerveau. C'était comme regarder un recueil de scènes nostalgiques. Certaines images qu'on aurait dites sorties d'un film sur l'adolescence étaient particulièrement émouvantes.

Quand ils étaient en quatrième, Takashi avait été hospitalisé pour une appendicite aiguë. Manquer quelques jours de classe lui était égal, mais savoir qu'il n'aurait pas encore quitté l'hôpital le jour de la sortie d'un nouveau jeu vidéo le contrariait énormément. Pour l'acheter dès le premier jour, il fallait faire la queue tôt le matin devant les points de vente. Il y avait par conséquent renoncé mais lorsque Tomohiko était venu le voir en fin de journée, il avait sorti le jeu de sa poche et lui avait expliqué, comme si cela allait de soi, qu'il avait fait la queue parce qu'il savait à quel point son ami le désirait. Or Takashi avait lu dans le journal du soir que seuls ceux qui étaient arrivés au moins trois heures avant l'ouverture avaient pu acheter le jeu. Malgré son handicap, Tomohiko avait fait cela pour lui.

Takashi, qui avait compris que Tomohiko le considérait sans aucun doute comme son meilleur ami possible, essayait en permanence d'être à la hauteur de ses attentes. Son rôle au collège était de le protéger de ceux qui se moquaient de lui en raison de son handicap. Des idiots de ce genre, il y en avait partout, comme ceux qui l'avaient harcelé verbalement pendant les rencontres sportives en criant qu'il n'y avait aucune épreuve de prévue pour les gens comme lui. Takashi avait réussi à entraîner celui qui hurlait le plus fort dans un coin sombre, pour le bourrer de coups. Même au bord des larmes, le harceleur n'en avait pas démordu et il avait dû taper encore plus fort. Plus tard, Takashi avait été convoqué par le professeur principal. Il lui avait expliqué la raison de son comportement, et l'enseignant s'était contenté de lui dire que la violence était inacceptable, sans le sanctionner, ce qui avait renforcé sa conviction d'avoir bien agi.

Takashi n'avait pas envie de penser que sa colère n'avait pas été sincère. Il ne croyait pas avoir été mû par un sentiment de supériorité et d'autosatisfaction. Mais quand il se rappelait ce qu'il avait fait un an auparavant, sa certitude était ébranlée. Derrière sa détermination à faire sienne Mayuko se trouvait indéniablement sa conviction arrogante qu'aucune fille qui aurait à choisir entre lui et son ami n'opterait pour ce dernier. Et force était aussi d'admettre qu'elle était fondée sur le handicap physique de Tomohiko. Cela ne le mettait-il pas au même rang que ces garçons qui le harcelaient autrefois au collège ?

Takashi avait l'impression de se voir enfin tel qu'il était : quelqu'un qui n'avait ni le droit de se dire l'ami de Tomohiko, ni de mépriser ceux qui pratiquaient la discrimination.

Devait-il renoncer à Mayuko ? Il ne pouvait que penser que la bonne réponse à cette question était oui. Mais il ne regrettait rien. Parce qu'il pouvait s'imaginer à quel point il aurait été tourmenté si elle s'était unie à Tomohiko.

Takashi se dit qu'il était faible, une idée qui l'aida un peu, jusqu'à ce qu'il s'aperçoive qu'en réalité, il continuait à fuir.

Il se leva d'un pas incertain de son lit, et alla se changer dans la salle de bains. Au moment de saisir sa brosse à dents, il en remarqua une de couleur rose dans le verre à dents. Mayuko l'avait apparemment oubliée.

Mais pourquoi l'avait-elle choisi lui, et non Tomohiko ? Pour autant qu'il s'en souvienne, il n'y avait quasiment aucune possibilité qu'elle le fasse.

Il n'y avait qu'une explication possible : cela avait été arrangé par ceux qui avaient tout organisé. C'était lié aux disparitions de Tomohiko et de Shinozaki, et à la réorganisation des souvenirs de Takashi. Elle avait en d'autres termes joué la comédie en répondant "moi aussi" au "je t'aime" qu'il avait soufflé sur l'oreiller. C'était ce que le scénario prévoyait.

Ça ne peut pas être possible… pensa-t-il en secouant la tête, sans cesser de se brosser les dents. Mais il n'avait aucune preuve pour l'affirmer.

Il partit au bureau le cœur lourd, avec l'impression d'avoir au plus profond de son cerveau une mine de plomb, qui irradiait douloureusement.

Il introduisit comme toujours sa carte d'employé dans le lecteur et la porte de la neuvième section du développement des systèmes de réalité s'ouvrit.

Il perçut immédiatement une différence. D'ordinaire, ses journées de travail commençaient par la vision de Whoopee dans sa cage. Aujourd'hui, il n'entendait aucun bruit. La cage elle-même n'était plus là.

Perplexe, il avança dans la pièce. Le changement était plus important encore. Tout le matériel d'expérimentation dont Sutō et lui se servaient avait disparu, jusqu'à leurs deux tables de travail. Il ne restait qu'un tableau blanc.

Décontenancé, il s'avança jusqu'au milieu de la pièce et jeta un regard éperdu autour de lui. Il n'y comprenait rien.

L'équipe qui occupait l'autre moitié de l'espace était déjà arrivée. Ses membres le dévisageaient avec une expression soupçonneuse. Kiriyama Keiko, qui était entrée chez Bitech en même temps que lui, était là aussi. Rien n'avait changé de leur côté.

Il remarqua une feuille de papier collée au tableau blanc et s'approcha pour la lire.

"Tsuruga ! Viens me voir quand tu arrives." C'était signé "Ōnuma".

Takashi sentit la tension l'envahir. Ce cadre dirigeant de Bitech était responsable du développement des systèmes de réalité. Il l'avait déjà croisé lors de réunions, mais ne lui avait jamais adressé la parole. Takashi étant dans les faits une nouvelle recrue, cela n'avait rien d'étonnant.

Il était en train de se demander ce que cela pouvait signifier lorsqu'il entendit Kiriyama lui demander s'il était muté.

Surpris, il se retourna vers elle, qui avait les mains enfoncées dans les poches de sa blouse blanche. Derrière ses lunettes, elle le regardait avec méfiance, en fronçant les sourcils, ce qui était presque une manie chez elle.

— Je n'en sais rien. Mais ce n'est pas impossible, j'imagine.

— Moi non plus, je n'ai rien entendu à ce sujet.

— Ton équipe est arrivée à quelle heure ?

— 9 h 10, je dirais. J'étais la première. Tout était dans l'état que tu vois. On s'est tous dit que vous aviez été mutés tous les deux sans préavis.

— Et Sutō ?

— Je ne l'ai pas encore vu aujourd'hui.

Il hocha la tête et baissa les yeux vers sa montre. C'était l'heure où Sutō arrivait d'ordinaire.

— Bon, je vais aller voir M. Ōnuma.

— Le chef de division ?

Il lui montra le papier. Elle écarquilla les yeux.

Son bureau se situait au même étage, dans un couloir fermé par une porte à côté de laquelle se trouvait un interphone. Takashi inspira avant d'appuyer.

— Oui, fit une voix grave.

— Mon nom est Tsuruga.

— Entre !

La porte se déverrouilla. Takashi la poussa.

Ōnuma était assis à son bureau. Les stores de sa fenêtre étaient baissés et il fixait l'écran de son ordinateur.

— Assieds-toi ici. Une seconde, s'il te plaît, il faut que je finisse quelque chose, dit-il en pianotant sur son clavier.

Takashi prit place sur un canapé. Le bureau n'était pas très grand malgré la position élevée de son interlocuteur. Il y avait une bibliothèque qui débordait de livres, un grand écran pour les conférences vidéo, et juste assez de place pour un canapé et deux fauteuils de part et d'autre d'une petite table basse.

— OK, disons que c'est bon, dit Ōnuma comme s'il se parlait à lui-même.

Il se leva, et vint vers Takashi. Il paraissait plus jeune que les cinquante ans qu'il était censé avoir, avec sa silhouette mince et ses cheveux parfaitement noirs (une perruque, à en croire certains). On le disait extrêmement attentif à son régime alimentaire (l'embonpoint conduirait, selon lui, à une baisse des facultés intellectuelles). Ōnuma suscitait de nombreux bruits de toutes sortes.

— Je vais tout t'expliquer rapidement pour ne pas perdre de temps, déclara-t-il en s'asseyant en face de Takashi. Les recherches que ton équipe menait sont suspendues pour le moment.

— Comment ? Mais pourquoi ?

— Nous avons déterminé que les poursuivre n'avait pas de sens.

— Mais… comment… Pourquoi pensez-vous cela ?

— C'est la conclusion à laquelle nous sommes arrivés en les évaluant notamment du point de vue de leur potentiel, de leur développement et de leur avancement. C'est une décision irrévocable, répondit Ōnuma en le regardant droit dans les yeux, de sa mélodieuse voix d'acteur, avec une emphase qui interdisait toute manifestation d'opposition.

Takashi était tellement surpris et troublé qu'il n'arrivait pas à mettre de l'ordre dans ses idées. Il réussit enfin à trouver une question appropriée.

— Et que vais-je faire désormais ?

— Hum… fit son interlocuteur en mettant la main dans la poche intérieure de son veston.

Il en sortit une enveloppe brune.

— Tu es affecté au département des licences et brevets. Voilà ton ordre de mission. Va le remettre à Sakai, le responsable du département.

— Le département licences et brevets… répéta Takashi qui se sentait sur le point de défaillir.

Il était pris au dépourvu.

— Tu n'as pas de souci à te faire. Nous n'allons pas laisser végéter dans des tâches administratives quelqu'un qui a été formé comme toi chez MAC. Considère que cette affectation est temporaire, jusqu'à ce que le prochain thème de recherche en réalité virtuelle soit sélectionné.

— Le prochain thème de recherche ?

— Nous sommes en discussion avec le siège aux États-Unis. Tu en seras informé sitôt qu'une décision aura été prise. En attendant, je te demande d'examiner méticuleusement les demandes de brevets liées à l'ingénierie de la réalité virtuelle. Ton affectation est temporaire mais ça ne veut pas dire que tu peux faire n'importe quoi.

Arrivé là dans son discours, il se leva pour retourner à sa table de travail.

— Excusez-moi mais… tenta Takashi.

Ōnuma se retourna vers lui comme s'il s'attendait à ce qu'il ait déjà disparu.

— Que va faire M. Sutō ?

— Sutō ? Il est parti aux États-Unis. Ce matin.

— Aux États-Unis ?

— C'est ce que je viens de dire ! Il y a été envoyé pour élaborer le prochain thème de recherche. Tu as d'autres questions ?

— Non.

— Très bien. Bon courage !

— Merci. Au revoir monsieur, dit Takashi qui lui fit une courbette avant de quitter la pièce.

Sitôt dehors, il se sentit tellement oppressé qu'il eut du mal à ne pas hurler.

Sakai, le chef du département licences et brevets, portait un costume bleu marine impeccablement repassé. Ses cheveux poivre et sel étaient soigneusement lissés en arrière. Lorsque Takashi entra dans son bureau, il referma posément le dossier qu'il était en train de lire.

— Je suis au courant. Tu vas t'occuper des brevets et licences liés à l'ingénierie de la réalité virtuelle. Étant donné que c'est une nouvelle technologie, nous souhaitions avoir quelqu'un de compétent dans le domaine.

La satisfaction qu'exprimait Sakai fit naître des sentiments complexes chez Takashi. Ōnuma lui avait parlé d'une affectation temporaire, mais Sakai paraissait l'envisager comme permanente. Il aurait aimé lui demander ce qu'il en était, mais il décida de n'en rien faire. Mieux valait éviter d'indisposer son nouveau chef, même s'il ne devait pas rester longtemps dans ce service.

Sakai le conduisit à son poste de travail et le présenta à son supérieur direct. Il retrouva le bureau qu'il utilisait jusqu'à la veille dans sa précédente section. C'était ainsi que fonctionnait Bitech et cela mettait, d'une certaine façon, l'accent sur le fait qu'ici, les employés étaient déplacés aussi facilement que des meubles.

Le supérieur direct de Takashi, un homme au visage si décharné qu'on aurait dit une tête de mort, lui ordonna de classer les brevets relatifs à l'ingénierie de réalité virtuelle les plus récents. Il lui expliqua les grands principes de classement, d'une manière si vague que Takashi dut lui poser de nombreuses questions, auxquelles il répondit d'un ton plus désagréable qu'abrupt. Takashi en retira le sentiment qu'il regrettait qu'on lui ait affecté quelqu'un d'aussi incompétent. L'attitude de ses nouveaux collègues qui le regardaient sous cape lui rappela celle d'élèves de l'école élémentaire méfiants vis-à-vis d'un nouvel arrivant.

Ils perçoivent mon arrivée comme anormale, se dit-il.

Tout en commençant à faire des recherches sur les données des brevets, il réfléchit à sa mutation. Elle lui apparaissait comme un nouveau fait incompréhensible. Immédiatement après qu'il s'était rendu compte de la réorganisation de sa mémoire et qu'il avait commencé à penser qu'elle avait à voir avec Bitech, Mayuko avait disparu, et il avait été muté. Sutō aussi avait disparu. Comment imaginer que tous ces événements soient accidentels ?

Il aurait voulu crier tout haut : dans quel but faire tout ça ? Pourquoi Bitech lui infligeait-elle tout cela ?

Il baissa la tête. Les dos de ses collègues s'alignaient devant lui, aussi silencieux que des pierres tombales. Il avait l'impression que Bitech dans son ensemble lui tournait le dos.

Ici, chacun pouvait bénéficier d'horaires flexibles, mais tout le monde allait déjeuner à peu près à la même heure. Il suivit ses nouveaux collègues à la cantine, mais aucun d'entre eux ne lui adressa la parole. Il décida de prendre l'initiative en s'adressant à son voisin dans la queue. Son badge indiquait qu'il s'appelait Manabé. Sa table de travail était presque en face de la sienne.

— J'ignorais que tant de gens travaillaient au département des licences et brevets.

Manabé leva les yeux mais parut ne pas comprendre que les propos de Takashi lui étaient adressés. Lorsque celui-ci chercha son regard des yeux, il eut l'air surpris et tourna vers lui sa tête qui avait quelque chose de caprin. Visiblement affolé, il chercha des yeux compatissants autour de lui, mais les gens pressaient le pas en passant à côté de lui.

— Vous êtes combien, exactement ? demanda Takashi.

Manabé parut encore plus tendu.

— Euh… Combien où ça ?

— Au département licences et brevets, bien sûr.

— Eh bien… trente-quatre, il me semble.

Des gouttes de sueur coulaient sur son nez.

— Et malgré ça, vous manquez de personnel ?

— Non, je ne crois pas, répondit-il en évitant de croiser le regard de Takashi.

— C'est pourtant ce que m'a dit M. Sakai pour expliquer mon affectation chez vous en urgence, dit-il en modifiant intentionnellement le contenu des propos du chef du département.

Manabé parut encore plus mal à l'aise.

— Eh bien, si M. Sakai dit ça, ça doit être exact. Euh… écoutez, je suis désolé, mais je ne peux pas rester.

Il partit immédiatement dans la direction opposée. Takashi le regarda s'éloigner. Tout à coup il se rendit compte qu'il était seul.

Il prit son repas seul à une table de la cantine et appela ensuite MAC d'une cabine téléphonique, plus spécifiquement l'équipe de recherche sur les fonctions cérébrales, celle de Mayuko. Il demanda à lui parler, sans donner sa propre identité. Comme il s'y attendait, elle n'en faisait plus partie.

— Tsuno a été mutée hier en fin de journée, lui apprit d'un ton peu aimable l'homme qui avait décroché.

— Et vous pourriez me dire où je peux la joindre ?

— Non, désolé. Le règlement l'interdit. Si vous me laissez votre nom, j'informerai Tsuno de votre appel. Je vous écoute !

Takashi se dit que les choses se passaient exactement comme lorsqu'il avait essayé de joindre Tomohiko au siège américain.

Même s'il laissait son nom et ses coordonnées, il n'était pas convaincu que Mayuko serait informée de son appel. D'ailleurs, même si elle l'était, il n'était pas du tout sûr qu'elle le rappelle. Elle aurait pu lui téléphoner chez lui hier si elle avait voulu lui parler.

Il dit donc à son correspondant que ce n'était pas la peine, et raccrocha.

Il revint à son poste et se remit à son travail répétitif, sans cesser de chercher une explication à l'énigme dans laquelle il avait été entraîné. Il était certain de l'implication de Bitech, mais tant qu'il n'avait pas moyen de la prouver, il ne pouvait arriver à rien. La seule chose à faire pour l'instant était d'attendre de voir ce que ferait son employeur.

Il interrompit ses recherches sur les informations des brevets relatifs aux systèmes de réalité virtuelle en voyant son propre nom apparaître sur l'écran.

"Dispositif d'impulsions magnétiques destiné à l'apport d'informations visuelles – Tsuruga Takashi (équipe de recherche sur l'ingénierie de réalité virtuelle – MAC)."

C'était un brevet qu'il avait déposé deux ans plus tôt. Malgré le nom ronflant du dispositif, il ne s'agissait que d'une modification mineure de la forme d'une sonde de mesure d'impulsions magnétiques. Mais il signifiait beaucoup pour lui parce que c'était le premier brevet qu'il ait jamais obtenu.

Une chose lui vint à l'esprit alors qu'il le relisait. Les rapports sur les recherches faites dans le cadre de MAC étaient aussi présentés chez Bitech. Ceux de Tomohiko figuraient donc dans leurs archives.

Il se mit à se servir de son clavier. Même s'il ne pouvait les lire en entier, il en verrait au moins les titres. Cela lui donnerait une indication de ce sur quoi travaillait Tomohiko et lui permettrait de mieux évaluer l'avancement de ses recherches.

Il fit une recherche avec le nom Miwa Tomohiko et douta de ses yeux en lisant ce qui s'afficha sur l'écran. Pensant qu'il avait dû faire une erreur, il relança sa recherche, mais parvint au même résultat.

"0 document trouvé."

Quelle idiotie, jeta-t-il tout bas. Qu'aucun rapport de recherche de Tomohiko ne soit enregistré était impossible. Takashi savait mieux que personne qu'il avait été le plus productif des étudiants de leur promotion chez MAC. Et il en avait déjà eu plusieurs en main.

Une seule chose pouvait expliquer leur absence : que Bitech les ait tous effacés.

Takashi quitta son travail à 18 heures. Au lieu d'aller directement à la station de métro, il s'arrêta en chemin dans un café qui donnait sur la rue.

Quelques minutes plus tard, Kiriyama Keiko y entra à son tour. Elle le chercha des yeux et vint vers lui en souriant. Elle n'a pas l'air d'une chercheuse dans ce tailleur rose saumon, pensa-t-il.

— Désolé de t'avoir convoquée comme ça ! Tu es très occupée, non ?

— Non, pour l'instant, ça va. Le siège nous laisse la bride sur le cou en ce moment.

— Je suis heureux de l'entendre.

Il lui avait téléphoné cet après-midi et lui avait demandé si elle avait le temps de le voir après le travail.

— Ce que tu m'as raconté m'a stupéfiée. Comment se fait-il que tu te retrouves dans le département licences et brevets ?

— Je ne le comprends pas moi-même. Enfin, on m'a dit que c'était temporaire, jusqu'à ce qu'un nouveau thème de recherche me soit confié.

— Ah bon… Je ne croyais pas ce genre de choses possible, répondit-elle en secouant légèrement la tête.

— Et comment vont tes recherches ?

— En toute honnêteté, c'est un peu difficile en ce moment. Je pense que notre projet va être réexaminé.

— L'autre jour, j'ai entendu dire chez MAC que les recherches sur les systèmes de perception auditive et visuelle allaient être abandonnées. Tu crois que c'est vrai ?

Il lui expliqua ce qu'Osanai lui avait dit. L'expression de Kiriyama Keiko s'assombrit. Non parce que cela lui déplaisait que l'on dise du mal des recherches menées par son équipe, mais parce que cela correspondait visiblement à la réalité.

— D'après le budget, Bitech n'attend apparemment pas grand-chose de nous.

— Votre équipe va subir des réductions ?

— Sans doute.

La serveuse lui apporta un thé au citron. Mais Kiriyama Keiko sortit d'abord un paquet de cigarettes de son sac et demanda si elle pouvait fumer. Surpris, il répondit que cela ne le gênait pas. Il ignorait qu'elle était fumeuse. Les cigarettes étaient interdites à l'intérieur des locaux de Bitech.

— Ça aussi, je l'ai entendu dire chez MAC, mais Bitech considérerait que les packs mémoire sont l'avenir pour la prochaine génération de réalité virtuelle.

— Ça me paraît possible, dit-elle après avoir expiré de la fumée.

— Tu le crois aussi ? Tu en sais plus là-dessus ?

— Non, pas vraiment. Moi non plus, je ne suis pas là depuis longtemps !

— Mais tu as plus d'ancienneté que moi.

— Uniquement sur le plan formel. Tu me dépasseras très vite.

— Ce n'est pas gentil de se moquer de moi. Ton travail est hautement estimé, d'après ce que je sais.

Kiriyama Keiko n'était pas passée par MAC, et elle travaillait au centre de recherche de Bitech depuis deux ans. Elle n'avait pas fréquenté l'université, mais une école spécialisée, et c'était aux yeux de Takashi la seule explication de son affectation à la recherche.

— Malheureusement, cette estimation n'est pas fiable, mais on n'est pas là pour parler de ça. Tu disais que la boîte a sans doute décidé de mettre le paquet dans les packs mémoire, n'est-ce pas ? Moi, j'ai entendu dire que l'équipe de recherche sur les fonctions cérébrales a été renforcée, même si je n'ai pas plus de détails que ça.

— Apparemment, c'est pareil chez MAC. L'équipe va recevoir de nouveaux membres. Mais on ne peut rien en conclure, je pense.

— Il y a aussi le fait que le nouveau responsable soit Sugiwara.

— Sugiwara ? Le Sugiwara des substances cérébrales ?

— Exactement, répondit-elle en soulevant sa tasse. Lui, il se distingue par son enthousiasme pour les packs mémoire. Son dernier rapport publié ne parle quasiment que des mécanismes de la mémoire.

— Sugiwara… Je l'ignorais.

Takashi se souvint de la présentation qu'il avait faite chez MAC un an plus tôt. Sugiwara lui avait posé une question sur les réactions chimiques du cerveau.

Il se rappelait aussi qu'il était ensuite allé dans le laboratoire de Tomohiko et de ses collègues en compagnie de Brian Floyd, qui venait du siège américain de Bitech.

Tout coïncide, pensa-t-il. S'il arrivait à assembler tous ces faits, à les ranger dans le bon ordre, il devrait comprendre ce qui était en train de se passer. Mais pour l'instant, c'était comme s'il avait sous les yeux les pièces éparpillées d'un puzzle.

— Ces derniers temps, tu as entendu quelque chose sur les résultats de l'équipe qui travaille sur les packs mémoire ? Tu n'as pas entendu parler d'une découverte majeure ?

Elle secoua la tête.

— Non, rien du tout. Mais la nomination de Sugiwara signifie peut-être que l'on s'attend à ce qu'il y en ait une.

— L'équipe sur les fonctions cérébrales travaille sur les packs mémoire ?

— Oui, aussi, mais tout est dirigé depuis l'autre côté du Pacifique, je pense.

— Depuis le siège américain ?

Takashi trouvait cela vraisemblable. Il revit les cheveux blonds de Brian Floyd.

— Pourquoi est-ce que tu t'intéresses tellement aux packs mémoire ?

Après lui avoir posé la question, Kiriyama Keiko hocha la tête comme si elle venait d'avoir une idée.

— Tu penses que ce sera sans doute le prochain thème sur lequel tu devras travailler ?

— Non, ce n'est pas ça.

— Pourquoi, alors ?

Légèrement penchée vers lui, elle le regardait droit dans les yeux. La fumée qu'elle venait de recracher flottait au-dessus de sa tête.

Il avait envie de lui raconter ce qui venait de lui arriver. Il aurait aimé en parler à quelqu'un. Mais rien ne garantissait que ce soit une bonne idée. Se confier à Kiriyama pouvait avoir des conséquences irréversibles. Et cela risquait aussi de la mettre dans une situation embarrassante. Rien ne prouvait qu'il puisse lui faire confiance.

— Je vais te raconter quelque chose dont je ne suis pas entièrement sûr, et je voudrais te demander de n'en parler à personne, ajouta-t-il après avoir longuement réfléchi et être parvenu à la conclusion qu'il pouvait lui confier une petite partie.

Penché vers elle, il parlait moins fort et son visage était tout près du sien.

— Il y a une personne dont la mémoire a possiblement été réorganisée. Exprès, par quelqu'un.

Elle le dévisagea et fronça les sourcils.

— Qui t'a raconté ça ?

— Je ne peux pas te le dire. Pardon.

Elle secoua la tête.

— Je n'y crois pas.

— Moi non plus. Mais c'est très crédible.

— Et ce n'est pas pathologique ? Je veux dire, ce n'est pas le résultat d'un accident cérébral ou d'un problème psychologique comme une névrose, par exemple ?

— S'il s'agissait de perte de mémoire ou de confusion, ce serait peut-être possible, mais la personne dont je parle a des souvenirs complets. Très réalistes. Je ne sais pas comment le dire, mais ça va au-delà du quiproquo.

— Tu veux dire que cette personne n'a pas de problèmes mentaux.

— Exactement, lâcha Takashi pour se reprendre aussitôt. Enfin, je crois.

— Ça me paraît incroyable, répéta-t-elle. Il faudrait avoir accès aux données sur les souvenirs de cette personne pour pouvoir tirer une conclusion, mais dans la réalité virtuelle conventionnelle comme dans la technologie que nous cherchons à mettre au point, la réorganisation des souvenirs est impossible. Du moins sur le plan théorique. Parce que ce n'est pas du tout du même niveau que de faire croire à un enfant passionné par son jeu qu'il se trouve dans le monde de celui-ci.

— Je suis d'accord avec toi. C'est pour ça que j'aimerais en savoir plus sur les packs mémoire.

— Hum… fit Keiko en croisant les bras pour réfléchir quelques instants, avant d'esquisser un sourire. C'est quand même cruel de ta part de me raconter tout ça sans me dire qui est ta source !

— Je te promets que je te le dirai plus tard.

— Tu es vraiment sûr que cette personne jouit de toutes ses facultés mentales ?

Il hocha la tête. Mais il se reprit immédiatement et dit qu'il allait le vérifier.

— C'est la première chose à faire, dit-elle.

SCÈNE 7

La fête d'été de MAC eut lieu comme chaque année dans un hôtel de la capitale au moment où les vacances de la fête des Morts se finissaient et où les Japonais s'apprêtaient à retourner au travail. J'avais mis mon complet d'été que j'avais peu porté mais qui était déjà presque démodé, et je suis arrivé en même temps que Yanasé et M. Osanai.

— Vous ne trouvez pas que cette fête, c'est gâcher du temps et de l'argent ? Pourquoi faire autant de manières ? murmura Yanasé alors que nous étions sur l'escalier mécanique qui menait à la salle du banquet.

— Arrête de dire ça ! En réalité, c'est une preuve de la considération qu'a MAC pour nous, sourit M. Osanai.

— Je le comprends, mais vous ne trouvez pas qu'elle pourrait se manifester autrement ? Les équipes de recherche seraient plus touchées de recevoir chacune de l'argent qu'elles pourraient dépenser pour un dîner dans un endroit qui leur plaît.

— Tu crois ? Moi, j'avoue que j'aime bien cette fête. Ne me dis pas que tu aurais préféré une célébration annuelle avec toute ton équipe dans une source thermale où tu aurais dû te montrer nu devant tout le monde et chanter des chansons au karaoké.

— Non, ce n'est pas ce que je veux dire, mais tu n'es pas d'accord avec moi pour penser que ce genre de fêtes ne convient pas aux Japonais ? demanda Yanasé en se tournant vers moi.

Je hochai la tête en souriant à moitié.

MAC avait pour habitude d'inviter une fois par an en août tout le personnel à une grande célébration. J'y assistais pour la deuxième fois. L'an dernier, j'avais eu l'impression que la fête était moins destinée à nous faire plaisir qu'à fournir aux invités venus du siège aux États-Unis l'occasion de nous encourager à travailler encore plus dur.

Nous devions d'abord écouter de longs discours ennuyeux avant qu'on nous donne le signal de lever nos verres à notre réussite, et qu'on nous informe que le buffet était ouvert. Nous nous installions ensuite à des tables.

J'ai aperçu Mayuko au moment où elle se servait une tranche de rosbif. Elle portait un tailleur bleu clair, et elle avait des boucles d'oreilles en or.

J'ai jeté un coup d'œil autour de moi, j'ai vu une table où il y avait encore de la place et j'y ai posé mon assiette. À l'instant où j'ai redirigé mon regard vers Mayuko, elle était près de moi. Son assiette était remplie.

J'ai parlé le premier.

— En toute honnêteté, ça faisait longtemps ! Tu vas bien ?

— Oui, pas mal, merci ! Et toi ?

— Ça va bien, ai-je répondu avant de boire une gorgée de mon whisky soda.

Je n'arrivais pas à me souvenir à quand remontait notre dernière rencontre. Ce devait être le lundi après son anniversaire, mais je n'en étais pas certain. Il se pouvait que nous nous soyons croisés après cela. La seule chose certaine était que nous n'avions pas eu de vraie conversation depuis un mois.

— Tomohiko ne vient pas ?

J'ai regardé autour de moi en lui posant la question. Pour être tout à fait honnête, ça m'aurait arrangé de savoir qu'il était absent.

— Si, il est là. Je crois qu'il est en train de parler à un enseignant.

— Ah bon…

Je n'ai fait aucun effort pour cacher ma déception.

— Tout va bien entre vous ? Depuis l'autre jour, je veux dire.

J'ai eu l'impression qu'elle allait dire quelque chose, mais elle s'est ravisée. Elle a répondu par l'affirmative avant de m'adresser un sourire artificiel.

Elle ne m'a posé aucune question sur le fait que je les fuyais depuis un mois. Sans doute devinait-elle que je lui répondrais que je n'avais pas envie de les voir en couple, ni de faire comme si Tomohiko et moi étions encore les meilleurs amis du monde.

Mais ce n'était pas la seule raison pour laquelle une distance s'était installée entre nous. Ils ne m'invitaient plus à déjeuner avec eux. Je me demandais si Tomohiko ne s'était pas rendu compte de mes sentiments pour elle, et préférait que je ne la rencontre pas. J'ai revu la scène quand il était venu se réfugier chez moi soûl, le soir de l'anniversaire de Mayuko, et qu'il m'avait dit, le visage blafard, qu'il ne voulait ni la perdre, ni que quelqu'un la lui prenne. N'était-ce pas une proclamation qui m'était destinée ?

C'était ce à quoi j'étais en train de penser lorsque Mayuko m'a demandé si j'étais allé quelque part pendant la semaine de vacances de la fête des Morts.

— Je suis parti à Hokkaido.

— Seul ?

— Oui, parce que je n'avais personne pour m'accompagner !

J'aurais pu me passer d'ajouter ça, mais je voulais la mettre mal à l'aise, ce que j'ai immédiatement regretté.

— Et toi, tu es partie ?

— Oui, un peu.

— Et tu es allée où ?

Au lieu de me répondre, elle a eu la même expression que tout à l'heure, sans me regarder.

— Je crois qu'il nous a vus. Il vient par ici.

— Bon, je vais aller m'installer à une autre table, alors.

J'ai pris mon verre et je me suis apprêté à m'éloigner. Elle a froncé les sourcils.

— Pourquoi ? Reste ici, s'il te plaît ! Sinon on dirait que tu prends la fuite.

— C'est ce que je fais. Je n'ai pas envie de jouer la comédie devant vous.

— Non, reste, même si tu joues la comédie. Je t'en supplie.

Son ton était tellement implorant que j'ai hésité à dire non. Mais en même temps, je n'arrivais pas à vouloir rester. Au moment où j'allais dire quelque chose, quelqu'un m'a tapoté le bras.

— Salut ! ai-je lancé comme si je venais de m'apercevoir de la présence de Tomohiko. T'étais où jusqu'à maintenant ?

— Je me suis fait coincer par quelqu'un du centre de recherche de Bitech. Il m'a bien embêté en me posant des questions sur un rapport très ancien, a-t-il expliqué en regardant alternativement Mayuko et moi.

Il a bu une gorgée de son whisky soda avant de tourner les yeux vers nos assiettes.

— On dirait que vous n'avez pas mangé grand-chose jusqu'à présent. Il ne faut pas trop traîner, sinon, il ne restera rien.

— Tu veux que j'aille chercher quelque chose ? a demandé Mayuko.

— Volontiers… À ce qu'il paraît, le gratin est très bon.

— J'y vais, ai-je lancé.

— Non, laisse-la s'en occuper ! a-t-il répondu en la regardant.

Elle s'est levée, il l'a suivie des yeux. Puis il m'a regardé.

— Ça faisait un bail !

— C'est ce qu'on se disait avec Mayuko.

— Ah bon.

Il a regardé son verre mais au lieu de boire, il a scruté mon visage.

— Désolé pour l'autre jour.

— L'autre jour ?

— Quand je suis venu chez toi tard le soir, soûl.

— Ah… mais c'était il y a longtemps. Ne t'en fais pas pour ça !

— Si tu le prends comme ça, ça m'arrange.

— Comment ça va au boulot ? Comme tu veux ?

— Oui, à peu près. Un pas en avant, un pas en arrière… Et toi ?

— C'est toujours aussi poussif.

— Je ne te crois pas !

Il a jeté un coup d'œil vers la grande table où s'alignaient les plats, puis m'a regardé à nouveau. Son visage était figé dans un sourire peu naturel.

— De quoi parliez-vous tous les deux ?

— De rien de spécial.

— Pourtant vous aviez tous les deux l'air concentré.

— Nous ? Tu te laisses emporter par ton imagination. De quoi parlerions-nous en ayant l'air concentré ?

— Je ne sais pas non plus, donc ça m'a un peu intrigué. Ça me rassure de savoir que vous ne parliez de rien de spécial.

— Tu peux me croire, ai-je ajouté en ressentant un indicible déplaisir.

Pourquoi continuions-nous à faire semblant d'être les meilleurs amis du monde ?

Elle est revenue, avec deux assiettes remplies des mêmes mets.

— Tiens, c'est pour toi, m'a-t-elle dit en m'en tendant une.

Je l'ai remerciée. Tomohiko a goûté au gratin sans même attendre qu'elle s'assoie.

— Il y avait des sushis, non ?

— Oui, lui a-t-elle répondu. Tu veux que je retourne t'en chercher ?

— Non, ce n'est pas la peine. Il n'y a rien à attendre des sushis d'un endroit pareil, a-t-il répondu en lui adressant un sourire. Mais qu'est-ce qu'ils étaient bons, ceux de l'autre jour, hein ? Il faut qu'on y retourne.

— Euh… oui, a-t-elle dit en hochant la tête après m'avoir fugitivement regardé.

— Vous avez trouvé un bon restaurant ?

— Non, on est allés chez Fukumi Sushi. Ce restaurant n'a pas du tout changé, tu sais.

— Fukumi Sushi ? ai-je répété, surpris. À côté du collège ?

— Oui, a répondu Tomohiko qui a ajouté, comme s'il venait de s'en rendre compte : j'ai oublié de te dire que pendant les vacances je suis rentré chez mes parents, avec Mayuko.

— T'es rentré chez tes parents…

J'ai involontairement levé les yeux vers Mayuko. Les siens étaient baissés.

— J'y vais rarement, et c'était une bonne occasion de la leur présenter.

— Ah bon…

Tomohiko avait l'air de trouver ça parfaitement normal. J'ai bu une gorgée de ma boisson. J'avais l'impression d'avoir la gorge transpercée. Cela ne m'a pas empêché de dire :

— Je suis content pour vous. Ta mère devait être ravie !

— Ça c'est certain ! Et elle n'a pas arrêté de cuisiner. Des plats qu'elle pensait spéciaux.

— Pourtant tu m'as dit que vous êtes allés manger des sushis.

— C'était le deuxième jour. Le premier, on n'a mangé que ce qu'elle avait préparé.

Elle avait donc dormi chez lui. J'ai failli poser la question. Mais ça aurait été bizarre de le faire. En tout cas par rapport à lui.

Je connaissais la maison de ses parents. J'ai essayé de me souvenir s'il y avait une pièce où Mayuko aurait pu dormir, mais j'ai arrêté d'y penser en me trouvant idiot. Les parents de Tomohiko ne les auraient jamais laissés dormir ensemble, puisqu'ils n'étaient pas mariés.

Tout à coup je me suis rendu compte que Yanasé, qui appartenait à mon équipe, et Shinozaki, de celle de Tomohiko, nous avaient rejoints. Ils parlaient et riaient fort, discutant déjà d'un bar où finir la soirée.

J'avais envie de demander à Mayuko pourquoi elle avait accepté d'aller chez les parents de Tomohiko. J'aurais aussi aimé savoir comment il la leur avait présentée. Mais ce n'était pas le bon endroit pour le faire. Je me suis aussi dit que ça ne m'avancerait guère de le savoir.

— Non, le bar dont tu parles est trop petit. Allons plutôt dans un autre que je connais. Ne t'en fais pas, je négocierai un prix.

Peut-être parce que Shinozaki parlait fort, Tomohiko a tourné la tête vers lui.

— OK, je te fais confiance, alors ! Mais je ne m'attendais pas à ce que tu t'y connaisses tellement en matière de bars, dit Yanasé qui semblait intrigué.

— En fait, ce n'est pas rare que les provinciaux s'y connaissent mieux que nous dans ce domaine, expliqua d'un ton railleur Yamashita, qui travaillait dans une autre équipe. Ils apprennent les guides de Tokyo par cœur !

— Ce n'est pas faux, approuva Yanasé.

— Mais de qui parlez-vous ? lança Shinozaki.

— De toi, bien sûr ! répondit Yamashita hilare.

— De moi ? Mais je ne suis pas un provincial, moi.

— D'accord, d'accord ! souffla Yanasé, narquois. Je comprends, tu n'aimes pas qu'on dise qu'Hiroshima, c'est la province.

— Hiroshima ? Ah… je vois ce que tu veux dire. OK, j'ai fait mes études en province, à Hiroshima, mais ça ne me fait pas de moi un provincial. Parce qu'avant l'université, j'habitais ici, moi.

Yanasé faillit recracher la bière qu'il était en train de boire. Au même moment, je vis du désarroi apparaître sur le visage de Tomohiko qui avait suivi leur échange.

— Quand tu dis "ici", ça veut dire quoi ?

Yamashita posa la question à Shinozaki d'un ton suspicieux.

— Tokyo, bien sûr !

— Ça alors ! Toi, tu es de Tokyo ? Je n'étais pas au courant. De quel quartier de Tokyo ?

Le ton de Yamashita indiquait qu'il plaisantait. Mais Shinozaki, lui, était sérieux.

— Asagaya, répondit-il calmement.

Yamashita pouffa de rire.

— Je vois. Enfant déjà, tu habitais cet appartement misérable ? Une seule pièce pour une famille, ce n'est pas un peu petit ?

— Qu'est-ce que tu racontes ? Je m'y suis installé seul cette année ! Ça se comprend, non ? Mes parents, eux, habitaient près de la gare.

Son ton indiquait qu'il ne plaisantait pas. J'ignorais d'ailleurs d'où il était originaire. Mais les gens autour de nous paraissaient stupéfaits. Yamashita et Yanasé se dévisagèrent, et continuèrent à l'interroger, avec une expression plutôt amusée.

— Tu parles sérieusement ?

— Bien sûr ! Vous me faites marcher, non ?

— Tes parents habitaient Asagaya ?

— Oui.

— Mais maintenant, ils vivent à Hiroshima, non ? fit Yanasé.

Shinozaki le regarda. Il eut l'air inquiet l'espace d'un instant puis hocha vivement la tête.

— Ils ont déménagé. C'est pour ça que j'ai décidé d'aller à l'université là-bas.

— Ce qui veut dire que tu as fait le lycée à Tokyo ? Tu étais dans lequel ?

La question venait de Yamashita.

— Le lycée… soupira Shinozaki, le visage fermé. Euh… en fait, je l'ai fait à Hiroshima. Mes parents s'y sont installés avant.

— Mais quand tu étais au collège, tu habitais Tokyo ? Il s'appelait comment, ton collège ? insista Yamashita.

— Il s'appelait…

Shinozaki tenta d'y répondre, mais aucun nom ne sortit de sa bouche. Le regard vide, il cligna plusieurs fois des yeux.

— Mon collège s'appelait…

— Écoute, ça suffit, dit Yamashita d'un ton déplaisant en regardant Yanasé. Il plaisante, ça se voit ! Maintenant, ça suffit. C'est pas drôle.

— Mais je ne plaisante pas, moi ! s'écria Shinozaki.

Il prit ensuite un air songeur. Yanasé soupira.

— Shinozaki, tu nous as dit autrefois que tu étais né et que tu avais grandi à Hiroshima. Donc ça n'a aucun sens de nous mentir maintenant.

— Je ne mens pas !

— Alors dis-nous le nom de ton collège ! Et où était ton école élémentaire ?

Yamashita était visiblement irrité.

— Eh ben, mon collège…

Shinozaki avait maintenant les mains tremblantes. Il mit celle qui ne tenait pas son verre contre son front.

— C'est trop bizarre… grommela-t-il.

Son verre glissa de son autre main et se brisa sur le sol. Des glaçons roulèrent. L'œil vague, Shinozaki se tenait maintenant la tête des deux mains.

Tomohiko fut le premier à s'approcher de lui pour le soutenir, alors que Yanasé et Yamashita étaient juste à côté de lui.

— Va chercher M. Sutō, ordonna-t-il à Mayuko.

Elle hocha la tête et partit à grands pas. Son visage était livide.

Yanasé et Yamashita ne savaient que faire. Les gens autour de nous regardaient dans notre direction.

— Tomohiko, que se passe…

Il ne m'a pas laissé finir ma question et a levé la main droite en tournant la paume vers moi comme pour m'arrêter dans mon élan.

— Ce n'est rien. Il a trop bu, c'est tout.

— Pourtant…

— Je m'occupe de tout, ne t'en fais pas, a-t-il ajouté d'un ton stressé.

J'ai lu de l'inquiétude dans son regard.

Mayuko est revenue avec Sutō qui jeta un coup d'œil à Shinozaki et s'accroupit et à côté de lui. Je l'ai entendu souffler à l'oreille de Tomohiko qu'il fallait l'emmener dehors.

— Je peux vous aider ? ai-je demandé.

— Non, ce n'est pas la peine, ne t'en fais pas, a répondu Sutō en faisant le même geste que Tomohiko quelques instants plus tôt.

— Ils sont vraiment embêtants, ces jeunes qui ne connaissent pas leurs limites en matière d'alcool, a-t-il continué sur un autre ton, comme s'il plaisantait, en parlant plus fort pour être entendu des gens qui nous observaient. Voilà ce qui se passe quand on boit trop !

Il a ri tout fort.

— Shinozaki n'a pas tant bu que ça, a murmuré Yanasé qui était à côté de moi.

Shinozaki a quitté la salle du banquet, soutenu par Tomohiko et Sutō. J'ai vu que des gens de l'assistance suivaient le spectacle des yeux avec un sourire moqueur. Personne ne semblait douter de ce que Sutō venait de dire.

Mayuko s'est aussi dirigé vers la sortie mais je l'ai rattrapée et prise par le bras. Elle m'a regardé, stupéfaite.

— Que se passe-t-il ? Qu'est-il arrivé à Shinozaki ?

Elle a secoué la tête, l'air embarrassé.

— Je n'en sais rien, moi !

— M. Sutō et Tomohiko paraissaient effarés. C'était un accident ?

— Je ne peux rien te dire, désolée. Lâche-moi !

Elle a dégagé son bras et quitté la salle du banquet.

Je l'ai suivie des yeux et je suis retourné à la table où j'avais été assis. Yanasé et Yamashita discutaient tout bas, le visage fermé. Je me suis approché d'eux.

— J'ai une question à vous poser.

Ils se sont redressés et m'ont regardé tous les deux. Ils avaient encore un verre à la main.

— C'est à propos de Shinozaki. Il est né à Tokyo ou à Hiroshima ?

— À Hiroshima, répondit Yanasé sans aucune hésitation. Je le connais depuis qu'il est entré chez MAC, et c'est ce qu'il a toujours dit. En précisant qu'avant ça, il n'avait jamais quitté Hiroshima.

— Tu en es certain ?

— Absolument, répondit Yanasé. Je me demande pourquoi il s'est mis à raconter de pareilles salades.

Sa perplexité était visible.

— Oui, ça n'a aucun sens de vouloir nous impressionner en disant ça, ajouta Yamashita qui paraissait aussi abasourdi que son camarade.

J'ai tourné les yeux vers la porte par laquelle Sutō, Tomohiko et Shinozaki avaient quitté la salle tous les trois. J'avais une idée, mais je l'ai gardée pour moi.

CHAPITRE VII

TRACES

Naoi Masami entra dans le café en jean rose, les cheveux noués en queue de cheval. Elle avait un grand sac de sport à l'épaule. Takashi se dit qu'il ignorait la nature de la formation professionnelle qu'elle suivait à Tokyo.

Elle lui sourit dès qu'elle l'aperçut et vint s'asseoir en face de lui, après avoir commandé un café glacé au garçon à qui Takashi dit de le mettre sur son compte. Elle eut l'air un peu embarrassé.

— Non, aujourd'hui, je t'invite !

— Ne t'en fais pas pour ça. Désolé de t'avoir convoquée si abruptement !

Il lui avait téléphoné la veille au soir car ce dont il s'était souvenu quand il s'était assoupi dans le métro en revenant du travail lui avait donné envie de l'appeler.

— Tu as découvert quelque chose pour Gorō ?

— Je n'en suis pas sûr. Mais j'ai trouvé quelque chose qui ressemble à un indice.

— Un indice ?

— Il était impliqué dans des recherches essentielles faites par la société Bitech. Et je pense qu'elles sont à l'origine de sa disparition.

— Comment ça ?

— Ce n'est pas encore très clair pour moi, mais il y a une chose dont je suis certain. Il n'a pas disparu de sa propre volonté. Bitech y est sans doute pour quelque chose.

Masami eut l'air embarrassée. Il vit de l'inquiétude dans ses yeux.

— Ça veut dire quoi, que Bitech y est pour quelque chose ? Bitech a donné l'ordre de le faire disparaître ?

— Normalement, c'est impensable, répondit-il. Mais la situation n'est pas normale. De bout en bout.

— Mais pourquoi Bitech agirait-elle ainsi ? C'est bizarre, non ?

— Je vais essayer de le trouver.

— J'ai du mal à y croire, murmura-t-elle.

Le garçon lui apporta son café glacé, mais elle ne fit pas mine d'y toucher.

— Ces recherches dont tu parles, sur quoi portent-elles ?

— Je ne peux pas te le dire. Et je ne suis pas sûr que tu puisses le comprendre.

Ses propos étaient ambigus. Il ne se croyait pas capable d'expliquer de manière intelligible à qui que ce soit, et pas seulement à Masami, ce qu'était une réorganisation de la mémoire, et il craignait de l'inquiéter encore plus par des explications maladroites.

— Tout ce que je peux te dire, c'est que ce sont des recherches qui feront probablement date.

— Hum…

Elle prit enfin sa paille et aspira du café glacé. Les glaçons produisirent un bruit agréable.

— Gorō travaillait à un truc extraordinaire comme ça ?

— Oui, répondit Takashi.

— Je n'arrive pas à y croire, dit-elle en agitant la tête, ce qui fit bouger sa queue de cheval. Il m'avait dit qu'il bossait avec des gens incroyables, mais qui le prenaient pour un coursier. Et que quand il entendait ses supérieurs parler entre eux, il n'y comprenait parfois rien.

— Il faisait preuve d'humilité.

— Je n'en suis pas sûre, répondit-elle en se remettant à boire le café glacé.

En la regardant, Takashi se disait qu'il ne pouvait pas lui révéler la vérité. À cause de ce qu'il venait de dire, elle avait imaginé que son ami avait participé à des recherches avancées, mais en réalité il avait sans doute surtout servi de cobaye.

— Je connais maintenant le contexte de sa disparition. Et ce que je voulais te demander, c'est si quelqu'un lié à Bitech a pris contact avec toi. Par exemple en cherchant à te rencontrer ou en te téléphonant.

Elle secoua la tête avant même qu'il ait fini de parler.

— Non, jamais. La seule personne à m'avoir contactée au sujet de Gorō, c'est toi.

— Ah bon…

— Je voulais te demander quelque chose. Que me recommandes-tu de faire ? Dois-je dire à la police qu'il a disparu à cause de son travail ?

— Non, ça ne servira à rien. Tu n'en as aucune preuve. Mieux vaut se taire pour le moment. Mais c'est d'accord pour ce que je t'ai demandé hier ?

— Aller dans son appartement ? Oui. J'ai apporté la clé que sa mère m'a confiée, dit-elle en donnant une tape à son sac.

— Eh bien, allons-y. Une fois que tu auras fini ta boisson, je veux dire.

En réalité, Takashi n'avait pas décidé ce qu'il ferait une fois là-bas. Il espérait trouver quelque chose qui lui servirait d'indice, mais il n'avait aucune idée de ce que ça pouvait être. Il était cependant certain que la disparition de Shinozaki était liée à ce qui arrivait, et il avait envie de jeter un coup d'œil sur son appartement.

Ils prirent un taxi à la sortie du café d'Ikebukuro où ils s'étaient rencontrés. Takashi demanda au chauffeur de se diriger vers Asagaya, et cela parut surprendre Masami.

— Tu es déjà allé chez lui ?

— Non, jamais.

— Mais comment sais-tu qu'il habite à Asagaya, alors ?

— Parce qu'il en a parlé.

Takashi revit ce qui s'était passé pendant le banquet annuel. Entouré de collègues, Gorō parlait fort.

— Il est né à Hiroshima et il y a grandi, n'est-ce pas ?

Masami hocha la tête, tout en paraissant surprise d'entendre cette question.

— Oui, c'est ça.

— T'a-t-il jamais dit que ses parents avaient habité Tokyo ?

— Non, jamais. De toute façon, je ne l'aurais pas cru. Pour autant que je sache, ils n'ont jamais quitté Hiroshima.

— Hum… soupira Takashi en regardant dehors.

Il se souvenait de la fête d'été de l'an passé, de Shinozaki qui avait affirmé être natif de Tokyo. Il ne lui avait pas donné l'impression de plaisanter.

Takashi supposait que sa mémoire avait été réorganisée, et que, pour une raison ou une autre, on l'avait laissé participer à la fête annuelle dans cet état. D'où l'affolement de Tomohiko, Sutō et Mayuko.

— Gorō a raconté que ses parents avaient habité Tokyo ? demanda Masami.

— Non, mais je voulais en être sûr. N'y pense plus.

— Vraiment…

Elle baissa la tête comme si quelque chose la gênait, avant de la relever pour le regarder dans les yeux.

— Ça ne m'étonnerait pas que Gorō ait raconté un truc pareil.

— Pourquoi ?

— L'idée d'être d'Hiroshima ne lui plaît pas du tout. Ou plutôt, il n'aime pas être d'Hiroshima et non de Tokyo.

— C'est complètement idiot…

— Pourtant c'est la vérité. D'après lui, on se moque toujours des provinciaux ici. Il fait toujours de gros efforts pour avoir l'air d'être de Tokyo et veille à ne pas parler avec l'accent d'Hiroshima.

— Ça alors… Pourtant ça n'a pas grande importance. Moi par exemple, je suis de Shizuoka.

— Gorō n'est pas toujours très logique !

Le taxi quitta l'avenue Ōme-kaidō pour s'engager dans des petites rues. Masami lui indiqua où s'arrêter.

Le bâtiment en bois avait sans doute une vingtaine d'années. Sa peinture se décollait par endroits, l'escalier était rouillé. Masami l'y précéda.

Il y avait quatre portes à l'étage, celle de Shinozaki étant la dernière. Takashi entra le premier. L'appartement sentait la poussière, le moisi, et une vague odeur de curry, qui devait imprégner les murs.

Masami alluma la lumière. Il n'y avait qu'une pièce, au sol de tatamis, meublée d'une petite armoire, et de casiers à livres et CD. Des magazines étaient empilés à côté d'une petite télévision.

Après une seconde d'hésitation, Takashi se déchaussa pour la rejoindre. Il ouvrit le tiroir de l'armoire et vit des vêtements. Il eut l'impression qu'il y en avait peu et le dit à Masami qui parut perplexe.

— S'il est parti en voyage, on peut imaginer qu'il a emporté les vêtements dont il avait besoin, non ?

— Mais on peut aussi concevoir qu'on n'ait laissé ici que peu de vêtements, pour accréditer la thèse selon laquelle il est parti en voyage, lui répondit-il.

Elle fronça les sourcils, comme si cette hypothèse lui déplaisait.

Takashi inspecta minutieusement la pièce. Il aurait aimé trouver un indice, peu importe lequel, pour enfin s'extraire de cette situation incompréhensible. Mais il n'en découvrit aucun dans les piles de magazines et de journaux, ni dans les vêtements de l'armoire. Il reconnut aussi plusieurs ouvrages de référence, sans que cela lui apprenne quelque chose.

Il s'assit en tailleur au milieu de la pièce. Les tatamis étaient poussiéreux mais cela lui était égal.

Masami s'intéressait à la petite partie cuisine, à côté de l'évier. Un sac en papier était posé par terre. Il lui demanda ce qu'il y avait dedans.

— Ça ? On dirait des vêtements professionnels et des chaussures.

— Montre voir !

Takashi prit le sac et vit un blouson et un pantalon de travail beiges, ainsi que des chaussures de sécurité, comme en portait le personnel technique masculin de MAC. C'était l'uniforme de Shinozaki au travail. Son nom était écrit au marqueur sur la veste.

Quelque chose l'intriguait. Il ne s'expliquait pas la présence de ces vêtements ici, ni la raison pour laquelle cela le perturbait à ce point.

— Ces vêtements, c'est un problème ? demanda Masami sur un ton inquiet.

— Non, pas vraiment, répondit-il en les remettant dans le sac en papier.

— On n'a rien trouvé qui nous aide, n'est-ce pas ?

— C'est vrai.

Un silence embarrassé envahit la pièce.

— Je voulais te demander quelque chose… commença-t-elle.

— Quoi donc ?

Il la regarda et sursauta car il voyait de la peur dans ses yeux.

— Est-ce que Gorō est encore vivant ?

— Hein ?

— Ce n'est pas possible qu'il soit mort, n'est-ce pas ?

Les mots de Masami transpercèrent le cœur de Takashi et le forcèrent à se rendre compte qu'il avait jusque-là refusé de considérer cette éventualité, tout en ne l'excluant pas.

— Tu ne dois pas penser des choses pareilles, dit-il.

Ces mots valaient aussi pour lui.

— Je n'ai pas envie de le faire, mais…

Elle baissa les yeux.

— Ces derniers temps, je fais souvent le même rêve à propos de la cérémonie funèbre de mon père. Je vois l'instant où son cercueil a quitté la maison, suivi par moi qui porte son portrait…

— Ça n'a aucun rapport. J'espère que tu n'as pas oublié qu'on dit que rêver de cérémonie funèbre porte chance !

Masami n'en parut pas rassérénée. Son visage était blême.

Takashi se releva. Il n'avait qu'une envie, partir d'ici au plus vite. Il alla tirer le rideau.

Une image traversa son esprit à cet instant. Elle était liée aux mots "le cercueil a quitté la maison". Un cercueil. Une longue boîte rectangulaire. Des gens qui le portaient. Il sentit cette image s'évanouir. Et simultanément ses forces disparaître.

La voix de Masami lui parut lointaine.

SCÈNE 8

Une semaine après la fête annuelle, j'ai été convoqué par le service des ressources humaines. Je suis parti pour le siège à Akasaka vêtu du costume que j'avais mis pour le banquet. Nous étions en septembre, mais la touffeur de l'été était encore présente, et j'ai enlevé mon veston en route. J'ai remarqué sur le quai du métro un homme habillé comme moi, qui paraissait un peu plus jeune que moi. Je me suis dit qu'il devait être à la recherche d'un emploi.

Une fois arrivé là-bas, je suis d'abord allé me présenter au chef de service des RH, un homme chauve, au visage rond. En entendant mon nom, il m'a regardé en plissant les yeux.

— Tsuruga… j'ai une bonne nouvelle à t'annoncer.

C'était plutôt plaisant à entendre.

— Laquelle ? ai-je demandé en me sentant un peu moins tendu.

— Tu le sauras dans la salle de réunion 201, à gauche dans le couloir. Va attendre là-bas. J'arrive tout de suite.

— Très bien.

Je me suis exécuté, en pensant que ce monsieur aurait pu me faire un peu moins languir, et j'ai poussé la porte sur laquelle était écrit "201" sans frapper, croyant la salle vide. Je me trompais. Un homme frêle en costume bleu marine m'avait précédé dans cette salle plutôt petite. Je me suis immédiatement excusé d'avoir fait irruption sans frapper, pour m'interrompre quand il s'est retourné vers moi. C'était Tomohiko.

— Salut ! T'es en retard, non ?

Je me suis assis à côté de lui sans répondre. Son costume soulignait sa maigreur.

— Toi aussi, tu es convoqué ?

— Oui, j'ai reçu un mail hier.

— Oui. Tu savais que je viendrais ?

— Je savais que je n'étais pas le seul à être convoqué, mais j'ignorais qui serait l'autre. Même si je pensais que ça serait sans doute toi.

— Donc tu sais de quoi il s'agit.

— Oui, dans les grandes lignes en tout cas.

— Et c'est quoi ?

Il détourna les yeux, comme s'il hésitait à répondre, puis rehaussa ses lunettes sur son nez de l'index.

— Le chef de service des RH ne t'a rien dit ?

— Juste qu'il avait une bonne nouvelle à m'annoncer.

Tomohiko a hoché la tête et il a souri.

— Il ne t'a pas menti. C'est une bonne nouvelle.

— Oui, mais laquelle ? Dis-le-moi au lieu de me faire mariner !

— Ce n'est pas à moi de te l'annoncer. Mais tu n'as plus longtemps à attendre.

— J'en ai un peu marre, moi !

J'ai fait la grimace et je me suis gratté la tempe droite. Tomohiko souriait toujours. En de tels instants, j'oubliais que notre amitié n'était plus ce qu'elle était. J'avais l'impression que nous nous retrouvions.

Je me suis rappelé que j'avais une question à lui poser. Peut-être allait-elle casser la bonne ambiance, mais j'avais besoin de savoir.

— Shinozaki s'est remis depuis l'autre jour ?

Comme je m'y attendais, Tomohiko a cessé de sourire.

— Remis de quoi ?

— Tu sais bien, à la fête annuelle, la semaine dernière, Sutō et toi l'avez fait sortir en toute hâte, non ?

— Ah… tu parles de ça, répondit-il.

Il a souri à nouveau, mais d'une autre manière.

— Il avait trop bu. Il était soûl. D'accord, c'était la fête annuelle, mais quand même… Il s'est fait remonter les bretelles par Sutō.

— Je n'ai pas eu l'impression qu'il était soûl.

Tomohiko m'a jeté un regard sévère.

— Où veux-tu en venir ?

— À rien de spécial. J'ai marqué une pause et j'ai repris : Moi, je me suis demandé si ce n'était pas les répercussions d'une expérience. Parce qu'un jour, tu as dit que Shinozaki servait de cobaye.

Le visage de Tomohiko s'est fait inexpressif. Ses yeux fixaient un point dans l'espace derrière moi. J'ai compris qu'il réfléchissait à un argument qu'il pourrait m'opposer. Il dut trouver, car il a ouvert la bouche, mais je l'ai devancé.

— Tu avais dit que cette expérience prouvait que la réorganisation de la mémoire était possible, n'est-ce pas ?

Il a rougi et s'est mis à battre des cils. Il le faisait toujours quand il était décontenancé.

— Ça n'a… réussit-il à dire. Ça n'a rien à voir. L'autre jour, Shinozaki avait vraiment beaucoup bu.

— Ah oui ? Mais depuis, on ne le voit plus, et moi, je me suis demandé s'il n'avait pas eu un accident.

— Non, pas du tout. Tu te fais des idées.

— Je préfère ça, ai-je dit.

J'ai hoché la tête et détaché mes yeux du visage de Tomohiko.

Je ne croyais pas qu'il me dirait la vérité. Et sa réaction m'avait convaincu que je ne me trompais pas. L'attitude étrange de Shinozaki pendant la fête annuelle était bien due à une expérience. Il se pouvait que sa mémoire ait été réorganisée, et qu'il se soit révélé impossible de le faire revenir à son état originel. Je l'ai revu en train d'affirmer qu'il était de Tokyo, alors qu'il était né et avait grandi à Hiroshima.

Mais…

J'avais aussi envie de rejeter cette conjecture. Je ne pensais pas que réorganiser la mémoire était facile. C'était un thème très avancé pour les chercheurs dans le domaine de la réalité virtuelle.

Un silence inconfortable commençait à s'installer entre Tomohiko et moi lorsque la porte s'ouvrit, et le chef du service des RH entra, accompagné d'un autre homme, vêtu d'un costume gris bien coupé, qui devait avoir la quarantaine. Je l'avais vu à la fête annuelle la semaine précédente et je savais qu'il s'appelait Aoji et travaillait au siège à Los Angeles.

Le chef de service s'assit en face de nous.

— Je vous ai fait venir tous les deux pour vous parler de votre poste à partir du printemps prochain.

Je l'ai regardé et j'ai vu que ses yeux passaient de Tomohiko à moi.

— Je pense que vous savez que chaque année MAC envoie une ou deux personnes travailler à Los Angeles. L'excellence est bien sûr la première condition. Nous souhaitons que vous soyez les élus pour l'année prochaine.

J'ai regardé Tomohiko. Lui a tourné les yeux vers moi, mais seulement un instant.

— La décision est prise très en amont, ai-je dit. Je croyais qu'elle ne le serait que l'année prochaine.

— C'est ce que nous faisons d'ordinaire, mais cette année est un peu particulière. Nous ignorons quelles missions vous seront confiées là-bas, mais elles seront probablement dans la continuité de ce que vous faites actuellement. La durée de votre séjour aux États-Unis n'est pas fixée pour l'instant. Ce sera au minimum trois ans, mais cela pourra être jusqu'à la retraite.

— En général, c'est entre cinq et dix ans, précisa Aoji d'une voix métallique.

— Qu'en pensez-vous ? Vous avez envie de partir à Los Angeles ? Je n'ai pas besoin d'une réponse immédiate. Mais il ne faut pas non plus trop attendre.

— Le mieux pour nous serait que vous répondiez dans les trois jours, ajouta Aoji. Parce que si vous refusez, nous devrons passer aux prochains candidats.

— Même si je ne pense pas que vous déclinerez cette offre, dit le chef de service.

J'avais envie d'accepter immédiatement. Je n'avais pas besoin de trois jours de réflexion. J'avais rêvé d'être muté aux États-Unis dès mon premier jour chez Bitech.

— Je vous recontacterai dans trois jours. Soyez prêts à me donner votre réponse à ce moment-là. Vous avez des questions ?

Ni Tomohiko ni moi n'en avions.

— Eh bien, à la semaine prochaine, dans ce cas. Ah oui, je précise que ce qui vient d'être dit ne doit pas sortir d'ici. Vous ne devez même pas en parler à vos enseignants de MAC. Soyez prudents à cet égard.

— Oui, avons-nous répondu tous les deux.

Tomohiko et moi nous sommes assis l'un à côté de l'autre dans le métro qui nous ramenait à MAC. J'avais conscience de mon excitation, et je n'ai pas réussi à contrôler l'enthousiasme dans ma voix.

— Je ne m'y attendais pas du tout. En tout cas pas si rapidement.

— Ils s'y prennent tôt, car il faut du temps pour préparer notre arrivée là-bas, j'imagine.

— Ça doit être ça. En toute honnêteté, je suis soulagé. Je n'étais pas du tout sûr d'être retenu.

— Comment aurais-tu pu ne pas l'être ?

— Je ne comprends pas ce qui te fait dire ça. Je crois que j'ai eu de la chance.

— Il ne s'agit pas de ça, a-t-il dit en croisant les bras, les yeux baissés.

Je me suis tourné vers lui.

— Mais toi, tu savais, pour Los Angeles.

— Plus ou moins.

— Comment se fait-il ?

— M. Aoji l'avait déjà évoqué. En passant.

— Ça explique ton calme.

— Je suis moins calme que soulagé. Même si je savais plus ou moins, je n'avais pas de certitude. Mais si je veux partir, je vais d'abord devoir régler plusieurs problèmes.

Je me suis demandé desquels il parlait. Il a soupiré et a repris :

— Par exemple, comment on va faire, elle et moi.

— Ah…

J'y avais aussi pensé.

— Comment comptes-tu faire ?

— Je ne sais pas… a-t-il répondu.

Il n'avait aucune raison de refuser cette mutation à Los Angeles. Lui aussi en rêvait. Mais cela signifiait être séparé de Mayuko pendant plusieurs années. La Californie n'était pas si lointaine, mais ils ne pourraient pas se voir tous les week-ends.

J'ai imaginé tout ce qui devait lui traverser l'esprit, et je reconnais avoir trouvé cela plutôt agréable. Je me suis même réjoui qu'il ait à souffrir.

J'ai aussi pensé que c'était une bonne occasion de mettre de l'ordre dans mes sentiments pour elle. Tant que j'étais près d'elle, je n'arriverais probablement pas à renoncer à ce qu'il y ait quelque chose entre nous. Peut-être me serait-il plus facile de l'oublier de l'autre côté de l'océan.

— Je me demande si elle serait prête à me suivre… murmura-t-il.

J'étais stupéfait.

— Te suivre à Los Angeles ?

— Oui. Ça te paraît impossible ?

— Je ne sais pas, mais elle aussi travaille, non ?

— Elle n'aura qu'à démissionner.

— De Bitech ?

— Oui…

J'en suis resté bouche bée. Je l'ai regardé de profil. Lui avait le regard dirigé droit devant lui.

— Tu veux dire que vous allez vous marier ?

J'ai posé la question en sentant la tension de mes joues et j'ai eu beaucoup de mal à prononcer le mot "marier".

— J'aimerais bien. Mais ses parents à elle ne seront pas d'accord.

— Mais…

Je n'ai rien trouvé à ajouter. J'ai failli lui parler de sa visite chez moi le soir où il était soûl, quand il m'avait révélé qu'elle lui avait dit avoir besoin de temps pour réfléchir au futur.

— Ça sera peut-être un tournant, a-t-il dit.

— Un tournant ? Comment ça ?

— Pour elle et moi. Qui va nous faire décider de tout.

Sa voix était paisible, mais je crois qu'il était sérieux. Sa relation avec Mayuko continuait à ne pas être sans risque.

— OK, ai-je dit, sans comprendre pourquoi je lui disais ça.

Je me suis interrogé sur ce que Mayuko répondrait quand il lui demanderait de le suivre. Je savais qu'elle se considérait comme une chercheuse, et je n'arrivais pas à l'imaginer prête à abandonner son travail pour suivre un homme, telle une femme du passé. Mais j'ignorais à quel point les liens qui les unissaient étaient forts. S'ils dépassaient ce que j'imaginais, il était tout à fait possible qu'elle choisisse d'accepter la demande de Tomohiko. Dans les sentiments qu'elle avait pour lui, il y avait sans aucun doute le narcissisme qui est le corollaire du sacrifice de soi, et cela accroissait mon inquiétude.

Si Mayuko acceptait…

Cette idée me donnait chaud, me bouleversait. Si elle acceptait, je serais contraint de voir jour après jour leur vie de jeunes mariés à Los Angeles.

— Tu vas lui en parler quand ?

— Euh… Ce soir, je pense.

— Vraiment ?

J'ai fermé les yeux. La personne que j'étais autrefois n'aurait pas manqué de lui souhaiter bonne chance, mais je ne voulais pas me dégoûter moi-même encore plus que je ne le faisais déjà.

Ce soir-là, j'ai eu beaucoup de mal à m'endormir. Comment Tomohiko lui avait-il présenté les choses ? Comment avait-elle réagi ? Allaient-ils se marier ? Irais-je avec eux à Los Angeles ? Ferais-je semblant là-bas d'être son meilleur ami, en dissimulant mes sentiments pour elle ?

Je tendis je ne sais combien de fois la main vers le téléphone, car j'avais envie d'appeler Mayuko. Je ne le fis pas pour la seule et unique raison que je n'en eus pas le courage.

Je me tournais et me retournais dans mon lit. J'avais mal à la tête, j'étais ballonné, et je n'arrivais absolument pas à trouver le sommeil.

Les idées confuses, j'envisageais toutes sortes de choses, moins nettes les unes que les autres. Aucune d'entre elles ne me faisait progresser vers une solution. Une seule chose devint claire pour moi : j'étais incapable de renoncer à Mayuko.

Si j'allais aux États-Unis, peut-être l'oublierais-je. Mais ce n'était qu'un souhait. J'espérais que ce serait le cas, rien de plus.

Si j'avais été capable de prendre la décision de me détacher d'elle, j'aurais été prêt à ce qu'elle et Tomohiko s'unissent. Je me le souhaitais, sans être sûr d'y arriver.

Je ne voulais pas me résigner à la perdre. Je voulais à tout prix que son amour soit pour moi. Peu m'importait si Tomohiko devait en souffrir. Notre amitié avait cessé dès l'instant où j'avais offert cette broche à Mayuko pour son anniversaire.

Le lendemain, je suis allé à MAC et je les ai cherchés. Mais il ne m'était pas possible d'aller dans leur labo pour demander à Tomohiko ce qu'il avait décidé. Je ne pouvais qu'espérer les croiser à la cantine ou ailleurs dans l'institut.

Je n'ai pas eu cette chance. J'ai trouvé un prétexte pour laisser de côté mon travail, et je suis allé rôder dans les couloirs.

— Je te trouve dispersé aujourd'hui, me reprocha M. Osanai en pointant les erreurs d'un rapport que j'avais écrit sans être concentré.

Ce soir-là, je ne suis pas rentré chez moi après le travail, mais je suis allé à la gare de Kōenji. Une fois là-bas, je me suis rendu dans le café où j'avais donné la broche à Mayuko. Heureusement, il n'était pas plein. Je me suis assis à une table d'où je voyais la gare, et j'ai commandé un café. Il coûtait 350 yens. J'ai sorti mon portefeuille sans quitter la gare des yeux et j'ai posé trois pièces de 100 yens et cinq de 10 sur la table.

Le boire m'a pris un quart d'heure. J'ai passé le suivant assis devant ma tasse vide mais j'ai fini par commander un autre café, car j'avais l'impression que la serveuse me lançait des regards désapprobateurs. J'ai sorti de mon portefeuille une pièce de 500 yens, je l'ai posée sur la table, et j'ai repris une pièce de 100 et les cinq de 10.

J'avais bu la moitié de mon troisième café lorsque Mayuko est apparue. Elle portait un tailleur moutarde, avec une veste serrée à la taille. Je lui ai trouvé l'air fatigué, même de loin.

Je me suis levé après avoir ramassé les trois tickets et la somme de 1 050 yens que j'avais préparée. La caissière était occupée avec un autre client. J'ai posé sur le comptoir l'argent et les trois tickets en lui disant que je payais de cette manière et je suis parti sans attendre sa réponse.

Mayuko venait de s'engager dans une ruelle. J'ai couru à petites foulées pour la rattraper, conscient que je risquais de ne pas la retrouver si je la perdais de vue.

Elle a dû m'entendre derrière elle car elle s'est retournée avant que je lui adresse la parole. Peut-être à cause de la lumière un peu faible, elle n'a pas semblé me reconnaître tout de suite. Une fois qu'elle l'avait fait, elle a écarquillé les yeux et s'est immobilisée.

— Que fais-tu ici ?

Elle m'a posé cette question d'un ton étonné.

— Je t'ai attendue devant la gare. Parce que je veux absolument m'assurer de quelque chose ce soir.

— De quoi donc ?

— C'est à propos des États-Unis, ai-je répondu en la regardant droit dans les yeux. Tomohiko t'en a parlé, non ?

Elle a hoché la tête, le visage souriant.

— Toi aussi, tu as été choisi, n'est-ce pas ? Bravo !

— Avant de te dire merci, il faut que je te pose une question, ai-je ajouté en me rapprochant d'elle.

Elle n'a pas perdu son sourire, mais une certaine méfiance est apparue sur son visage.

— Qu'as-tu répondu à Tomohiko ?

— Comment ?

J'ai lu du doute dans ses yeux.

— Il ne t'a pas demandé de le suivre aux États-Unis ?

Elle a légèrement froncé les sourcils puis jeté un coup d'œil sur les alentours avant de m'adresser un sourire innocent.

— Tu aimes parler debout dans la rue ?

Peut-être était-ce la seule plaisanterie qu'elle ait été capable de lancer. J'ai fait un effort pour avoir l'air plus détendu.

— D'accord, je te raccompagne chez toi. C'est tout près d'ici, non ?

— À environ cinq minutes, a-t-elle répondu en se mettant en route.

Je lui ai emboîté le pas.

— Il m'en a parlé hier, reprit-elle quelques instants plus tard.

— Des États-Unis ?

— Oui.

— Il t'a demandé de le suivre là-bas ?

— Oui. Et de l'épouser.

Je n'ai rien dit. Il aurait été naturel de lui demander ce qu'elle avait répondu, mais je n'y suis pas arrivé. J'avais peur de sa réponse. J'ai continué à marcher à ses côtés en silence. J'avais le souffle court. La sueur ruisselait sous mes aisselles.

Comme j'étais silencieux, elle se taisait aussi. Un instant, je me suis demandé si elle n'avait pas envie de me dire ce qu'elle lui avait répondu.

Soudain elle s'est arrêtée. Étonné, je l'ai dévisagée. J'ai lu un peu de peur dans ses yeux, puis elle m'a souri.

— C'est ici, a-t-elle dit timidement.

Nous étions devant un immeuble à la façade carrelée de blanc. La porte vitrée laissait voir les boîtes aux lettres du hall.

— C'est quel numéro, ton appartement ?

Elle eut une seconde d'hésitation avant de répondre :

— Le 302.

— Bon, je t'accompagne jusqu'à ta porte.

Elle secoua la tête.

— Non, ce n'est pas la peine.

— Ah bon.

J'ai enfoncé mes deux mains dans mes poches, et j'ai observé l'immeuble sans raison particulière.

— Moi je… commença-t-elle d'une voix oppressée. Je n'irai pas aux États-Unis.

Surpris, je l'ai regardée. Le sourire avait disparu de son visage pour laisser place à une expression résolue.

— Tu ne veux pas partir avec lui ?

Les yeux fixés sur moi, elle a baissé la tête.

— Pourquoi pas ? ai-je insisté.

— Parce que je pense que nous n'en sommes pas encore à ce stade. Je suis sûre que si je prenais une décision qui m'engage alors que je n'y suis pas prête, je finirais par le regretter. Ni lui ni moi ne serions heureux. Nous avons l'un et l'autre besoin de plus de temps.

— Mais ce temps, vous le passerez éloignés l'un de l'autre.

— La distance physique ne change rien à la proximité des sentiments. Si nos liens s'affaiblissent à cause de la distance, cela signifiera qu'ils n'avaient jamais été solides.

— Tu lui as dit ça ?

— Oui.

— Et ça l'a convaincu ?

— Non, je ne pense pas. Mais il a quand même accepté. Il a même dit qu'objectivement, c'était sans doute la meilleure solution, parce que lui aussi considère que mon travail est important.

Je me suis dit que cette déclaration ressemblait à Tomohiko. Il était incapable de forcer la femme qu'il aimait. Peut-être était-il en train de se soûler tout seul, comme il l'avait déjà fait.

— C'est la seule chose que tu voulais savoir ?

Elle m'a posé cette question d'un ton paisible.

— Oui.

— Eh bien, tu as ta réponse, et je te dis au revoir.

Elle s'est dirigée vers le perron mais s'est retournée vers moi.

— Bonne chance aux États-Unis. Je suis sûre que tu feras du bon travail là-bas.

— Le départ, c'est dans six mois !

— Oui, mais je ne sais pas quand nous nous reverrons. C'est pour ça que je me prépare dès maintenant.

Elle m'a tendu la main droite, d'un geste très naturel.

— Je te souhaite vraiment bonne chance. Je suis sûre que tu feras du bon travail là-bas.

J'ai regardé sa main tendue quelques instants, et je l'ai saisie. C'était la première fois que ça m'arrivait. Elle était petite, et plus osseuse que je ne le pensais. Ma paume était moite.

Tout à coup, j'ai eu très envie de la serrer dans mes bras, et j'ai tiré sur sa main. Elle a écarquillé les yeux, comme si elle comprenait ce qui m'arrivait.

— Il ne faut pas faire ça, a-t-elle dit tout bas, du ton qu'elle aurait eu pour gronder un enfant.

— Tu es sûre que tu ne vas pas aller aux États-Unis ?

Je lui ai posé cette question en serrant sa main. Elle a hoché la tête. J'ai lâché sa main.

— Bon, j'ai compris.

Elle l'a retirée, et s'en est servie pour prendre son sac.

— Eh bien bonsoir ! Merci de m'avoir raccompagnée.

— Bonne nuit !

Elle a gravi le perron, a poussé la porte et est entrée dans l'immeuble. Je suis parti une fois que je ne l'ai plus vue. Peut-être parce que j'avais chaud, le vent tiède de septembre m'a paru plaisant.

Deux jours plus tard, je suis retourné au siège de Bitech pour donner ma réponse. On m'a fait attendre dans la même salle de réunion que la fois précédente, mais Tomohiko ne m'y avait pas précédé ce jour-là. J'en ai été soulagé.

Aoji y est entré après avoir frappé à la porte, comme l'autre jour. Il était seul, sans le responsable des RH. Peut-être avait-il pensé que ma réponse ne nécessitait pas sa présence.

— Alors tu as pris ta décision ?

— Oui.

— Très bien. Miwa m'a communiqué la sienne hier. Bon, je vais prévenir le siège aux États-Unis.

Il ouvrit sa serviette pour y prendre un papier.

— Non, ce n'est pas ça… fis-je.

— Ce n'est pas ça ? répéta-t-il en me regardant. Comment ça ?

— Euh… je renonce à aller aux États-Unis.

Il a semblé ne pas comprendre ce que je venais de dire et m'a dévisagé, stupéfait. Puis il a ouvert grand la bouche.

— Que viens-tu de dire ? fit-il, d'une voix presque étouffée. Tu parles sérieusement ?

— Oui. J'ai bien réfléchi et c'est la décision à laquelle je suis arrivé.

— Stop ! Tu es sûr d'avoir bien réfléchi ? C'est une décision de la plus haute importance. Si tu laisses passer cette occasion, tu n'en auras probablement pas d'autre d'être muté au siège américain.

— J'en suis conscient. J'ai pris ma décision en toute connaissance de cause.

Aoji soupira. Puis il se gratta la tête, ce qui mit du désordre dans sa chevelure.

— Tu peux me dire pourquoi ?

— Pour convenances personnelles.

— Tes parents y sont opposés ?

— Non… Je suis obligé de vous expliquer ?

— Non, non, répondit-il en croisant les doigts sur la table de réunion.

Il était clair qu'il ne s'était pas du tout attendu à une réponse négative de ma part.

— Tu vas le regretter, tu sais ! lança-t-il en levant les yeux vers moi.

Je l'ai regardé sans rien dire. Je pensais moi-même que je faisais une bêtise. Mais ma décision était la conclusion à laquelle j'étais parvenu en me demandant ce qui comptait le plus pour moi.

— Bon, tu ne me laisses pas le choix. Je vais contacter un autre candidat, a déclaré Aoji après avoir soupiré, comme s'il s'était résigné. Mais quand même, ça m'attriste. Je le regrette pour toi.

— C'est lié à mon sens des valeurs.

Il parut un peu surpris de cette déclaration.

Ce soir-là, j'ai attendu chez moi que Tomohiko me téléphone. J'étais certain qu'il serait informé de ma décision, et persuadé qu'il voudrait en connaître la raison. J'ai beaucoup réfléchi à ce que je lui dirais. Je connaissais sa perspicacité, car il avait autrefois percé mes mensonges.

Les heures ont passé sans que j'en trouve de convaincants, mais il ne m'a pas appelé ce soir-là. J'en ai été soulagé tout en pensant que ce n'était que partie remise. Nous finirions de toute façon par nous croiser à l'intérieur de MAC.

Le lendemain, je ne l'y ai pas vu non plus, et il ne m'a pas plus contacté. Mayuko, elle, m'a téléphoné, depuis son laboratoire. Heureusement, j'étais seul à ce moment-là, et je n'avais pas à craindre que quelqu'un n'entende notre conversation.

— Tu aurais une minute pour moi maintenant ? J'aimerais te parler de quelque chose.

— Oui, je peux quitter le labo. Tu es où ?

— Dans la bibliothèque. Mais ce n'est pas un bon endroit, retrouvons-nous plutôt sur le toit.

— OK. Je t'y rejoins tout de suite.

J'ai pris l'ascenseur. C'était très inhabituel qu'elle m'appelle – d'ailleurs, elle ne l'avait jamais fait jusque-là, et j'ai essayé de m'imaginer ce qui avait pu se passer. Peut-être a-t-elle changé d'avis et décidé d'aller aux États-Unis, me suis-je dit, en ressentant de l'angoisse. L'ascenseur m'a paru particulièrement lent.

Arrivé au dernier étage, j'ai gravi l'escalier qui menait au toit. Debout le dos contre le grillage, Mayuko m'y avait précédé. Elle portait une veste à manches courtes bleu clair, et une jupe-culotte assortie d'où sortaient ses jambes fines. Je me suis demandé ce qu'elle avait fait de son habituelle blouse blanche.

Une fois que j'étais près d'elle, j'ai remarqué que le regard qu'elle m'adressait était peu amène. J'ai voulu lui demander pourquoi, mais elle ne m'en a pas laissé le temps.

— Pourquoi as-tu refusé ?

Son ton était accusateur. J'ai tout de suite compris de quoi elle parlait, malgré ma surprise. Pourquoi était-elle au courant ?

— Je suis allée chez Bitech ce matin. Les RH m'y ont convoquée.

— Toi ?

Un mauvais pressentiment s'est diffusé en moi, telle une goutte d'encre se diluant dans de l'eau.

— On m'y a demandé si je ne voulais pas être mutée au siège à Los Angeles.

— Mais… ai-je bredouillé avec l'impression d'entendre quelque chose résonner dans mon oreille. J'ai du mal à te croire. Tu es entrée chez MAC cette année…

— C'est ce que je leur ai dit. Mais on m'a répondu que j'étais un cas à part.

— Un cas à part ?

— Le départ aux États-Unis d'un employé était décidé, et il avait absolument besoin d'un assistant. La personne à laquelle ils avaient pensé n'ayant pas accepté le poste, ils m'offraient exceptionnellement cette possibilité.

J'étais sans voix. Toutes sortes de choses me sont venues à l'esprit, j'avais l'impression d'être un linge pris dans le tambour d'une machine à laver en marche. Un assistant ? Ce n'était que comme assistant de Tomohiko qu'on m'avait proposé de partir aux États-Unis ? Mais ce n'était ni le bon endroit ni le bon moment pour y réfléchir.

— La personne dont le départ était décidé, c'est bien sûr Tomohiko, n'est-ce pas ? Et c'est donc toi qui t'es retiré, non ? Je n'arrive pas à y croire, je n'ai pas envie d'y croire, mais j'ai raison, n'est-ce pas ?

Je me suis approché du grillage, la main droite sur le front. Mes yeux ne voyaient rien. À présent, les mots que venaient de prononcer Mayuko me paraissaient les miens.

— Oui, c'est bien moi, ai-je lâché presque en gémissant. C'est moi qui ai décliné cette offre.

— J'avais donc raison.

Du coin de l'œil, je l'ai vue secouer la tête.

— Pourquoi ? a-t-elle continué.

— Pour convenances personnelles.

— Mais une telle occasion ne se représentera pas de sitôt !

J'ai agrippé le grillage métallique des deux mains pour m'empêcher de pousser un hurlement.

— Ah... je comprends mieux... Tu as été contactée parce que je me suis retiré...

Je me suis arrêté pour inspirer et respirer profondément plusieurs fois de suite.

— C'est idiot, hein ? Et même risible. Oui, j'ai vraiment envie de rire.

J'ai essayé. Je me trouvais terriblement ridicule. Mais je n'ai réussi à produire qu'une affreuse grimace.

— Je voulais te poser une question... a commencé Mayuko. Je me demande si ce que je t'ai dit l'autre jour n'est pas à l'origine de tout ça. Quand tu as compris que je ne partirais pas avec lui...

J'ai gardé le silence. Mes doigts agrippaient le grillage.

— J'ai raison, n'est-ce pas ? C'est pour ça que tu t'es retiré ?

Sa question me fit terriblement souffrir.

J'ai baissé la tête et collé le visage au grillage.

— Je ne voulais pas m'éloigner de toi, ai-je répondu. Je pensais que si j'étais près de toi, je conservais une chance. Je voulais t'arracher à Tomohiko. Tu as dit que la distance physique était sans importance, mais je ne suis pas d'accord. Et plus encore que tout ça…

Je me suis interrompu pour inspirer profondément.

— Je ne voulais pas être séparé de toi.

— Mais enfin…

— C'est mal d'avoir d'aussi mauvaises pensées. J'ai été puni. J'aurai tout perdu si tu pars là-bas.

— Tu n'as qu'à dire que tu as changé d'avis. Je suis sûre qu'il est encore temps.

— Non, ça ne servirait à rien. Et de toute façon, je ne veux pas revenir en arrière, ai-je répondu en secouant la tête. Je ne peux m'en prendre qu'à moi-même.

— Ne dis pas ça ! C'est trop important. Tu ne trouves pas stupide de changer le cours de ta vie pour une fille comme moi ?

— Je suis honnête avec moi-même, c'est tout.

— Je trouve ça trop triste… lâcha-t-elle d'une voix tremblante.

Je l'ai regardée. Une larme coulait sur sa joue. Ses yeux étaient rouges et elle serrait les lèvres comme pour contenir son chagrin. J'en ai été décontenancé.

— Ne pleure pas, s'il te plaît ! Tu n'as rien fait de mal. Je suis tombé amoureux de toi tout seul, et ça m'a conduit à faire une bêtise. Tu n'y es pour rien.

— Oui mais quand même…

J'ai levé lentement la main droite, et je l'ai tendue vers sa joue gauche. Elle n'a pas bougé, et m'a regardé droit dans les yeux. Les siens étaient rouges. Au bout de quelques instants, ma main a touché sa joue. Mayuko était parfaitement immobile. J'ai frotté sa joue des doigts et j'ai eu la même sensation que si je touchais un fil chargé en électricité. J'ai senti mon corps se figer, la chaleur m'envahir.

Elle a serré mes doigts entre les siens.

— Mais pourquoi moi ? a-t-elle demandé.

— Je ne sais pas.

Il y a eu du bruit dans l'escalier. Peut-être était-ce déjà l'heure de la pause déjeuner. Des gens pouvaient surgir sur le toit. Nous nous sommes mis en mouvement tous les deux.

— Tu as jusqu'à quand pour donner ta réponse ?

— Demain.

— Ah bon. Tu en as parlé à Tomohiko ?

Elle a secoué la tête.

— Non, pas encore.

— Fais-le vite, ai-je suggéré avec un entrain que je ne ressentais pas. Bon, salut !

Je me suis dirigé vers l'escalier. Deux hommes qui portaient des clubs de golf arrivaient en haut des marches. Ils voulaient pratiquer leur swing ici. Pourvu qu'ils ne remarquent pas que Mayuko avait pleuré.

Cet après-midi-là non plus, je n'ai pas réussi à me concentrer sur mon travail. J'ai dit à M. Osanai que j'étais souffrant et il m'a autorisé à rentrer tôt chez moi. Mon malaise n'était pas feint. J'avais vraiment du mal à tenir debout. Mon visage dans le miroir des toilettes était d'un gris terrifiant.

J'avais envie de boire de l'alcool, de me soûler au point de perdre conscience. Mais je suis rentré tout droit chez moi. Je ne connaissais pas de bar ouvert dès l'après-midi, et je ne voulais voir personne.

J'avais à la maison une bouteille de Chivas Regal entamée, et une bouteille entière de Wild Turkey. Si je les buvais jusqu'à la dernière goutte, je perdrais sans doute conscience. Mais je me suis allongé sur mon lit et n'en ai plus bougé. J'avais envie d'être soûl, mais la force de boire me faisait défaut. J'étais incapable de faire un mouvement.

Je suis resté sur mon lit, presque sans rien manger, et sans pour autant dormir. Je n'arrivais pas moi-même à comprendre si je regrettais d'avoir laissé passer une occasion extraordinaire ou si j'étais triste d'avoir définitivement perdu Mayuko. Par moments, mourir me paraissait la meilleure solution.

Les heures ont passé. Il était minuit passé quand je me suis levé de mon lit pour me mettre à boire le whisky tiède pur. Je n'avais pas envie de manger. J'ai bu et bu. L'aube se levait quand j'ai vomi de la bile dans l'entrée en allant aux toilettes. J'aurais voulu vomir plus mais je n'y suis pas arrivé. Ma nausée était douloureuse. Les rayons de soleil qui entraient dans l'appartement me dérangeaient.

Ce jour-là, je ne suis pas allé travailler. Ce que j'avais à faire là-bas m'était complètement indifférent.

Le téléphone a sonné en début d'après-midi. J'avais réglé le volume au minimum, mais la sonnerie a quand même rendu mon mal de tête insupportable. J'ai rampé jusqu'au téléphone sans fil qui était par terre.

— Allô… ai-je fait d'une voix de buffle enrhumé.

Il y eut un silence puis Mayuko a dit :

— C'est moi.

Mon mal de tête a disparu instantanément.

— Ah…

Je ne savais que dire.

— Tu es malade ?

— Non, pas vraiment. Je ne me sens pas bien, mais ce n'est pas grave.

— Je préfère ça.

Elle s'interrompit, comme si elle hésitait à continuer.

— Je suis allée chez Bitech.

— Oui, et ?

Une multitude de questions me sont venues. Pourquoi me téléphonait-elle ? Serait-ce la dernière fois qu'elle le ferait ? Tomohiko devait être fou de joie. Tout était fini.

— J'ai refusé, a-t-elle dit.

— Quoi ?

J'avais la tête vide.

— Comment ça, tu as refusé ?

— J'ai refusé d'aller aux États-Unis.

J'ai poussé un soupir. Elle non plus n'a rien dit. Mais j'entendais sa respiration qui m'a paru plutôt irrégulière.

— Pourquoi ?

— Parce que… je ne voyais aucune raison d'y aller.

J'ai eu envie de répéter "pourquoi", mais je n'en ai rien fait.

— Tomohiko est au courant ? ai-je demandé après un autre silence.

— Non. Il ne m'a pas non plus dit que je serais contactée pour être son assistante aux États-Unis.

— Et ça te convient ?

— Oui.

— Ah bon.

J'ai avalé ma salive. Elle avait un goût amer.

— Ça restera un secret pour lui ?

— Oui.

— J'aimerais bien te voir pour en parler.

Elle a d'abord hésité.

— Oui, un de ces jours, finit-elle par répondre.

Ça ne m'a pas découragé.
— D'accord. Bon, à bientôt !
— Prends soin de toi !
— Merci !
Nous avons raccroché tous les deux.

Le lendemain, je suis allé à MAC.

Je n'arrivais pas à me concentrer. J'avais du mal à entendre ce qu'on me disait, et j'ai fait de nombreuses erreurs dans mon travail.

— Que t'arrive-t-il ? Tu es bizarre en ce moment. C'est la chaleur de la fin de l'été qui te fait cet effet ?

Même M. Osanai m'a fait une remarque. J'avais été absent, et maintenant que je revenais, je ne faisais pas du bon travail.

Je lui ai dit que ce n'était rien, mais je ne réussissais pas à me concentrer sur ce que je faisais. Je n'arrêtais pas de me tancer intérieurement.

La vérité était que j'exultais. Mayuko n'irait pas aux États-Unis. Quand je pensais que c'était par égard pour moi, j'étais rempli d'une joie débordante. Comme si j'avais trouvé un rayon de lumière juste au-dessus de moi alors que je pensais être dans l'obscurité la plus complète.

Je n'avais bien sûr aucune garantie qu'elle m'aime dorénavant. Mais j'étais certain qu'elle accordait de l'importance aux sentiments que j'avais pour elle. De mon point de vue, c'était un progrès majeur.

Dire que je n'étais pas embarrassé vis-à-vis de Tomohiko aurait été mentir. Mais je faisais tout mon possible pour ne pas y penser. Ou plutôt, j'essayais de me persuader que je n'avais pas le droit de m'en faire pour lui.

Je n'avais qu'un seul désir, voir Mayuko le plus vite possible. La regarder, lui parler. Et si c'était possible, mieux comprendre ses sentiments pour moi. Obsédé par cette idée, j'étais incapable de me concentrer sur mon travail. Force m'était de reconnaître que c'était loin d'être désagréable.

— Je me demande ce sur quoi les gens des packs mémoire travaillent en ce moment, ai-je dit pour faire la conversation à Yanasé qui était assis à côté de moi. On ne les voit pas beaucoup ces jours-ci.

Lui à qui M. Osanai avait confié un programme de simulation a tourné vers moi un visage fatigué.

— C'est vrai que ça fait un bout de temps. D'après ce que j'ai entendu dire, les expériences que mènent M. Sutō et Miwa les contraignent à passer tous les jours la nuit au laboratoire.

— Vraiment ? C'est incroyable !

— J'ai du mal à comprendre ce qu'il y a de si pressé. Aucun colloque n'est prévu dans un avenir proche, et s'ils travaillent sur quelque chose de très urgent, Bitech devrait leur envoyer de l'aide.

Une idée m'est venue.

— Tu as vu Shinozaki ces derniers temps ?

— Shinozaki ? Non, pas du tout. J'imagine que lui aussi doit travailler dur comme Miwa et toute son équipe.

— La dernière fois que je l'ai croisé, c'était à la fête annuelle.

Yanasé a hoché vigoureusement la tête.

— Moi aussi. Ça nous a tous marqués, non ? Peut-être qu'il boit moins maintenant, a-t-il ajouté avant de se mettre à rire.

Ce soir-là, j'ai téléphoné plusieurs fois à Mayuko avant 19 heures, en vain. J'ai allumé la télévision et j'ai regardé tout en mangeant un bol de nouilles un match de football américain que j'avais enregistré sur mon magnétoscope. J'ai réessayé plusieurs fois de l'appeler, sans plus de succès. Elle a fini par répondre un peu après 20 heures. Les Dallas Cowboys venaient de marquer un *field goal*.

Elle n'a pas eu l'air surprise de m'entendre et m'a répondu calmement.

— Toutes mes excuses pour hier, ai-je dit d'une voix moins sereine que la sienne.

— OK.

— Tu as l'air toujours aussi occupée.

— Aujourd'hui ça allait. J'ai fini plus tôt que d'habitude, mais j'avais des courses à faire, et c'est pour ça que je suis rentrée tard.

— Ah bon.

J'ai failli lui dire que je regrettais de ne pas lui avoir tendu une embuscade dans ce cas. Je ne l'ai pas fait de peur qu'elle pense que je prenais mes aises avec elle.

— Je t'appelle pour rien de spécial. J'avais juste envie d'entendre ta voix, même si c'est très banal comme expression.

Elle a ri.

— Tu as raison, c'est vraiment une expression très banale.

— Tu as parlé à Tomohiko ?

— Quasiment pas. Il ne quitte pas le laboratoire et, moi, je fais l'analyse des données à mon bureau.

— J'ai entendu dire qu'il dort sur place presque tous les soirs.

— Oui, parce qu'il s'est passé des choses.

— Tu fais référence à Shinozaki ?

J'avais dû voir juste, car elle ne m'a pas répondu tout de suite.

— Il t'en a parlé ?

— Non, il n'a rien voulu me dire, mais j'ai quand même compris.

— Ah bon. Tu parles de la fête annuelle, n'est-ce pas ?

— Oui.

— Il n'était pas dans son état normal.

— Sa mémoire était troublée. Ça résultait d'une expérience, hein ?

Mayuko a soupiré. Elle paraissait prête à reconnaître les choses.

— Oui, nous avons rencontré des difficultés imprévues. Mais maintenant, ça va. Ne te fais pas de souci. C'est d'ailleurs aussi pour ça que j'ai pu rentrer tôt aujourd'hui.

— Ces difficultés ont été résolues ?

— Oui.

— Tant mieux. Ça veut dire que Tomohiko a réalisé 90 % de son programme de recherche ?

— Ça, je ne sais pas. Je dirais plutôt 80 %. Enfin, le plus gros est fait.

— Impressionnant !

J'ai marqué une pause.

— Ça veut dire que réorganiser la mémoire est possible ?

Elle ne m'a répondu qu'après un bref silence, assez long cependant pour lui permettre de se décider.

— Oui, ça l'est.

— Dis donc…

J'étais assailli par des émotions complexes : un sentiment de défaite, l'envie, la tristesse, et la jalousie.

— Tomohiko est un génie.

Dire cela me procurait un plaisir pervers car ça me rendait conscient de ma médiocrité.

— Je le pense aussi.

— Et tu n'as pas envie de suivre ce génie ?

Je faisais bien sûr référence à la proposition qui lui avait été faite d'aller aux États-Unis, mais j'ai regretté ma formulation malveillante.

— Quand tu dis ça, j'ai l'impression que ça rend ma décision vide de sens.

Elle avait raison. Je n'ai su que répondre.

— Ce soir aussi, Tomohiko va passer la nuit là-bas ?

— Non, pas ce soir. Il m'a dit qu'il se réjouissait de pouvoir rentrer chez lui aujourd'hui.

— Donc il y est peut-être déjà ?

— Oui. Tu vas l'appeler ?

— Oui, je pense.

— Très bien mais…

— Ne t'en fais pas, je ne vais pas me montrer trop bavard. Je veux juste lui poser des questions sur ses recherches.

— Je t'en remercie !

Comme toujours, elle se préoccupait de l'amitié entre Tomohiko et moi.

Je l'ai appelé immédiatement après avoir raccroché. Mais il ne devait pas encore être rentré. J'ai laissé sonner sept fois avant de renoncer.

J'ai fait une nouvelle tentative après 23 heures tout en buvant un verre de bourbon, sans plus de succès, et une dernière après minuit. En vain.

Était-il encore dans son labo ? Mayuko m'avait dit que les difficultés avaient été résolues. Y aurait-il eu un autre accident ? Ou bien cela n'était qu'un contretemps ? Quelque chose qui allait moins vite que prévu ?

J'ai mis mon pyjama et suis allé me coucher, mais j'étais trop préoccupé pour m'endormir. À 1 heure précise, j'ai appelé chez lui encore une fois. Sans plus de succès. Je me suis levé, rhabillé et je suis sorti de chez moi. J'ai pris mon vélo et j'ai pédalé vers MAC.

Presque toutes les lumières étaient éteintes. J'ai tendu au gardien qui avait l'air hébété ma carte d'employé en lui expliquant que j'avais oublié quelque chose dont j'avais besoin pour un déplacement le lendemain. Il a hoché la tête et m'a ouvert.

J'ai monté les escaliers presque en courant et je suis allé au laboratoire de l'équipe de Tomohiko. La porte était fermée. J'ai collé l'oreille contre la paroi sans rien entendre. Tous les laboratoires étaient insonorisés, cela ne signifiait rien.

J'ai d'abord hésité, mais j'ai fini par frapper. Ma présence ici pouvait paraître bizarre, mais je n'aurais qu'à dire que j'avais appelé Tomohiko plusieurs fois et que son absence m'inquiétait. Au demeurant c'était la vérité.

Je n'ai pas eu de réponse. J'ai recommencé, sans plus de succès. Puis j'ai tourné la poignée de la porte. Elle était probablement verrouillée car elle ne s'est pas ouverte.

Il n'était donc pas ici. J'étais en train de me demander que faire quand j'ai entendu le bruit d'une voiture dehors. Elle s'est arrêtée tout près. J'ai regardé par la fenêtre du couloir et j'ai vu une fourgonnette grise garée près du court de tennis, moteur allumé. La porte côté conducteur s'est ouverte, un homme en est descendu, en tenue de travail. La lumière n'était pas assez forte pour que je voie son visage. Je n'avais pas l'impression de le connaître.

Je me suis rapproché un peu plus de la fenêtre. L'homme en bleu de travail a ouvert la porte arrière. Deux hommes se sont approchés. J'ai écarquillé les yeux. Ceux-là, je les connaissais. C'était Sutō et Tomohiko.

J'ai été stupéfait de voir qu'ils poussaient deux diables entre lesquels était posée une grande boîte longue, qui m'a fait penser à un carton de réfrigérateur.

Le conducteur de la fourgonnette et Sutō en ont attrapé chacun une extrémité. Tomohiko a poussé les diables de côté pour qu'ils ne les gênent pas. Les deux autres ont transporté lentement la boîte jusqu'à la fourgonnette. On aurait dit qu'il s'agissait d'un cercueil qu'on plaçait dans un corbillard.

Une fois la boîte à l'intérieur, le conducteur a refermé la porte arrière. Il a dit quelque chose à Sutō et il est remonté dans le véhicule. La fourgonnette a démarré, sous le regard de l'enseignant et de Tomohiko. Ensuite, ils ont poussé les diables vers le bâtiment.

J'ai pris le couloir dans l'autre sens pour éviter de les croiser, d'abord en marchant d'un pas rapide, presque en courant.

Je ne m'expliquais pas la panique que je ressentais.

CHAPITRE VIII

PREUVES

Il entendait une voix au loin. Au début, il ne saisit pas ce qu'elle disait, puis au bout d'un moment, il réalisa qu'elle appelait son nom. Elle était féminine.

Des taches de lumière apparurent dans son univers jusque-là plongé dans l'obscurité totale. Puis il distingua une forme. En la fixant, il comprit que c'était le visage d'une jeune femme.

Takashi cligna des yeux. Son esprit était embrumé et il avait d'étranges images sur la rétine. Il se rendit compte qu'il s'appuyait à un mur. L'espace d'une seconde, il ne sut plus où il était mais cela lui revint l'instant suivant : l'appartement de Shinozaki Gorō.

— Ça va ? lui demanda Naoi Masami d'une voix inquiète, en baissant la tête vers lui.

— Oui, ça va aller. Je crois que j'ai eu un vertige.

Il pressa les doigts contre ses paupières.

— Tu m'as fait drôlement peur ! Tu es anémié en ce moment ?

— Non, pas que je sache, mais il se peut que je sois un peu fatigué.

— Tu dois être surmené.

— Non, pas du tout.

Il résista à l'envie de lui dire qu'il avait été mis sur une voie de garage et ne faisait pas grand-chose.

— De quoi parlions-nous ? demanda-t-il en se frottant les tempes.

— De l'enterrement de mon père.

— Ah oui, ça me revient.

Il se souvenait d'une scène précise, qui ressemblait au moment où le cercueil quitte la maison. Deux hommes transportaient une longue boîte. Tomohiko les regardait. Il ne comprenait pas pourquoi il ne s'en était pas souvenu plus tôt, mais à présent l'image était très nette.

Takashi se dit qu'il était possible que cette boîte ait contenu Shinozaki. Parce que, quelques jours plus tard, il avait été informé de sa démission de MAC. En réalité, Shinozaki n'avait pas démissionné, et il avait été emmené quelque part.

Il était logique de penser que quelque chose d'anormal lui était arrivé.

Takashi ne pouvait naturellement pas en parler à Masami. Elle qui doutait déjà du fait qu'il soit encore en vie serait désespérée s'il lui racontait cette scène nocturne. Takashi lui-même commençait à se dire que Shinozaki était probablement mort.

Il était aussi parvenu à la conclusion qu'il ne trouverait rien d'utile dans son appartement. Sa visite ici n'avait servi qu'à confirmer que la disparition de Shinozaki avait fait l'objet d'un camouflage très habile.

Au moment où il se dirigeait vers l'entrée, ses pieds butèrent sur un sac en papier. Il en avait déjà vérifié le contenu, à savoir l'uniforme que Shinozaki portait chez MAC, ainsi que ses chaussures de sécurité.

Shinozaki les portait sans doute le jour où il avait vu cette boîte. S'il avait alors été emmené quelque part, quelqu'un avait ensuite récupéré ses vêtements et ses chaussures et les avait apportés ici. Des tâches déplaisantes, mais indispensables pour cette dissimulation.

Il étudia encore une fois des yeux la tenue de travail et les chaussures. Ils ne paraissaient pas sales. Mais pas non plus lavés. À bien y regarder, il y avait sur la manche plusieurs fils qui ressemblaient à des cheveux ou des poils qu'on vient de raser, se dit-il.

— Je te remercie de m'avoir amené ici. Dommage que nous n'ayons rien trouvé de nouveau, dit-il alors qu'ils marchaient tous les deux sur l'avenue Ōme-kaidō.

Elle secoua la tête.

— Personne n'y peut rien. Mais ça me fait du bien que quelqu'un s'intéresse à son histoire et à la mienne.

— Merci de dire ça.

Il tourna les yeux vers l'avenue en espérant voir un taxi.

— Je demanderai au chauffeur de te déposer. Il est déjà tard.

— Non, non, ce n'est pas la peine. Je vais prendre les transports.

— Mais…

— En fait, j'ai envie de marcher dans son quartier.

— Je comprends, répondit Takashi en hochant la tête. C'est probablement une bonne idée.

Il se sentit soudain triste. Il ne pouvait vraiment pas lui parler de cette boîte qui ressemblait à un cercueil.

Du coin de l'œil, sur la droite, il aperçut soudain quelque chose qui lui parut étrange.

Avec l'impression qu'un mouvement très rapide venait de se produire, il tourna instinctivement la tête dans cette direction. D'abord, il ne vit que deux lycéens qui parlaient en marchant, puis il aperçut aussi une voiture, une berline de couleur sombre, qui sortit d'une petite rue et s'éloigna sur l'avenue.

Il se souvint du jour où il était allé dans l'appartement de Tomohiko, et de l'impression qu'il avait alors eue d'être observé. Aujourd'hui aussi, la voiture s'était éloignée très vite.

Était-il sous surveillance depuis le moment où il avait rencontré Naoi Masami, jusqu'à sa visite dans l'appartement de Shinozaki ?

Il frissonna. Puis la colère l'envahit.

Pourquoi cela lui arrivait-il ? Pourquoi faisait-il l'objet d'une surveillance ? Que voulait-on de lui ?

— Qu'est-ce qu'il t'arrive ? demanda Masami qui s'était rendu compte d'un changement chez lui.

— Ce n'est rien, ne t'en fais pas, répondit-il. Bon, je te dis au revoir !

— N'hésite pas à m'appeler s'il se passe quelque chose.

— Ça vaut pour toi !

Il la regarda s'éloigner, en commençant à réfléchir à autre chose.

Le lendemain, Takashi était à bord du Shinkansen Kodama. Il avait appelé son supérieur depuis la gare de Tokyo pour demander s'il pouvait prendre quelques jours de congé. Celui-ci avait accepté sans lui poser de questions. Le règlement de la société le lui interdisait.

Takashi regarda sa montre, puis souleva le sac qu'il avait posé par terre. Le train arriverait à Shizuoka dans peu de temps.

Il lui semblait qu'il n'avait que deux options : soit aller voir les personnes qui connaissaient la vérité au sujet de ce qui lui était arrivé, comme Sutō ou Mayuko, et leur poser des questions, soit se cacher quelque part jusqu'à ce que sa mémoire redevienne normale.

Il ne mit pas longtemps à se décider pour la seconde. Retrouver Mayuko et Sutō serait probablement très difficile, et agir tant que sa mémoire n'était pas redevenue normale ne le mènerait sans doute pas à grand-chose.

Quand il s'était demandé où se cacher pendant quelque temps, il avait presque immédiatement pensé à la maison de ses parents à Shizuoka. En général, il y rentrait rarement, et cela ne lui manquait pas. Se languir de son pays natal lui paraissait une attitude passéiste. Il serait toujours temps de le faire plus tard.

Mais dans les circonstances présentes, y retourner lui paraissait la meilleure chose à faire. Son passé là-bas ne pouvait être remis en question, et cela lui était précieux.

Une voix annonça que le train arrivait en gare de Shizuoka. Des passagers s'approchèrent de la portière du wagon. D'après leur apparence, ce devait être des gens qui se déplaçaient pour leur travail.

Le Kodama s'arrêta, les portes s'ouvrirent, ils descendirent. Aucun passager ne monta. Takashi n'avait pas encore quitté le wagon. L'arrêt ici durait une minute, et il regardait la trotteuse de sa montre pour descendre à la dernière seconde, ce qu'il fit en bondissant hors du train. La portière se referma derrière lui. Il jeta un regard circulaire, et vit qu'il était le seul passager à avoir agi ainsi.

Il prit ensuite un taxi à qui il annonça sa destination. La voiture démarra et il regarda en arrière pour voir si personne ne le suivait. Il se disait que même si c'était le cas, cela ne le dérangerait pas. Une fois qu'il serait chez ses parents, personne ne pourrait le surveiller.

Kazuko, sa mère, parut plus inquiète que contente de la visite inopinée de son second fils. Elle lui demanda s'il lui était arrivé quelque chose.

— Non, répondit-il. J'étais en déplacement pas loin, et j'ai eu l'idée de passer vous voir.

Cela sembla la rassurer, et elle commença par lui poser des questions sur sa santé et son travail. Takashi avait un frère plus âgé que lui, qui était resté à Shizuoka. Il était marié et avait un enfant. Sa mère se faisait beaucoup plus de souci pour son cadet qui vivait seul à Tokyo.

Il répondit à toutes ses questions, par des mensonges lorsque c'était nécessaire. Il n'avait pas dit à ses parents qu'il avait changé de poste, ni qu'il vivait avec Mayuko. De plus, il n'était maintenant plus certain de ses souvenirs à son sujet.

— Et Tomohiko va bien ? lui demanda-t-elle, une fois qu'elle lui avait déjà posé beaucoup de questions.

— Oui, je pense. En ce moment, il travaille au siège, aux États-Unis.

— Aux États-Unis ? Vraiment ? Il est toujours aussi fort, hein !

Depuis des années, elle était convaincue que c'était grâce à lui que son fils était devenu sérieux dans ses études. Parler de Tomohiko donna l'idée à Takashi d'aller saluer ses parents. Il se souvenait de l'attitude étrange de la mère de son ami lorsqu'il l'avait appelée pour savoir où était Tomohiko, et du sentiment qu'il avait eu qu'elle lui cachait quelque chose.

Peut-être en apprendrait-il plus s'il lui parlait. En la voyant, il comprendrait si elle mentait, et peut-être arriverait-il à lui soutirer des informations.

Il sortit après avoir dit à sa mère qu'il serait de retour pour le dîner.

Les parents de Tomohiko habitaient dans une rue proche du quartier commerçant de la gare. Ils avaient une imprimerie, dont la dénomination commerciale était "Imprimerie Mitsuwa", et non Miwa, ce qui avait toujours déplu à Tomohiko. En effet, quand il était à l'école élémentaire, des camarades de classe le taquinaient en l'appelant "Mitsuwa" au lieu de Miwa.

L'entreprise parut plus petite à Takashi que dans son souvenir, tout comme la rue sur laquelle elle donnait, sans doute parce qu'il venait ici enfant et que tout lui semblait alors plus grand. La mémoire nous joue toujours des tours, se dit-il.

Le rideau blanc était tiré, et la porte en verre fermée. Il essaya de l'ouvrir mais n'y réussit pas.

Comme les Miwa habitaient à l'arrière du magasin, il y alla. Il appuya sur la sonnette qui se trouvait au-dessus de la boîte aux lettres, mais rien ne se produisit. Il sonna à nouveau, sans plus de succès.

Il se demandait que faire lorsque l'homme qui tenait le commerce de cycles voisin apparut. Takashi le connaissait de vue. C'était à lui que ses parents avaient acheté son premier vélo, et chez lui qu'ils l'avaient souvent fait réparer. L'homme ne sembla pas le reconnaître et lui adressa un regard légèrement irrité.

— L'imprimerie est fermée aujourd'hui ?

— Oui, je crois. Même si ça n'avait pas l'air prévu.

— Comment ça ?

— Ce matin, elle était ouverte, mais ils l'ont tout à coup fermée au moment de midi. Ensuite, j'ai vu M. Miwa et sa femme sortir de chez eux avec deux grosses valises, comme s'ils partaient en vacances à l'étranger.

— Vous savez où ils sont allés ?

— Non, fit son interlocuteur avec un sourire narquois.

— Ils étaient comment, tous les deux ?

— Comment ça ?

— Ils avaient l'air contents de partir ?

— Non, ça, on ne peut pas dire.

L'homme s'interrompit et croisa les bras.

— J'ai surtout eu l'impression qu'ils étaient très pressés, continua-t-il. Je leur ai demandé ce qui leur arrivait, et ils ne m'ont même pas répondu. On aurait dit qu'ils fuyaient un poursuivant !

Takashi se demanda ce que les parents de Tomohiko fuyaient. Il eut ensuite une idée : ne serait-ce pas lui ?

Il était tout à fait possible que "l'adversaire" soit déjà informé de sa présence à Shizuoka. "L'adversaire" qui ne voulait pas qu'il aille les voir les avait prévenus qu'ils devaient partir.

Ce n'était pas impossible. Quand il leur avait téléphoné l'autre jour, il avait compris qu'ils étaient du côté de ceux qui cachaient la vérité.

Tout le monde disparaît, pensa Takashi. Shinozaki, Tomohiko, Mayuko, Sutō. Et maintenant les parents de Tomohiko.

Son père était déjà rentré de son travail lorsque Takashi revint. Il dirigeait une usine de produits alimentaires, et arriverait à l'âge de la retraite dans deux ans.

Les deux hommes partagèrent une bière avant le dîner. Son père s'intéressait beaucoup au travail de son fils. Étant lui aussi ingénieur de formation, il aurait beaucoup aimé lui donner des conseils. À nouveau, Takashi fut obligé de mentir.

— Je comprends que tu puisses te sentir frustré par moments, mais au final, une entreprise protège toujours ses employés. Fais-lui confiance, et tout ira bien.

Takashi ne le contredit pas. Il ne souhaitait pas détruire les illusions de son père. Son frère arriva, accompagné de sa femme et de leur fils. En voyant le plaisir que la compagnie de son premier petit-enfant procurait à son père, Takashi se demanda comment il avait pu penser qu'il trouverait ici une solution à ses problèmes.

— Dis-moi, Takashi, tu t'occupes de ta lessive maintenant ?

Sa mère lui posa cette question, une fois le dîner terminé.

— Oui, bien sûr ! Pourquoi me demandes-tu ça ?

— À cause de ce qui s'est passé ce printemps, bien sûr.

— Ce printemps ?

— Tu as oublié ? Tu m'as envoyé une énorme quantité de linge sale ! Ça m'a pris du temps de tout laver.

— Ah…

Il s'en souvenait maintenant. Il avait envoyé deux gros cartons.

— Il n'y avait que des affaires d'hiver. J'ai tout rangé dans ton armoire. Si tu as besoin de quelque chose, je te l'enverrai.

— Merci, mais pour l'instant, ça va.

— Et le reste, j'en fais quoi ? Je peux le jeter ?

— Le reste ?

— Les livres et les autres choses qu'il y avait.

Il n'avait pas de souvenirs précis à ce sujet.

— J'ai tout mis dans un carton dans ta chambre. Ça serait bien si tu pouvais trier et mettre à part ce que tu ne veux pas garder.

— D'accord.

Sa chambre était à l'étage. Meublée d'un bureau, d'une chaise et d'étagères le long du mur, elle n'était pas grande. Sa mère avait déjà sorti son futon.

Il s'assit à son bureau, ouvrit les tiroirs pour voir ce qu'ils contenaient et regarda les titres des livres. Ils lui parlaient tous. Sa relation avec Mayuko était le seul point sur lequel ses souvenirs et la réalité divergeaient.

Un carton était posé devant l'étagère. Ce devait être celui dont sa mère avait parlé. Il s'assit en tailleur sur le futon et l'ouvrit. À première vue, il ne contenait rien d'important : une dizaine d'albums de mangas, qu'il avait décidé d'envoyer ici car il n'avait pas assez de place pour les garder dans son appartement de Tokyo, huit livres, romans et documentaires, un vieux réveil, une casquette hideuse, plusieurs objets bons à jeter.

Il venait de pousser un soupir lorsqu'il aperçut un petit paquet en papier, long d'une vingtaine de centimètres, et étroit, soigneusement emballé et scotché. Il essaya en vain de se rappeler ce que c'était et finit par l'ouvrir. Une enveloppe brune apparut. Aucune lettre à l'intérieur, mais des lunettes, cerclées de métal. Le verre droit était cassé.

Leur forme lui disait quelque chose, ainsi que l'épaisseur des verres. "Lui" les portait déjà au lycée. C'étaient, disait-il, les seules qui lui convenaient. "Lui", c'était bien sûr Tomohiko. Ces lunettes lui appartenaient. Lui qui était si exigeant ne supportait que celles-ci.

Takashi avait l'impression que son cerveau était écrasé par une force invisible. Quelque chose essayait d'émerger de sa mémoire. Simultanément existait une autre force qui essayait de l'empêcher.

"Ces lunettes. Les lunettes de Tomohiko. Comment se fait-il que ce soit moi qui les aie ici ?"

Il eut le sentiment que son champ de vision rétrécissait. Ce n'était pas une illusion. Il avait fermé les yeux sans même s'en rendre compte. Il s'allongea sur le futon déroulé par terre.

Une image apparut sur l'écran de sa mémoire. Mais elle était floue. Un brouillard épais l'enveloppait. Soudain il se déchira et elle devint très nette.

Le visage de Tomohiko. Sans lunettes. Les yeux fermés. Parfaitement immobile.

Il se rendit compte qu'il baissait les yeux vers lui. Et se souvint de ce qu'il avait ressenti à ce moment-là.

Il était violemment ému. Choqué, troublé. Il avait crié quelque chose.

"J'ai tué Tomohiko."

Il éprouva de la stupéfaction en entendant sa propre voix, et ne la reconnut pas immédiatement. Avait-il vraiment dit cela ? Ou bien ne l'avait-il crié que dans son souvenir ?

Bientôt le brouillard recouvrit à nouveau tout.

SCÈNE 9

À mon réveil, l'atmosphère me parut différente. Je me suis levé et je suis allé ouvrir les rideaux. Quelque chose de blanc tombait dehors. De la neige ! J'essayais de me souvenir si j'en avais déjà vu ici en décembre et parvins à une réponse négative.

Je suis allé dans la cuisine en frissonnant, j'ai mis la machine à café en route et j'ai fait griller du pain. Le téléphone qui était sur la table s'est mis à sonner.

— C'est moi, fit Mayuko. Tu es réveillé ?

— Tout juste.

Entendre sa voix au réveil un samedi était loin de me déplaire.

— Il neige !

— Oui, répondit-elle sans enthousiasme.

Elle devait penser à autre chose. J'ai eu un mauvais pressentiment.

— C'est à propos de ce soir, dit-elle en le confirmant.

— Oui.

— Finalement, j'ai bien réfléchi, et je pense que ce n'est pas une bonne idée.

Je n'ai rien dit.

Hier soir, je l'avais invitée à dîner. Après avoir longuement hésité. Depuis deux mois, je lui téléphonais tous les soirs, mais je ne lui avais jamais fait de proposition de ce genre. Si j'avais osé hier, c'était parce qu'elle m'avait dit que Tomohiko l'avait invitée pour le 24 décembre, c'est-à-dire mardi de la semaine suivante.

— Et pourquoi ce n'est pas une bonne idée ?

J'ai posé la question une fois que mes sentiments s'étaient un peu apaisés.

— Parce que je trouve bizarre d'avoir des relations de ce genre. Et pas clair.

— Des femmes qui ont des relations avec plusieurs hommes, il y en a beaucoup.

— Peut-être, mais moi, ça ne me convient pas.

— Et tu feras quoi le 24 ? Tu verras Tomohiko ?

— Oui, puisque je m'y suis engagée. Toi, je ne t'avais rien promis, et je t'ai demandé de me laisser un jour pour réfléchir.

L'irritation montait en moi. Tout à l'heure, je frissonnais, mais maintenant, j'avais trop chaud.

— Tu en es où ? Pour le moment, tu le préfères à moi, c'est ça ?

J'ai eu l'impression qu'elle était prise de court.

— Si je te réponds oui, tu seras content ?

— Oui, si c'est la vérité. Mais ça ne changera rien à mes sentiments.

Je l'ai entendue soupirer.

— Désolée, mais je ne peux pas répondre à ta question.

— Est-ce que ça veut dire que tu ne sais pas toi-même qui tu préfères ?

— Libre à toi de l'interpréter comme ça. En tout cas, pour l'instant, je ne te répondrai pas.

— C'est pas sympa.

— Je sais bien. C'est bien pour ça que je ne veux pas faire ce qui reviendrait à du *double dating*.

— Pour être vraiment cohérente, pour moi, tu devrais aussi annuler ce dîner avec Tomohiko.

— Tu as peut-être raison. Non, tu as raison. Mais il n'y a pas que ça, et j'ai besoin de lui parler tranquillement.

— Il n'y a pas que ça ? Comment ça ?

Elle a hésité. J'ai deviné ce qu'elle allait me dire, en pensant qu'elle ne voulait pas m'en parler.

— Ces derniers temps, il est bizarre, répondit-elle. Il passe presque tout son temps au laboratoire, avec la porte fermée à clé. Il ne me laisse même pas rentrer. Pourtant il ne fait aucune expérience. On n'entend aucun bruit, et la lumière n'est même pas allumée.

— La recherche, ça ne consiste pas seulement en expériences.

— Je le sais bien. Mais c'est quand même étrange. L'autre jour, la porte n'était par hasard pas verrouillée, et j'ai regardé à l'intérieur. Il était assis dans le noir, sans bouger. Apparemment, il ne s'est pas rendu compte tout de suite de mon arrivée. J'ai cru qu'il était mort. Je lui ai demandé ce qu'il faisait, il m'a répondu qu'il réfléchissait.

— S'il t'a dit ça, ça doit être vrai.

— Mais faire ça tous les jours ? Ça ne te paraît pas bizarre ?

Je trouvais ça effectivement étrange, mais j'ai préféré ne pas lui dire.

— Il doit avoir des problèmes dans ses recherches. Il a toujours eu des moments comme ça. Mieux vaut attendre que ça passe, sans rien faire de plus.

Elle n'était manifestement pas prête à suivre ce conseil. Elle est entrée dans le vif du sujet.

— Il me semble qu'il se conduit bizarrement depuis qu'il est moins pris par ses recherches. Depuis fin septembre, ou début octobre.

— Et alors ? ai-je demandé aussi calmement que je pouvais.

— Il y a une chose qui me préoccupe. Enfin quelqu'un. Shinozaki.

J'ai sursauté. Sans qu'elle le remarque.

— Shinozaki, tu veux dire ce garçon qui a démissionné cet automne ?

— Sa démission m'interroge. Elle était trop soudaine.

— Qu'elle ait été soudaine te gêne ?

— Non, ce n'est pas ça, mais elle me préoccupe. Et c'est pour ça que j'aimerais en discuter tranquillement avec Tomohiko.

— Parce que vous travaillez tous les deux dans le labo auquel Shinozaki appartenait ?

— Oui, c'est ça.

— Tu veux dire que, moi, je n'ai rien à dire là-dessus.

— Pardon.

— Tu n'as pas besoin de t'excuser.

Même après avoir raccroché, notre conversation me pesait. Le café était prêt, j'en ai rempli une grande tasse que j'ai bue sans lait et sans sucre. Je ne comprenais pas bien ce qui me gênait. Je n'avais pas vraiment été surpris d'apprendre que nous ne dînerions pas ensemble, donc ce qui me troublait devait être ce qu'elle m'avait dit de Tomohiko.

Je ne lui avais jamais parlé de ce que j'avais vu un soir très tard. Lorsque Sutō et lui avaient transporté quelque chose qui ressemblait à un cercueil. Je n'avais pas non plus posé de questions à Tomohiko. J'ignorais donc le contenu de cette boîte comme ce sur quoi ils travaillaient tous les deux.

Mais j'avais une idée. Qui collait avec ce qu'avait remarqué Mayuko.

Il s'agissait de Shinozaki. Je ne l'avais plus revu après cette nuit-là. Et j'avais ensuite appris qu'il avait démissionné. Pour convenances personnelles.

Penser qu'il se trouvait dans la longue boîte n'était pas particulièrement délirant. Ça me paraissait une supposition presque raisonnable. Toute la question était de savoir quel était son état à ce moment-là.

Je faisais mon possible pour ne pas aller plus loin dans mes conjectures. Je m'imaginais quelque chose. Cela m'attristait, mais je n'avais rien qui prouve que j'avais raison.

Si je n'en avais pas parlé à Mayuko, c'était parce que je ne voulais pas lui causer des soucis superflus. Si elle l'ignorait, elle ne pouvait pas se tourmenter à ce sujet.

Une fois arrivé là dans mes pensées, je ne savais comment continuer.

Était-ce vraiment la seule raison pour laquelle je ne lui en parlais pas ?

Je ne le croyais pas. Si je lui taisais cette boîte que j'avais vue, c'était pour moi. Parce que je pensais que je ne devais pas en parler. J'avais peur de tout perdre si je le faisais.

Que perdrais-je ? Pourquoi ? J'étais encore incapable de le formuler. La seule chose certaine était l'existence de ma peur, et sa fonction comme un signal d'alarme pour moi.

Mayuko et Tomohiko seraient ensemble le 24 au soir. Peut-être connaîtrait-elle le fin mot de l'histoire.

Cette idée me faisait peur. C'était ça, la vraie nature de mes craintes.

Le lundi suivant – le 23 décembre, jour de l'anniversaire de l'empereur* – étant férié, nous avions un week-end de trois jours. Si j'avais pu dîner avec elle le samedi, je me serais certainement ressourcé. Mais ce long week-end ne m'a servi à rien, sinon à regarder des émissions que j'avais enregistrées et qui s'étaient accumulées, et à lire un livre de non-fiction.

Je n'avais rien de prévu pour la soirée du dimanche, et j'ai été surpris d'entendre quelqu'un sonner à ma porte. J'ai regardé par le judas et j'ai vu que c'était Tomohiko.

— Qu'est-ce qui t'amène ? ai-je dit en lui ouvrant.

— J'ai une faveur à te demander, répondit-il, le visage fermé.

Il avait maigri, et je lui ai trouvé mauvaise mine.

— Entre donc !

Il n'en a rien fait.

— Qu'est-ce qui t'arrive ? Entre, enfin !

— Non, ce n'est pas la peine. Je n'en ai pas pour longtemps.

— De quoi s'agit-il, alors ? Tu en fais des histoires !

J'ai essayé de plaisanter, mais j'étais moi-même un peu tendu.

— En fait, je voudrais que tu me donnes un truc.

— Quoi donc ?

* Le 23 décembre était férié jusqu'à l'ascension sur le trône de l'actuel empereur, car c'était le jour de la naissance du précédent (le roman est paru au Japon en 1995). *(Note de la traductrice.)*

Il a inspiré profondément en évitant de me regarder.

— Des capotes.

Je me suis redressé, j'ai croisé les bras, et j'ai hoché la tête en prenant une inspiration.

— Je vois.

— On en avait parlé autrefois. Tu m'avais dit que si ça m'embarrassait d'aller en acheter, tu m'en donnerais si je t'en demandais.

Il avait raison, je lui avais dit ça quand nous étions encore les meilleurs amis du monde.

— OK. Je comprends pourquoi tu es là, ai-je répondu en me grattant la tête.

J'ai détourné les yeux pour ne pas le regarder en face.

— Je suis navré pour toi, mais je n'en ai pas chez moi en ce moment.

— Vraiment ?

— Oui, ai-je confirmé en le regardant.

Lui aussi me dévisageait. Il n'avait pas l'air déçu.

— Je comprends. Il va falloir que je me débrouille tout seul, alors.

— Tu n'as pas besoin d'aller dans une pharmacie, on peut en acheter dans les supermarchés.

— Oui, je suis au courant. Désolé de t'avoir dérangé, a-t-il dit la main sur la poignée de la porte.

— Reste ici pour boire une bière avec moi !

— Non merci, pas aujourd'hui. Une autre fois !

Il m'a dévisagé encore une fois avant de partir. J'allais verrouiller ma porte quand je me suis immobilisé parce que je n'entendais pas le bruit de ses pas dans le couloir.

Il était encore là. Immobile devant ma porte.

J'ai compris à cet instant la raison de sa visite. Il voulait s'assurer de mes sentiments. De mes sentiments pour Mayuko. Et il n'avait plus aucun doute à présent.

Nous étions comme deux statues de part et d'autre de la porte. Je ne le voyais pas, mais j'en étais certain. Et il savait aussi que je faisais comme lui.

Pendant quelques secondes, nous n'avons pas bougé. Figé comme si j'étais soudain pétrifié, j'ai senti quelque chose se briser en moi. Je me suis souvenu de cet arbre de l'Amazonie que j'avais vu tomber au ralenti à la télévision autrefois, avec le *Requiem* de Mozart en fond musical.

Il y a eu un bruit. Les pas de Tomohiko qui s'éloignait. Je me suis remis immédiatement en mouvement, comme si c'était le signal que les scellés avaient été levés. J'ai verrouillé la porte en écoutant ce bruit.

Au même instant, j'ai ressenti une étrange impression, qui ressemblait à du déjà-vu. Comme si j'avais déjà vécu cette situation autrefois.

Mais ce n'était pas vrai. En revanche, j'avais pressenti ce qui était arrivé ce soir. Qu'il viendrait me trouver, et que notre amitié cesserait d'exister. Je ne sais pas pourquoi, mais je le savais.

J'ai eu soudain très mal à la tête. Et un peu envie de vomir.

Il était presque minuit lorsque je suis sorti de chez moi. Dehors soufflait un vent glacé, et j'ai eu froid. Les mains enfoncées dans les poches de ma veste en cuir, je suis allé jusqu'à l'avenue, et j'ai cherché un taxi. Mon haleine était blanche.

Il a fini par en passer un qui était libre. J'ai demandé au chauffeur de me conduire à la gare de Kōenji. Ensuite je me suis adossé au siège en m'efforçant de ne penser à rien. Il y avait autant de circulation qu'en plein jour.

J'étais conscient que j'étais à la fois celui qui s'apprêtait à faire un geste déraisonnable et celui qui s'observait avec un incroyable sang-froid. J'étudiais mes actions et j'analysais mes pensées comme s'il s'agissait de quelqu'un d'autre. L'instant suivant, les positions s'inversaient. Autrement dit, je me regardais moi-même. Je savais ce que j'étais sur le point de faire, et le résultat que cela aurait. Je ne pouvais pas contrôler ce qui arrivait, seulement observer.

Le taxi a quitté la grande avenue pour une rue qui menait à la gare de Kōenji. Arrivé là-bas, j'ai payé la course et je suis descendu. Les trains circulaient encore, des gens sortaient de la gare. Je les ai suivis dans les rues étroites bordées de commerces qui étaient tous fermés.

J'ai marché en me rappelant le trajet fait l'autre jour aux côtés de Mayuko. Je ne l'avais suivi qu'une fois, mais je m'en souvenais. Quelques minutes plus tard, j'étais devant l'immeuble à la façade blanche et carrelée. J'ai monté sans hésiter les marches du perron et j'ai poussé la porte en verre. Les boîtes aux lettres se trouvaient sur la droite. Sur celle qui portait le numéro 302, il était écrit Tsuno.

J'ai pris l'ascenseur et j'en suis descendu au deuxième. J'ai vu sa sonnette.

Si je ne la pressais pas, “je” savais que l'avenir serait très différent. J'avais quelque part le sentiment que je ne devais pas sonner. Mais je l'ai fait. En me regardant sortir la main de la poche, la lever lentement et appuyer ensuite.

Il y a eu un bruit de pas. J'ai regardé le judas. De l'autre côté, il y avait l'œil en amande de Mayuko.

Le verrou était plus bruyant que je ne m'y attendais. La porte s'est ouverte. Son visage est apparu. Elle a ouvert grands les yeux, avec une expression inquiète, étonnée et déconcertée.

— Que se passe-t-il ? a-t-elle demandé d'une voix un peu rauque.

Le bout de ses cheveux était un peu humide, peut-être parce qu'elle sortait du bain. Elle sentait d'ailleurs très bon.

J'aurais très bien pu dire quelque chose qui m'aurait permis de repartir sans que rien ne se passe. L'idée m'a traversé l'esprit. Mais je n'en ai rien fait. Je n'ai pas réussi à vaincre la pulsion qui m'agitait. "Je" savais aussi que je ne vaincrais pas.

Devant mon silence, elle a ouvert un peu plus la porte. Ses lèvres se sont desserrées. Je me suis introduit dans son vestibule en la poussant de côté. Puis j'ai fermé la porte, et mis le verrou.

— Que fais-tu ?

Elle m'a posé la question en me lançant un regard paniqué.

— Je suis venu t'aimer, me suis-je entendu dire.

Elle m'a jeté un regard noir, et a secoué légèrement la tête. J'ai tendu la main vers son cou. Elle a reculé et a esquivé ma main.

Je me suis déchaussé, et je suis entrée chez elle. J'ai ôté ma veste et l'ai jetée à terre.

Mayuko s'est immobilisée au milieu de son petit studio. La télévision était allumée, un chanteur étranger chantait une ballade d'une voix légèrement voilée. Il y avait une corbeille contenant des mandarines et des épluchures d'écorce sur une petite table en verre. Elle avait dû en manger une. Le lit se trouvait le long du mur de l'autre côté.

J'ai fait un pas en avant, elle a reculé d'autant. Nous avons répété ce manège plusieurs fois, jusqu'à ce qu'elle soit coincée. Derrière elle il n'y avait plus que la porte-fenêtre dans laquelle je voyais mon reflet et celui de son dos à travers le rideau en dentelle. J'ai détourné les yeux car je ne voulais pas me voir.

J'ai de nouveau tendu la main vers son cou. Mais elle s'est baissée pour m'échapper en essayant de fuir vers la table en verre. J'ai saisi son bras droit, elle a perdu l'équilibre, et s'est retrouvée à genoux sur le tapis chauffant.

J'ai voulu l'attirer à moi. Elle a fait une grimace, comme si je lui faisais mal, et j'ai immédiatement lâché son bras.

Elle a secoué la tête en silence, a chassé ma main et a un peu reculé avant de s'asseoir sur ses talons en me regardant avec tristesse, les poings serrés.

Son regard m'a fait hésiter une seconde. Seulement une seconde. Je l'ai à nouveau saisie par le bras. Elle a essayé de se dégager, je l'en ai empêchée.

Elle s'est contorsionnée en tenant de fuir. Mais j'ai posé le bras sur son épaule gauche et je l'ai attirée à moi.

Son visage était tout près du mien. Elle sentait le savon et son expression était triste.

Je n'ai plus bougé. Comme si j'étais ligoté. Nous nous sommes regardés en chiens de faïence.

Tout à coup elle a cessé de résister. Son corps jusque-là dur s'est détendu.

Je l'ai prise dans mes bras et l'ai embrassée.

Nous avons fait l'amour paisiblement, comme si nous exécutions une cérémonie, comme si nous avions l'habitude de le faire. En silence. J'ai éteint la télévision, elle la lampe de chevet. Je l'ai déshabillée, mais je me suis déshabillé moi-même. Sans dire un mot.

Une fois que tout était fini, sa tête était posée sur mon bras droit. J'ai caressé ses cheveux. Mais elle n'a pas tardé à se lever. Dans la pénombre j'ai vu son corps mince. Elle a ramassé ses vêtements épars et elle a disparu dans la salle de bains. J'ai rallumé la lampe de chevet en réglant l'intensité au minimum.

Elle est revenue en jupe et en pull. J'ai eu l'impression qu'elle fronçait les sourcils, peut-être parce qu'elle trouvait la lumière trop vive.

Elle s'est assise sur le lit, la tête baissée. Elle a soupiré légèrement.

J'ai mis ma main sur la sienne.

— Tu ne peux pas envisager de te marier avec moi ?

Elle a sursauté, puis inspiré profondément avant de me regarder.

— Euh… non.

— Pourquoi pas ?

Elle s'est relevée et a marché vers le vestibule. Puis elle s'est retournée. Je ne voyais pas son visage.

— Oublie ce qui vient de se passer. Moi aussi, je vais l'oublier.

— Comment ça ?

— C'était la première et la dernière fois.

— Tu veux dire que tu choisis Tomohiko ?

— Je… fit-elle en secouant lentement la tête. Je n'ai pas le droit de choisir.

— Comment ça ?

— Pardon. Je ne peux rien te dire de plus.

Elle a commencé à mettre ses chaussures.

— Mayuko…

— Je vais faire un tour dehors. Je te demande de partir avant que je revienne.

— Attends un peu… On n'a pas fini de parler…

Mais elle est sortie. J'ai bondi hors du lit et je me suis rhabillé en toute hâte.

J'ai quitté son appartement, mais je ne l'ai pas vue dehors. J'ai pensé attendre son retour, mais j'ai fini par prendre l'ascenseur. J'avais l'impression qu'elle ne reviendrait pas tant que je l'attendrais.

Dehors, je suis parti à sa recherche au petit trot. L'air froid a fait s'évanouir le léger sentiment d'ivresse que je ressentais. Mais je transpirais quand même dans ma veste.

Je ne l'ai pas trouvée. Je n'ai pas renoncé facilement, j'ai exploré en vain toutes les rues et ruelles.

Je ressentais de la haine pour Tomohiko. Elle a vite grandi et dominé mes pensées.

Mayuko était sa prisonnière.

J'étais sûr que s'il n'avait pas été handicapé, elle aurait décidé de le quitter. Mais à cause de son handicap, elle en était incapable. Il profitait de sa gentillesse.

Il voulait la faire sienne en tirant parti de cet avantage qu'il avait sur moi.

Si seulement Tomohiko n'existait pas.

Mon cœur était plein de sombres pensées. J'ai été stupéfait de réaliser que j'avais ce poison en moi.

Non, ce n'était pas vrai.

À ce moment-là, j'étais incapable de voir calmement ce que je ressentais.

Celui qui était stupéfait, ce n'était pas le "je" de ce moment-là, mais un autre "je" qui regardait le premier.

Je me suis arrêté, et j'ai regardé les alentours.

Où était ce "je" ? Où étais-je ?

Tout à coup, j'ai tout compris.

J'étais dans le passé. Dans le monde qui se trouve dans la mémoire. "Je" observais le "je" que je conservais dans ma mémoire.

Une alarme a retenti dans mon cœur. Un signal qui m'avertissait que je devais revenir. Quelque chose dans le cœur de ce "je".

Je me suis débattu en agrippant l'air.

CHAPITRE IX

RÉVEIL

Il y eut d'abord une obscurité blanche, qui se divisa lentement en deux. Une image floue s'étala sous ses yeux, avec des contours de plus en plus nets. La première chose qu'il vit distinctement fut sa main droite. Ses doigts tremblaient comme s'ils cherchaient à agripper le vide.

Puis il se rendit compte qu'il était allongé sur un lit et que seule sa main droite bougeait.

— Monsieur Tsuruga, monsieur Tsuruga !

Quelqu'un l'appelait. Il tourna sa tête sur l'oreiller. Debout à côté du lit, un homme d'âge mûr, qui portait une blouse blanche, le regardait. Une infirmière maigre se tenait derrière lui.

Le médecin fit passer sa paume devant les yeux de Takashi.

— Vous voyez ma main ?

— Oui.

— Donnez-moi votre nom.

— Tsuruga Takashi.

Le médecin échangea un regard avec l'infirmière. Takashi leur trouva une expression soulagée.

— Pardon, mais que m'est-il arrivé ? demanda-t-il en se levant à moitié.

Il se rendit alors compte que quelque chose était collé à sa tête. De petits fils reliés à un appareil à son chevet en sortaient. Takashi comprit que c'était un électroencéphalographe.

— Enlevez-le-lui, dit le médecin avant de se tourner vers lui. Comment vous sentez-vous ?

— Ni bien ni mal. Je peux vous demander s'il m'est arrivé quelque chose ? Pourquoi suis-je ici ? C'est un hôpital ?

Il regarda autour de lui. Les murs de la chambre étaient blancs.

— C'est nous qui aimerions savoir ce qui vous est arrivé ! répondit le médecin en se frottant les mains. Vos parents nous ont dit que vous gisiez sans connaissance dans votre chambre. Enfin, au début, ils ont cru que vous étiez endormi. Ils vous ont laissé dormir, mais le lendemain matin, vous n'êtes pas descendu dans la salle à manger. Votre mère est venue vous voir, et elle n'a pas réussi à vous réveiller. La nuit est tombée, vous continuiez à dormir, vos parents se sont inquiétés et ont appelé l'hôpital. Voilà ce qui s'est passé.

— Je ne me réveillais pas…

Il en avait un vague souvenir. Il avait ouvert le carton dans sa chambre à l'étage, et trouvé les lunettes de Tomohiko. Il ne se rappelait rien ensuite.

— Et… reprit le médecin, nous avons fait des examens, mais vous allez bien, tout est normal. Nous ne comprenons pas du tout pourquoi vous avez dormi si longtemps sans qu'on puisse vous réveiller. En tout, vous avez dormi environ quarante heures. Nous commencions à nous dire qu'il fallait vous fournir des nutriments, mais heureusement, vous vous êtes réveillé. Je suis venu vous voir sitôt que je l'ai appris.

Takashi hocha la tête.

— J'ai dormi quarante heures… Incroyable.

— Cela vous est-il déjà arrivé ?

— Non, jamais.

— Hum…

Le médecin n'avait pas l'air satisfait.

— Et vous dites que tout chez moi est normal ?

— Oui. Nous avons tout de suite envisagé un problème cérébral, mais vous n'avez rien, répondit-il en regardant l'encéphalogramme.

— Vraiment ?

— Oui. Ce que je vois n'est pas anormal. Même si vos ondes cérébrales me paraissent un peu particulières.

— De quelle manière ?

— Pour dire les choses simplement, vous rêvez beaucoup.

— Mon cerveau est tout le temps en activité ?

— Exactement. On voit cela chez d'autres gens, mais dans votre cas, les ondes cérébrales sont extrêmement fréquentes.

— Ah bon…

— Mais comme je vous l'ai dit tout à l'heure, cela n'a rien d'anormal. En fait, il y a encore beaucoup de choses que nous ignorons sur le sommeil.

Takashi, qui le savait, hocha la tête.

— Donc je peux rentrer chez moi ? Puisqu'il n'y a rien d'anormal.

— Nous devons encore faire quelques examens, et si nous ne trouvons rien, vous pourrez rentrer chez vous. Mais…

Le médecin marqua une pause et croisa les bras.

— Vous allez devoir faire attention pendant quelques jours. Et je vous recommande de ne pas conduire.

— Comme si je souffrais de narcolepsie ?

— Les personnes qui en souffrent ne dorment que quelques minutes ou quelques dizaines de minutes.

— Très bien. Je serai prudent. Excusez-moi, mais pouvez-vous me dire quel jour nous sommes aujourd'hui ?

— Dimanche. Vous vous êtes endormi vendredi soir.

J'ai eu de la chance, se dit Takashi. Il n'avait pas été absent de son travail sans motif.

Le médecin se tourna vers l'infirmière et lui demanda où se trouvait la mère de Takashi.

— Elle est dans le couloir. Depuis tout à l'heure, elle attend.

— Eh bien, dans ce cas-là, faites-la entrer pour qu'elle voie que son fils va bien, dit le médecin en souriant à Takashi.

Sitôt dans la chambre, elle se mit à pleurer, en disant qu'elle avait eu très peur qu'il ne se réveille plus. Lorsque le médecin expliqua qu'il ignorait la raison pour laquelle Takashi avait dormi si longtemps, elle parut inquiète, probablement parce qu'elle imaginait que cela pourrait se reproduire.

— Pour l'instant, mieux vaut attendre de voir comment tu vas. Si tu préviens ta société tôt demain matin, tu ne seras pas considéré comme étant absent sans motif, n'est-ce pas ?

Sa mère lui posa cette question dans le taxi qui les ramenait à la maison familiale.

— D'accord, mais je ne peux pas rester ici indéfiniment, tu sais.

— Tu as quand même besoin de te reposer deux ou trois jours. Tu dois être fatigué. C'est pour ça que tu as tellement dormi.

Il ne lui opposa pas de résistance, sachant que cela ne servirait à rien.

Son père les attendait à la maison. Il n'eut pas l'air content d'apprendre que l'origine du problème de son fils n'était pas identifiée.

— Mieux vaudrait aller consulter dans un plus grand hôpital, non ?

— Mais celui où il était est le plus grand de la ville !

— Peut-être, mais ce qui lui est arrivé n'est pas très rassurant si tout ce qu'ils peuvent dire est qu'ils ne comprennent pas !

— À quoi ça sert de dire ça ?

Takashi eut beaucoup de mal à intercéder entre ses parents qui commençaient à se disputer.

Il n'avait pas mangé pendant les heures où il avait dormi, mais il n'avait pas particulièrement faim. Il prit néanmoins le temps d'avaler la collation préparée par sa mère.

En fin de journée, il retourna dans sa chambre qui donnait sur l'arrière de la maison. Il prépara son sac et l'attacha à une corde pour le faire descendre à l'extérieur. Il écrivit ensuite un court message pour ses parents, dans lequel il expliquait qu'il rentrait à Tokyo pour son travail et leur demandait de ne pas se faire de souci pour lui.

Il descendit au rez-de-chaussée et leur annonça qu'il allait faire un tour. Comme il s'y attendait, ils s'y opposèrent.

— Tu ferais mieux de te reposer et de ne pas sortir aujourd'hui, fit sa mère sur un ton implorant.

— Je suis courbaturé, sans doute parce que j'ai tellement dormi, et j'ai besoin de marcher ! Ne t'en fais pas, je n'irai pas loin.

— Mais…

— Je m'arrêterai à la rue commerçante !

Malgré l'inquiétude de ses parents, il sortit et alla récupérer son sac. Par chance, un taxi passait sur l'avenue au moment où il y arriva.

Takashi ouvrit son sac dans le train Shinkansen qui le ramenait à Tokyo. L'enveloppe qui contenait les lunettes cassées de Tomohiko fut la première chose qu'il vit. Il s'était acheté de la bière et un sandwich dans le train. Il les consomma en regardant les lunettes.

Après avoir bu sa deuxième boîte de bière, il fit s'incliner son siège et ferma les yeux. Aussitôt lui revint le visage de Tomohiko la dernière fois qu'il l'avait vu. Son ami était allongé les yeux fermés, parfaitement immobile.

Il entendait sa propre voix qui disait : "J'ai tué Tomohiko."

Il était certain que ce n'était ni une illusion, ni une hallucination, mais la réalité.

Tomohiko était mort. Voilà pourquoi il ne réussissait pas à le trouver, où qu'il cherchât.

Takashi se souvenait aussi d'avoir eu envie de le tuer, dans l'idée que tout irait mieux pour lui si Tomohiko n'était plus. Il se rappelait distinctement sa propre ignominie.

Le train arriva à Tokyo après 20 heures. De retour dans son appartement de Waseda, il trouva un message de sa mère sur son répondeur. Elle lui demandait de l'appeler sitôt qu'il arriverait. Mais il se contenta de l'effacer. Puis il débrancha son téléphone et s'allongea sur son lit sans se changer. Malgré ses quarante heures de sommeil, il avait la tête un peu lourde, peut-être parce qu'il avait trop dormi.

À minuit passé, il sortit de chez lui. Il ignorait s'il était sous surveillance et, pour le vérifier, choisit des rues étroites, presque des ruelles. Il se retourna souvent mais ne vit personne derrière lui.

Il arriva près de MAC. Le bâtiment plongé dans l'obscurité était un peu sinistre. En ce dimanche soir, personne ne devait y travailler.

Il réfléchit à la manière d'y entrer. Montrer au gardien sa carte d'employé de Bitech en inventant un prétexte quelconque aurait été le plus simple, mais il préférait ne pas laisser de trace de son passage.

Il finit par grimper sur le plateau d'un camion garé du côté du bâtiment, d'où il put se hisser au-dessus de la grille qui entourait MAC.

Une fois à l'intérieur du bâtiment, il prit l'escalier pour aller à l'étage du laboratoire où travaillait Tomohiko et se souvint, en marchant dans les couloirs déserts, qu'il s'était déjà introduit subrepticement ici un an auparavant. C'était cette nuit-là qu'il avait vu Tomohiko et ses complices transporter ce qui ressemblait à un cercueil.

Comme l'année précédente, il s'arrêta devant la porte de leur section et essaya de l'ouvrir. Comme l'an passé, elle était fermée à clé.

Le haut de la porte était protégé par un amortisseur d'isolation phonique. Takashi le tâta du bout des doigts à la recherche de la clé qu'il trouva presque immédiatement. Elle y était scotchée, comme avant. Il la détacha, l'enfonça dans la serrure, et la fit tourner. La porte s'ouvrit sans un bruit.

L'air sentait la poussière. Il alluma sa fine lampe de poche et un cercle lumineux de faible intensité apparut devant lui.

La salle était vide. Quelques mois plus tôt, elle était encore remplie de tables, de meubles de rangements métalliques, et de toutes sortes d'appareils de mesure, mais tout avait disparu. Il ne restait rien, pas même une corbeille à papier.

Takashi se dirigea vers la porte du fond, qui menait au laboratoire proprement dit.

Elle n'était pas fermée à clé. Peut-être n'était-ce pas nécessaire, car le laboratoire aussi était vide. Il le constata en y entrant.

Debout au milieu du vaste espace, il inspecta des yeux le sol et les murs gris. Dans son souvenir, il était occupé par d'énormes appareils de mesure. Quand il les avait vus pour la première fois, leur nombre et leur taille lui avaient fait forte impression, si bien qu'il avait du mal à comprendre qu'il se trouvait dans le même endroit.

Mais la même odeur, un mélange de graisse et de produits chimiques, flottait dans l'air.

C'est bien ici, pensa-t-il. C'est ici que Tomohiko est mort. C'est ici que je l'ai tué.

Il tourna le faisceau de sa lampe vers le bas et commença à examiner minutieusement les lieux. Il espérait trouver une trace de ce qu'il avait vu autrefois, quelque chose qui atteste que cette nuit cauchemardesque avait bien eu lieu.

Mais tout paraissait avoir été parfaitement nettoyé, et il ne découvrit rien qui puisse prouver ce dont il se souvenait. Qui avait détruit ces preuves ? Il n'éprouvait cependant plus le besoin de réfléchir là-dessus.

Il quitta le laboratoire et revint dans le bureau dont il examina le sol à la lampe de poche, sans rien découvrir. Une légère odeur d'encaustique flottait : tout avait dû être lessivé à fond.

Juste avant d'en sortir, il vit dans le faisceau lumineux une chose qui attira son attention : un poil ou un cheveu, qu'il se baissa pour ramasser.

D'où venait-il ? De Tomohiko ou bien…

Il entreprit de faire une liste des possibilités, mais s'arrêta au bout de quelques instants, parce qu'il se rendait compte que cela ne lui servirait à rien. Il esquissa un sourire amer. Même si ce cheveu venait de Tomohiko, cela changerait quoi ? Étant donné qu'il avait travaillé dans ce bureau, il n'y aurait rien d'étrange à ce que quelques-uns de ses cheveux aient échappé au nettoyage.

Il lâcha le cheveu, se releva, alla à la porte qu'il ouvrit après s'être assuré qu'il n'y avait personne dehors, et quitta la pièce.

C'est ensuite qu'une scène lui revint. Il comprit qu'elle était liée au mot "cheveu".

Pendant plusieurs dizaines de secondes, il se laissa absorber par les pensées qu'elle éveillait en lui. Puis il ferma la porte à clé, et à l'instant où il la remit à l'endroit où il l'avait trouvée, il avait conçu une hypothèse qui lui paraissait cohérente, de quelque façon qu'il la considère.

Il quitta MAC de la même manière qu'il y était entré, et retourna chez lui. En voyant une cabine téléphonique en chemin, il s'y arrêta.

Sa montre indiquait qu'il était 2 heures du matin. Après une seconde d'hésitation, il en poussa la porte. Puis il sortit son carnet de sa poche et composa le numéro de Naoi Masami.

Le lendemain à 13 heures, il se trouvait à la sortie est de la gare de Shinjuku. Il n'était pas non plus allé travailler ce jour-là, après avoir prévenu son bureau qu'il ne viendrait pas car il ne se sentait pas bien. Son supérieur hiérarchique n'avait pas fait de commentaires. Takashi pensait que c'était pour se conformer au règlement intérieur, et parce que sa présence n'était pas souhaitée. Il en avait en tout cas la conviction.

Une dizaine de minutes plus tard, il vit Naoi Masami sortir du métro, vêtue du chemisier blanc et de la minijupe noire étroite qui devaient être son uniforme de travail.

Ils s'immobilisèrent devant un automate à billets en panne.

— Toutes mes excuses. Je n'ai pas réussi à partir plus vite, dit-elle.

Elle avait dû courir car ses joues étaient rouges, et de la sueur perlait sur son cou.

— Ne t'en fais pas pour ça ! Je suis vraiment désolé de t'avoir réveillée en pleine nuit hier.

En entendant le téléphone sonner, elle avait eu peur qu'il soit arrivé quelque chose à sa mère à Hiroshima. Puis elle n'avait pas reconnu la voix de Takashi et avait cru être la victime d'une mauvaise plaisanterie.

— Ça n'a aucune importance si tu peux m'apprendre quelque chose sur ce qui lui est arrivé, dit-elle.

— Le sac contient ce que je t'ai demandé ?

Il posa la question en le pointant du doigt.

— Oui. J'ai tout laissé comme c'était dans le sac pour ne pas le toucher.

— Tu as très bien fait. Merci !

Il le prit.

— Et avec ça, tu crois que tu vas pouvoir déterminer ce qui lui est arrivé ?

Elle le regardait par en dessous, l'air grave.

— Je ne peux rien garantir pour le moment, mais je pense qu'il s'agit d'un indice important.

Elle déplaça son regard intense du visage de Takashi au sac en papier.

— Vraiment…

— Je t'appellerai sitôt que j'en saurai plus.

— Je te remercie d'avance. Tu peux même me téléphoner en pleine nuit, comme hier.

— D'accord.

— Il faut que je retourne au travail. Au revoir !

Elle le salua de la tête et s'éloigna à petites foulées.

Comment réagirait-elle si elle savait la vérité, s'interrogea-t-il en la regardant partir, en ressentant un mélange de curiosité et de tristesse.

En fin de journée, il alla à Nagata-chō. Une heure plus tôt, il avait pris rendez-vous avec Kiriyama Keiko dans un café en face de la station de métro. Il venait d'un autre endroit, où il avait emporté le vêtement de travail porté par Shinozaki Gorō, afin de vérifier si son hypothèse était correcte. Il était satisfait du résultat qu'il avait obtenu.

Il avait déjà bu la moitié de sa tasse de café lorsqu'elle arriva. Il lui fit signe de la main.

— Tu m'invites souvent, ces derniers temps, lança-t-elle aussitôt qu'elle se fut assise en face de lui, tout en sortant son paquet de cigarettes.

Elle commanda un thé au citron.

— Je ne peux compter sur personne d'autre !

— Ne te moque pas de moi, s'il te plaît ! Je me suis laissé dire que tu sors avec une très belle femme, répondit-elle en soufflant de la fumée. Puis elle ajouta, sur un autre ton, car elle avait remarqué qu'il avait changé d'expression : Parler de ta petite amie est interdit ?

— Non. D'ailleurs ce que je vais te demander n'est pas sans rapport avec elle.

— Que complotes-tu ?

— Je ne cherche que la vérité, répondit-il en se penchant vers elle. Je t'ai déjà parlé des packs mémoire, n'est-ce pas ? Tu t'en souviens ?

— Bien sûr ! Tu m'as dit qu'il y avait des gens dont la mémoire a été réorganisée, n'est-ce pas ?

— Eh bien, il s'agit de la suite de cette histoire. La méthode a déjà été mise au point.

Keiko jeta un rapide regard circulaire et rapprocha son visage de Takashi.

— Tu en es sûr ?

— Oui.

— J'ai du mal à le croire, dit-elle en clignant des yeux. Si c'est vrai, comment se fait-il que la société n'ait pas communiqué à ce sujet ? Au moins pour nous en informer, nous, les chercheurs de la réalité virtuelle de prochaine génération ?

— Quelque chose les empêche de le faire.

— Ça veut dire quoi ?

— Je ne peux pas t'en dire plus pour le moment. Il faut que je confirme encore une chose.

— Tu aimes me faire languir !

Elle paraissait légèrement contrariée.

— Pas du tout. Je ne veux pas te causer d'ennuis en te parlant de choses non confirmées.

— Quand il s'agit de se justifier, tu es vraiment très fort !

Le serveur lui apporta sa consommation. Ils interrompirent leur conversation.

— Une fois que la lumière sera faite, je te raconterai tout, ajouta Takashi quand le serveur eut quitté leur table. C'est aussi pour ça que j'ai besoin de ton aide.

Keiko but une gorgée de son thé et alluma une deuxième cigarette.

— Je veux bien t'aider si c'est dans mes cordes, mais tu sais, je ne peux pas grand-chose, moi ! Je n'ai pas de relations, et je ne suis pas non plus la maîtresse d'un des patrons.

Takashi rit de cette plaisanterie qui reflétait l'humour particulier de Keiko.

— Ce que je veux te demander n'a aucun rapport avec tes relations. Il s'agit d'une chose que tu es la seule à pouvoir faire.

Il lui expliqua ensuite ce à quoi il pensait. Elle fronça aussitôt les sourcils.

— Qu'est-ce que tu racontes ? Pourquoi veux-tu faire un truc pareil ?

— Ça, je te le dirai une fois que tout sera résolu.

Elle soupira et le dévisagea. Il lut dans son regard de l'hésitation et du doute.

— C'est une demande arbitraire, je m'en rends compte. Mais j'ai absolument besoin de faire ça pour arriver à la vérité.

— Que se passera-t-il si tu es découvert ?

— Je ferai en sorte de ne pas l'être. Il ne faut surtout pas que ça arrive. Et si jamais je le suis, je veillerai à ce qu'il n'y ait aucune retombée sur toi.

— Ça, c'est impossible. Si tu es découvert, je ne pourrai pas ne rien dire.

Incapable de lui opposer un quelconque argument, Takashi baissa les yeux avant de les lever à nouveau vers elle.

— Tu connais Miwa Tomohiko, n'est-ce pas ?

— De nom seulement. C'est quelqu'un de brillant, non ? À l'époque de MAC, il se disait qu'il n'avait que toi pour rival, non ?

— Et maintenant, officiellement, il est aux États-Unis.

Elle réagit immédiatement à cette formulation.

— Officiellement ? Que veux-tu dire ?

— En réalité, il n'est pas aux États-Unis.

— Il est où, alors ?

Comment réagirait cette belle femme intelligente s'il lui disait qu'il était mort ? Mais il choisit de le taire.

— C'est exactement pour le savoir que j'ai besoin de ton aide.

Il la regarda droit dans les yeux. La tasse à thé à la main, elle tira sur sa cigarette sans baisser les siens, puis elle l'écrasa et finit son thé.

— Si on le fait, ça sera demain. Il n'y a pas d'autre possibilité.

— Donc tu acceptes ?

— Je n'ai pas vraiment le choix, non ?

Elle croisa les bras.

— Tu vas vraiment le faire ?

— Oui.

— Qu'est-ce que tu vas trouver là-bas ?

— Eh bien…

Il faillit le lui dire mais se retint au dernier moment.

— Ça aussi, je te le dirai plus tard.

— Tu recommences… fit-elle avec un demi-sourire. Demain, tu iras au bureau, n'est-ce pas ? Je t'appellerai dans l'après-midi pour convenir des détails.

— Merci.

Il tendit la main vers la note posée sur la table, mais elle fut plus rapide que lui.

— Non, je t'invite. Mais en échange, tu me raconteras toute la vérité.

— Je m'y engage, répondit-il.

Le lendemain, Takashi arriva à son travail à l'heure et passa la journée à accomplir les tâches qui étaient les siennes au département des licences et brevets. Ses collègues ne lui posèrent aucune question sur ce qui l'avait conduit à rajouter deux jours de congé au dernier week-end qui en comptait déjà trois. Ils l'évitaient tous, comme s'ils craignaient d'avoir affaire à lui. Takashi ne croyait pas que ce n'était qu'une impression.

À 13 heures pile, le téléphone placé devant lui un peu en biais se mit à sonner. Manabé, le collègue qui en était le plus proche, décrocha. Il dit un ou deux mots puis le regarda comme si le faire était désagréable.

— L'appel est pour toi.

— Merci, répondit Takashi qui prit le combiné et entendit la voix de Kiriyama Keiko.

— Tout est prêt. Viens à mon bureau à 17 h 30. Ne sois pas en retard.

— Très bien, dit-il avant de raccrocher.

Manabé lui jeta un regard suspicieux, peut-être parce que l'appel avait été si bref. Takashi avait l'impression que tous ses collègues tendaient l'oreille. Il les dévisagea les uns après les autres. Aucun ne soutint son regard. Ils firent tous semblant d'être absorbés par leur travail.

Takashi se concentra sur son travail fastidieux jusqu'à 17 heures, heure à partir de laquelle ses collègues commencèrent à quitter le bureau. Il se prépara ensuite ostensiblement à les imiter, en mettant de l'ordre sur sa table de travail avant d'enfiler son veston.

À 17 h 25, il quitta la section des brevets et prit l'ascenseur de la manière la plus discrète possible. Il en descendit au sixième. La première porte du couloir était celle de la neuvième section de développement de système de réalité virtuelle, dont il avait fait partie jusque très récemment.

Le boîtier de lecture des cartes magnétiques était sous ses yeux, mais il n'en avait plus. Il attendit donc qu'il soit précisément 17 h 30 pour appuyer sur le bouton du boîtier, juste à côté de la fente.

La porte s'ouvrit avec un bruit métallique et le visage de Kiriyama Keiko apparut. Elle portait des lunettes de protection cerclées de métal.

— Il n'y a personne alentour, n'est-ce pas ?

— Non.

— Entre ! dit-elle en l'invitant du geste.

Il lui obéit et elle referma immédiatement la porte. Il n'y avait qu'eux deux dans la pièce.

— Où sont les autres ?

— Il y en a deux en déplacement, et le troisième vient de partir.

— D'accord.

Il fit le tour du bureau des yeux. L'espace où il avait travaillé était vide. Il avança jusqu'au milieu de la pièce et secoua la tête.

— Il ne reste aucune trace de notre présence !

— Tous les appareils dont tu te servais ont été emportés immédiatement après que ta mutation a été annoncée.

— C'est ce que j'ai appris.

— Écoute, on n'a pas beaucoup de temps, et certainement pas assez pour se montrer sentimental.

Elle alla chercher un chariot sur lequel était posée une cage à chimpanzé. Takashi se précipita pour l'aider.

La cage était entourée de plaques en aluminium, qui empêchaient de voir ce qu'elle contenait. Keiko l'ouvrit par le haut, et Takashi vit qu'elle était vide.

— Désolée, mais ça ne sent pas très bon à l'intérieur. Je n'ai pas eu le temps de la nettoyer à fond.

— Et il est où, Chewy ?

C'était le nom de l'occupant officiel de cette cage.

— Dans une grande boîte de rangement en plastique. Passer une nuit dedans ne lui fera pas de mal.

— C'est vrai qu'on ne l'entend pas gémir.

— Ne t'en fais pas pour lui, dit-elle avec conviction.

Takashi enleva son veston, défit sa cravate, les plia et les tendit avec sa serviette à Keiko.

— Merci de cacher tout ça quelque part. Si ça t'embête, tu peux tout jeter.

— Je vais tout mettre dans mon casier.

— Merci, dit-il en entrant dans la cage sans se déchausser.

— Takashi !

Il se retourna vers elle.

— Pourquoi dois-tu absolument trouver la réponse à cette question ?

— Que veux-tu dire ?

— Eh bien… répondit-elle, la tête légèrement penchée, la serviette et le veston de Takashi dans les bras. Dans la vie, il existe de nombreuses questions auxquelles mieux vaut ne pas chercher de réponse.

— Je suis d'accord avec toi.

— Dans ce cas…

— Mais cette question-là a absolument besoin de réponse.

Elle baissa la tête et soupira.

— C'est bon, j'ai compris. Allez, entre !

Il s'exécuta. Une fois à l'intérieur, il s'accroupit. Il dut baisser encore plus la tête pour que Keiko puisse fermer le haut de la cage. Malgré les parois en alu, un peu de lumière pénétrait à l'intérieur. Ce devait être grâce aux trous d'aération.

— Ça va ?

— Oui, je pense.

— Je peux te poser une dernière question ?

— Oui.

— À propos des gens dont la mémoire a été réorganisée… Il ne s'agirait pas de toi, par hasard ?

Il ne lui répondit rien. Mais Keiko dut interpréter son silence comme une réponse, car elle ne répéta pas sa question.

Il entendit une sonnette, les pas de Keiko qui s'éloignait, et le bruit de la porte qui s'ouvrait.

— Merci de passer, lança-t-elle au visiteur.

— Donc tout ce que vous voulez, c'est que nous emportions la cage, c'est ça ?

— Oui, et que vous nous la rapportiez demain matin à la première heure. Je vous attendrai ici.

— D'accord. Oh ! Pourquoi y a-t-il des panneaux comme ça ?

— Pour protéger le chimpanzé du bruit. Il est équipé d'un appareillage spécial, avec lequel il passera la nuit, et je voulais qu'il soit au calme.

Takashi était impressionné par le talent d'actrice dont Keiko faisait preuve. Son explication était très convaincante.

— Il ne faut en aucun cas ouvrir le couvercle ?

— Non, surtout pas. Le faire anéantirait un mois de travail.

— Et si le chimpanzé s'agite ?

— À mon avis, ça n'arrivera pas. Mais si d'aventure vous devez l'ouvrir, je veux que vous me contactiez. Ne le faites en aucun cas sans m'en avoir parlé avant.

— D'accord. Bon, ce n'est que pour une nuit, il ne devrait pas y avoir de problèmes.

Takashi sentit que le chariot bougeait.

— Je le trouve un peu lourd, dit l'employé.

— C'est à cause de l'appareillage. Bon courage !

— Merci, je suis sûr que ça va aller.

Takashi comprit que ce "bon courage" lui était en réalité adressé. Il était dans une position inconfortable. Plié en quatre dans la cage, il avait mal au cou, mais ne pouvait pas faire le moindre mouvement. Chaque fois que les roues passaient un endroit un peu haut, il le sentait dans sa colonne vertébrale. La chaleur était pénible et la sueur qui ruisselait de son front lui piquait les yeux.

Mais la destination de ce chariot lui apporterait la réponse qu'il cherchait. Il en était certain.

Le cheveu retrouvé sur l'uniforme de Shinozaki lui avait fourni un indice précieux. La veille, immédiatement après avoir quitté Naoi Masami, il était allé le montrer à un vétérinaire en lui demandant d'en identifier l'origine. Sa réponse avait été presque immédiate. Comme le suspectait Takashi, c'était un poil de chimpanzé.

Shinozaki n'ayant aucun contact avec les animaux utilisés dans les expériences, la présence de ces poils sur sa tenue de travail était mystérieuse. En outre, MAC ne se servant pas de chimpanzés, il n'y en avait pas dans les murs de l'institut.

À l'automne de l'année précédente, Takashi avait vu Tomohiko et d'autres personnes transporter ce qui ressemblait à un cercueil hors des locaux de MAC. Son hypothèse était qu'il s'agissait de Shinozaki.

Pour lui, celui-ci avait été conduit dans un endroit où on élevait des chimpanzés, et ses vêtements avaient été, à un moment ou à un autre, en contact avec des poils de cet animal.

Mais Tomohiko et les autres ne l'avaient pas remarqué, et ils avaient laissé ses vêtements en l'état dans son appartement, probablement dans le but de faire croire qu'il y était revenu une fois avant de disparaître.

Takashi considérait qu'ils avaient commis une grave erreur en agissant ainsi.

Il comprit que le chariot s'arrêtait, montait dans l'ascenseur et tournait. Au bout d'un moment, il n'y eut plus de mouvement.

— Cette cage vient de la neuvième section. La responsable m'a dit qu'elle devait rester ici jusqu'à demain, fit la même voix que celle qui avait parlé avec Keiko.

— C'est quoi ce truc ? On ne voit pas ce qu'il y a à l'intérieur !

D'après sa voix, l'homme qui venait de parler était plus âgé. Sans doute était-il chargé de vérifier ce qui entrait et sortait au service de l'équipement. L'autre employé lui répéta les instructions de Keiko.

— Ah bon… J'espère que ce chimpanzé-là ne va pas gêner les autres…

— Ça ne devrait pas arriver. D'après la responsable, il devrait dormir jusqu'à demain.

— Ils font des trucs vraiment bizarres !

Takashi entend un fort bruit au-dessus de sa tête. L'homme du service de l'équipement avait probablement donné un coup à un des panneaux en alu.

— Doucement ! Faut pas réveiller le chimpanzé !

— Mets-le avec les autres.

Le chariot se remit à bouger. Takashi n'avait aucune idée de l'endroit où il se trouvait. Il y eut un nouvel arrêt, et le bruit d'une porte qui s'ouvrait. L'employé du service de l'équipement sifflotait. Le chariot fut poussé dans un espace, une porte se referma, et soudain le calme s'installa.

Il attendit quelques minutes avant de soulever le panneau en alu. La lumière était trop faible pour qu'il voie les alentours, mais l'air sentait les excréments d'animaux.

Takashi sortit prudemment de la cage et alluma la lampe de poche qu'il avait apportée. Des cages de taille diverse étaient empilées dans un espace d'une dizaine de mètres carrés, comme dans une animalerie. Il n'y avait cependant que deux sortes d'animaux, des souris et des chimpanzés.

Il regarda dehors par le petit guichet de la porte. Le couloir était désert, et il n'entendit aucun bruit. Il poussa la porte et sortit.

D'autres portes bordaient le couloir. Chacune avait un panneau qui indiquait leur fonction, salle des instruments de mesure, du matériel d'éclairage… Il déduisit de l'absence de lumière que cette partie du bâtiment était vide.

Il était en train de lire un de ces panneaux lorsqu'il y eut un bruit de voix qui le fit se précipiter vers la porte la plus proche. D'après sa pancarte, c'était une salle de soins et de dissection. Il la poussa et se glissa à l'intérieur le plus discrètement qu'il put.

Il alluma sa lampe de poche. La pièce ressemblait plus à une cuisine qu'à une salle d'autopsie. Il y avait un évier, quelque chose qui ressemblait à un séchoir à vaisselle électrique, et un réfrigérateur. Mais les échantillons attachés au mur faisaient comprendre que c'était ici qu'avaient été mis à mort de nombreux petits animaux.

Il remarqua la présence d'une seconde porte au fond de la pièce, dépourvue de guichet. Takashi s'en approcha et essaya de l'ouvrir. Elle était fermée à clé. Aucun panneau n'indiquait l'usage de la pièce à laquelle elle donnait accès.

C'est ici, se dit-il. La vérité se trouve de l'autre côté, pensa-t-il.

Il se baissa pour se cacher sous une des tables de dissection, décidé à attendre ici le moment propice. Il n'envisageait pas qu'il n'y en ait pas avant la fin de la nuit.

Serrant ses genoux dans ses bras, il attendit en réfléchissant à l'avenir de Mayuko, Tomohiko, et lui.

Il avait décidé de leur faire ses adieux comme à lui-même.

Lorsque la lumière s'alluma, Takashi ne comprit pas, l'espace de quelques secondes, où il se trouvait. Il réussit *in extremis* à retenir un mouvement qui aurait trahi sa présence. Il avait dû s'endormir.

Il écouta attentivement. Quelqu'un venait d'entrer dans la pièce. Il réfléchit à ce qu'il ferait s'il était découvert. S'il le fallait, il était prêt à utiliser la violence.

Ce ne fut pas nécessaire. La personne qui était entrée ne fit que traverser la pièce. Takashi déduisit de l'aspect de ses jambes que c'était une femme en blouse blanche.

Elle déverrouilla la porte et disparut de l'autre côté, sans la refermer à clé.

Takashi sortit de sous la table, se releva, s'étira, et s'approcha de la porte.

Il mit la main sur la poignée, et l'entrouvrit assez pour voir de l'autre côté.

La vérité s'offrait à ses yeux.

Il ouvrit la porte en grand. La femme en blouse blanche se retourna vers lui. Elle avait une quarantaine d'années. La stupéfaction qui apparut sur son visage fut vite remplacée par de la colère.

— Mais que faites-vous ici ? se plaignit-elle.

Takashi fit un pas en avant.

— J'ai enfin compris !

La femme quitta la pièce en s'écartant le plus possible de lui. Il n'y fit pas attention et continua à avancer dans la pièce.

Deux lits se trouvaient devant lui, occupés l'un par Shinozaki Gorō, et l'autre par Miwa Tomohiko. Ils avaient tous les deux beaucoup maigri, mais ils étaient reconnaissables. Un filet garni d'électrodes reliées à un électroencéphalographe sur la tête, ils étaient aussi connectés à un appareil de maintien des fonctions vitales.

Il entendit un bruit de pas derrière lui.

— Tout t'est revenu, n'est-ce pas ?

Il se retourna et vit Sutō.

— Oui, tout, répondit-il. Mais eux sont encore morts, n'est-ce pas ?

— Oui, répondit Sutō. Et avec ton aide, ils vont revivre.

SCÈNE 10

— C'est ainsi que quasiment tous ceux qui sont passés par MAC ont ensuite brillamment réussi dans leur carrière au sein de Bitech. Nous n'en attendons pas moins de vous qui finissez aujourd'hui votre cycle de formation ici. Et nous avons aussi la certitude que vous serez à la hauteur de nos attentes.

Le ton du directeur des RH de Bitech était emphatique. Mais ceux qui l'écoutaient luttaient contre l'envie de dormir qui faisait papillonner leurs paupières. Être attentif à un ou deux discours de ce style n'était pas difficile, mais c'était plus compliqué lorsqu'il y en avait trois ou quatre à la suite. Et je me demandais pourquoi les Japonais adoraient ce genre d'occasion, et pourquoi il y avait tant de vieux qui prenaient du plaisir à baratiner comme ça.

J'ai jeté un regard circulaire et j'ai vu que je ne me trompais pas : mes camarades étaient sur le point de piquer du nez quand ils ne bâillaient pas à s'en décrocher la mâchoire. Lors d'une cérémonie de remise de diplôme ordinaire d'université, ça ne prête pas à conséquence parce qu'il y a du monde, mais nous n'étions qu'une vingtaine aujourd'hui. Conscient du risque de faire mauvaise impression sur les RH, je luttais contre l'envie de dormir.

Après les discours vint la remise des diplômes. D'un format différent de celui des universités. ils avaient la taille d'une carte postale. Parce que c'était assez grand pour flatter nos ego ?

— Je déclare terminée la remise des diplômes, annonça l'orateur.

Quelqu'un me donna une tape sur l'épaule une fois que j'étais dans le couloir. Je me retournai et vis Tomohiko.

— Salut ! T'étais assis où ? Je ne t'ai pas vu, et je me demandais pourquoi tu n'étais pas là.

Je ne mentais pas, je l'avais cherché des yeux avant le début de la cérémonie.

— Je suis arrivé un peu en retard. J'étais tout au fond.

— Toi en retard ? Ça ne te ressemble pas !

À cause de son handicap, Tomohiko veillait toujours à avoir une bonne marge pour arriver à l'heure.

— J'avais des trucs à faire au labo.

— Au labo ? Aujourd'hui ?

— Oui, mais ce n'est pas grave. Il regarda autour de lui et reprit en parlant moins fort : Tu viens à la fête de fin d'études ?

— Oui, j'en ai l'intention.

Le centre de recherche sur l'ingénierie de la réalité virtuelle, auquel nous appartenions tous les deux, l'organisait dans un restaurant italien proche de MAC.

— Et tu fais quoi après ?

— Rien de particulier, répondis-je.

— Dans ce cas, je peux te demander de m'accompagner ensuite ?

Il se passa la langue sur les lèvres en me posant la question.

— Je veux bien, mais où ?

— Il faut que je te parle d'un truc un peu compliqué.

Il mit une main dans la poche de son pantalon, et se gratta le nez de l'autre.

— Je préférerais qu'on soit seuls tous les deux, et qu'on fasse ça dans un endroit calme.

Son ton était normal, mais je me sentais mal à l'aise. Ça ne pouvait qu'être au sujet de Mayuko.

— D'accord. Tu veux qu'on se retrouve où ?

— Devant mon labo, ça t'irait ?

— OK.

La fête d'adieux commençait à 17 heures. Nous étions six à avoir terminé notre formation en ingénierie de la réalité virtuelle. Nous avons arrosé notre réussite, l'ambiance était animée.

Mayuko est arrivée un peu en retard. J'aurais voulu lui parler immédiatement, mais je n'ai pas pu, car j'étais trop sollicité. Je n'ai réussi à m'approcher d'elle qu'en faisant semblant d'aller aux toilettes.

J'ai eu l'impression qu'elle s'est un peu tendue en me voyant, mais elle n'a pas pris la fuite.

— Je commençais à me dire que tu ne viendrais plus.

— Comment aurais-je pu ne pas venir ! Je ne voulais pas manquer cette occasion de remercier les gens qui m'ont aidée, a-t-elle expliqué en regardant les personnes présentes.

J'ai hoché la tête et scruté son expression.

— Tu as l'air en forme !

— Bien sûr. En grande forme.

Nous ne nous étions ni vus ni parlé depuis la fin de l'année dernière. Il va sans dire que c'était elle qui me fuyait. Elle ne décrochait jamais quand je l'appelais.

— Je dois voir Tomohiko tout à l'heure, lui ai-je dit tout bas.

Je l'ai vue fugitivement froncer les sourcils.

— Mais j'aimerais te parler avant. Pas longtemps, ai-je ajouté.

Elle n'a pas réagi. Tout à coup, je l'ai vue sourire et partir à la rencontre d'un homme qui se trouvait un peu plus loin.

— Félicitations, monsieur Yamamoto ! Nous allons nous sentir bien seuls, sans vous !

Elle parlait fort exprès.

— Je ne sais pas comment interpréter ce que tu viens de me dire. Seuls parce qu'il n'y aura plus personne pour s'occuper d'organiser des fêtes ? répondit-il sur le ton de la plaisanterie.

J'ai ravalé ma rancœur et je suis parti aux toilettes.

La fête a duré jusqu'à 19 heures. M. Osanai m'a invité à le suivre dans le bar où il allait ensuite avec d'autres, mais je lui ai dit que je ne pouvais pas.

Une fois sorti du restaurant, je suis retourné à MAC en prenant un chemin un peu détourné afin de ne croiser personne. Quand je suis arrivé à l'entrée, le gardien m'a demandé si j'avais oublié quelque chose, et j'ai répondu par l'affirmative.

Personne ne travaillait ce soir-là. Il n'était pas encore tard, mais le bâtiment qui abritait les équipes de recherche paraissait désert. J'ai pris l'ascenseur, et j'en suis descendu à l'étage de l'équipe de Tomohiko. Je suis allé jusqu'à la porte de leur bureau, conscient du bruit de mes pas dans le couloir. Il n'était pas encore là.

Je me demandais de quoi il voulait me parler. J'avais l'impression qu'il allait me demander de renoncer à Mayuko. Pour lui qui s'apprêtait à partir seul aux États-Unis, ce devait être son plus grand tourment. Je ne croyais pas qu'il manquait de sensibilité au point de ne pas avoir remarqué mes sentiments pour elle.

Mais je réfléchissais aussi à autre chose. Où en étaient-ils dans leur relation ? Étaient-ils amants ?

J'ai entendu s'ouvrir la porte de l'ascenseur, et je l'ai aperçu au bout du couloir. J'ai été frappé par sa maigreur. Il s'est approché en produisant un bruit de pas différent, à cause de son handicap.

— Quand je suis ici la nuit, commença-t-il avant d'arriver à ma hauteur, j'ai l'impression d'être dans un espace différent de la réalité, coupé du monde extérieur tant sur le plan temporel que spatial.

— Et aujourd'hui tu en es enfin libéré ?

— Je n'en suis pas sûr. J'ai comme l'impression que nous ne nous en détacherons jamais complètement.

Debout devant la porte du bureau de son groupe de recherche, il a levé très haut la main droite, jusqu'à la garniture de protection phonique, et en a sorti quelque chose. J'ai vu que c'était une clé.

Il l'a introduite dans la serrure et m'a demandé de le suivre à l'intérieur.

Il a appuyé sur un interrupteur, et la salle de travail de sa section est apparue dans la lumière fluorescente blanche. Tout était bien rangé, ce qui attestait des progrès qui avaient été réalisés. Les claviers de certains ordinateurs étaient cachés par des protections.

J'ai eu l'impression qu'il faisait plus chaud à l'intérieur que dans le couloir désert. Je me suis dit qu'il avait dû y venir plus tôt dans la journée.

— Deux ans, ça passe vraiment vite, a-t-il remarqué en s'asseyant sur une table proche de la fenêtre, les mains dans les poches de son pantalon.

— Tu as raison, ai-je dit en rapprochant une chaise pour être en face de lui. Il m'a semblé n'avoir fait que travailler.

— Oui, mais le vrai travail va commencer maintenant.

— C'est plutôt à moi de dire ça, non ? Puisque tu vas partir aux États-Unis.

S'il n'était pas au courant de mon refus d'aller là-bas, il aurait eu l'air surpris. Mais il a baissé la tête pour la relever aussitôt et me regarder.

— J'ai appris que tu avais refusé.

— Oui.

Je m'attendais à ce qu'il me demande pourquoi. Je n'avais pas encore décidé si je lui annoncerais que c'était à cause de mes sentiments pour Mayuko ou si j'inventerais quelque chose.

Mais il ne m'a pas posé de questions.

— Je le regrette. J'espérais que nous continuerions à travailler ensemble, a-t-il dit en hochant plusieurs fois la tête comme pour faire comprendre qu'il l'acceptait à présent.

Ça ne lui ressemble pas, ai-je pensé. Il n'avait vraiment pas envie de savoir pourquoi j'avais refusé ?

— Ça fait longtemps que tu n'es pas venu ici, n'est-ce pas ?

Il m'a posé la question en faisant le tour de la pièce des yeux.

J'ai hoché la tête.

— Pendant toute l'année qui vient de s'écouler, l'accès m'en était interdit.

— C'était l'ordre de M. Sutō. J'imagine que ça ne t'a pas plu, mais je ne pouvais pas m'opposer à la consigne d'un enseignant.

— Vous travailliez sur un sujet top secret.

— Moi, je pensais que nous aurions tout à fait pu t'en parler, mais il tenait à ce que le secret soit absolu.

— Il avait peut-être raison.

— Je suis désolé que ça se soit passé comme ça. Tu as dû te sentir exclu.

— Ne t'en fais pas pour ça. De toute façon, c'est fini !

— Ça me rassure que tu dises ça. J'avais peur que tu me détestes.

— Que moi je te déteste ? T'es pas drôle, tu sais !

J'ai ri trop fort. Je voulais le tromper, je l'admets. Parce que, quelque part en moi, je le détestais.

— En fait, je t'ai demandé de venir ici aujourd'hui pour une seule raison. Je veux te parler du sujet de nos recherches que je t'avais caché jusqu'à présent.

— Ah bon…

Je ne m'y attendais pas. J'étais persuadé qu'il voulait me parler de Mayuko.

— Tu es sûr que tu peux m'en parler ? Tu n'as plus besoin de garder le secret ?

— C'est toujours top secret. Mais je voulais t'en parler.

— Hum…

Ne sachant comment réagir, j'ai pris l'air perplexe.

— Tu aimerais savoir ce sur quoi je travaille, non ?

— C'est sûr.

Il a hoché la tête avant de relever ses lunettes sur son nez.

— Je vais partir aux États-Unis mais je comprends que tu aies refusé. C'était un peu inévitable. Je pense que j'aurais refusé aussi si j'avais été dans ta situation.

Je l'ai regardé en me demandant de quoi il parlait. Ce n'était probablement pas de Mayuko.

— Que veux-tu dire ?

— Eh bien…

Il a de nouveau rehaussé ses lunettes, un geste qu'il faisait toujours quand il était tendu.

— L'idéal, c'est bien sûr de partir aux États-Unis pour travailler sur ses propres recherches.

J'ai encore une fois scruté son visage sans comprendre.

— Moi non plus, je n'aurais pas eu envie d'aller là-bas pour servir d'assistant à quelqu'un, a-t-il ajouté.

En l'entendant, j'ai enfin saisi ce qu'il voulait dire. Il croyait que j'avais refusé cette mutation parce que je n'avais pas envie de lui servir d'assistant.

J'ai réfléchi à tout très vite. Avais-je intérêt à le laisser croire cela, à éviter d'aborder avec lui le sujet de Mayuko ? Mais les mots qui sont sortis de ma bouche un instant plus tard venaient d'un tout autre endroit.

— Oui, c'est vrai. Je n'aurais été que ton assistant. La première fois que la possibilité d'aller là-bas a été évoquée, ça m'a excité, mais quand j'y réfléchis à présent, je vois que j'ai été stupide.

Je trouvais ce que je disais désagréable, mais je n'arrivais pas à m'arrêter.

Il a secoué la tête.

— Tu as tort. Un assistant a un rôle important. Et Bitech sait reconnaître les talents. Surtout, comme il s'agit de m'aider dans mes recherches, il fallait que ce soit quelqu'un de talentueux.

— D'après ce que je comprends, tu travailles sur un truc super important.

— En tout cas, j'en suis persuadé. Je pense que ça va entraîner une remise en question drastique de l'ingénierie de la réalité virtuelle.

J'ai observé son enthousiasme avec un sentiment étrange. Il n'avait pas l'habitude de se vanter mais plutôt de se rabaisser.

Il a interprété mon silence d'une autre manière.

— Tu sais bien que je trouve que ce que tu fais est aussi remarquable, s'est-il empressé d'ajouter. Ce que tu fais est aussi important.

— Écoute, tu n'as pas besoin de prendre des gants avec moi, ai-je dit en faisant la moue.

Une certaine amertume montait en moi.

— Je le pense vraiment ! Il se trouve que c'est mon travail qui a été remarqué aujourd'hui, mais bientôt le tien le sera aussi, je pense. Des efforts constants comme les tiens sont très importants.

Des efforts constants ? C'est ainsi qu'il définissait mes travaux ? Alors que lui avait conscience d'être à la pointe de la recherche ?

Je savais que mon visage reflétait ma mauvaise humeur grandissante, mais il a continué comme s'il n'avait rien remarqué.

— Une fois que je serai à L.A., je compte parler aux gens de ce que tu fais. Et essayer de te faire venir aux États-Unis. C'est une bonne idée, non ?

— Ce n'est pas la peine d'en faire autant pour moi ! ai-je répondu en secouant la tête.

— Pourquoi pas ? Tu rêves d'aller travailler au siège, non ?

— Oui, bien sûr, mais je veux y arriver tout seul.

— Personne n'arrive à rien tout seul ! Fais-moi confiance. Tu verras, je vais faire en sorte que tu sois recruté là-bas bientôt. Tu peux compter sur moi ! Je demanderai que tu viennes en disant que ton travail m'aide dans mes recherches. Il ne sera pas question que tu sois mon assistant, donc tu n'auras pas à te sentir blessé dans ton orgueil.

— Blessé dans mon orgueil ?

— Exactement, fit-il d'un ton un peu plus ferme. Tu n'as pas voulu me suivre comme mon assistant, car cela te blessait. Et là, je viens de te faire une proposition qui ne peut pas te blesser.

Je ressentais un dégoût proche de la nausée. Ce qui en moi essayait de maîtriser mes sentiments fut facilement emporté.

— Ce n'est pas du tout ça ! Tu te trompes.

— Comment ça ?

— Ça n'a rien à voir avec mon orgueil. Rien du tout. Si j'ai refusé d'aller aux États-Unis, c'est pour une tout autre raison.

— Mais laquelle ?

Il se leva de la table sur laquelle il était assis et se rapprocha de moi qui n'avais pas quitté ma chaise. Il me dominait de toute sa hauteur.

— Quelle autre raison ?

— Tu ne le devines pas ?

— Absolument pas, répondit-il, le regard farouche.

Mon système de contrôle des émotions a essayé de fonctionner, pour stopper presque immédiatement.

— C'est lié à Mayuko.

— À Mayuko ? répéta-t-il en fronçant les sourcils. Quel rapport cela a-t-il avec elle ?

Je l'ai regardé fixement. En me demandant s'il avait perdu la tête. Comment aurait-il pu ne rien remarquer ?

— Je l'aime.

Il accueillit ma déclaration avec l'immobilité d'un masque de théâtre nō. Il y eut comme une bouffée d'air froid entre nous. Nous nous fixions des yeux sans rien dire. Le bruit lointain d'une voiture nous parvint.

Sa pomme d'Adam est montée et descendue. Puis il a ouvert la bouche.

— Qu'est-ce que ça veut dire ?

— Comment ça, qu'est-ce que ça veut dire ? J'aime Mayuko. C'est pour ça que j'ai décidé de ne pas aller aux États-Unis, ai-je répondu en remarquant que j'avais la bouche sèche. Mais tu as dû te rendre compte de mes sentiments pour elle.

Il a secoué la tête lentement. Puis il s'est retenu des deux poings à la table, comme s'il avait peur de trébucher.

— Je l'ignorais. Complètement.

— Tu mens.

— Non, je ne mens pas. Je n'arrive pas à y croire… Toi et Mayuko…

C'était plutôt moi qui n'arrivais pas à y croire. J'étais tellement certain qu'il ne pouvait que l'avoir remarqué.

— En tout cas, c'est de ça qu'il s'agit.

Les deux mains sur la table, il a regardé dehors pendant quelques instants. Sans rien voir, car les stores étaient baissés.

— Je ne comprends pas, finit-il par dire, presque en chuchotant. Même si ce que tu dis est vrai, je ne comprends pas ta décision de ne pas aller aux États-Unis. Parce que Mayuko, elle…

Il a penché la tête avec un geste de poupée mécanique.

— Elle est à moi.

— Et moi, je voulais qu'elle soit à moi. Donc je me suis dit que si tu partais, cela me donnait une chance. Et je tiens à ajouter une chose…

Je me suis arrêté pour inspirer profondément avant d'expulser posément l'air hors de mes poumons.

— Elle n'appartient à personne. Elle n'est pas à toi.

— Elle est à moi, a-t-il répété, sans élever le ton, mais avec force. À moi seulement.

— Non.

— Même en admettant que tu aies ces sentiments, commença-t-il en me regardant, le souffle court, les sourcils froncés, Mayuko n'y répondra pas. Elle n'en a que pour moi, c'est sûr, sûr…

Il avala sa salive.

— Je suis sûr qu'elle n'aime que moi. Tu n'existeras jamais pour elle, jamais.

Ses joues étaient rouges. Je me suis levé sans le quitter des yeux, parce que je n'arrivais plus à rester assis sans bouger.

— C'est vrai que, pour l'instant, elle ne m'a pas ouvert son cœur.

— Tu vois bien !

— Mais c'est parce que tu es là.

— Qu'est-ce que tu racontes ?

— Elle ne veut pas te blesser. Elle ne veut pas que tu perdes en même temps ta bien-aimée et ton meilleur ami. C'est pour ça qu'elle ne veut pas me voir.

Il serrait à présent les poings en me fixant d'un regard noir derrière ses lunettes.

— Ce que tu dis, c'est qu'en réalité, c'est toi qu'elle aime ?

J'ai rentré le menton.

— C'est ce que je crois.

— Eh bien pas moi ! Tu n'as aucune preuve de ce que tu dis.

— Si, j'en ai une, ai-je déclaré posément.

Il a écarquillé les yeux comme s'il venait de se rendre compte de quelque chose. Puis il a cligné des yeux et a porté son poing gauche à la hauteur de la poitrine. J'ai vu qu'il tremblait.

— Tu as… fait l'amour avec elle ? a-t-il demandé d'une voix à peine audible.

J'ai eu un instant d'hésitation mais j'ai fini par répondre.

— Oui.

Il a serré les dents. Je l'ai vu aux muscles de ses joues.

— Tu mens.

— Non. C'était à la fin de l'année dernière.

— De l'année dernière…

Il s'est mis à haleter, la bouche entrouverte. Son visage était blafard.

Puis il a regardé autour de lui et a tendu la main vers le téléphone qui était sur la table. Il a pris un papier dans sa poche et a commencé à composer le numéro qui y était écrit.

— Qui appelles-tu ?

Il ne m'a pas répondu. Son correspondant a dû décrocher, car il a dit :

— Je crois qu'il y a chez vous une jeune femme du nom de Tsuno. Vous pourriez la faire venir au téléphone ?

Ce devait être un bar.

Quelques secondes plus tard, il a repris la parole.

— Je suis au laboratoire avec Takashi. Je veux que tu viennes immédiatement. C'est très important.

Il a raccroché et a ajouté sans me regarder :

— Elle est dans un café pas loin d'ici et elle devrait être là dans moins de dix minutes.

— Vous aviez rendez-vous ?

— Oui.

— Tu comptes faire quoi quand elle nous aura rejoints ?

— Lui demander ce qu'elle veut, répondit-il avant de s'asseoir. Toi aussi, tu souhaites le savoir, non ?

Je n'ai rien dit, et me suis assis sur une chaise un peu éloignée de la sienne.

Je n'étais pas certain d'avoir bien fait en lui dévoilant mes sentiments pour Mayuko. Je n'avais pas imaginé une seule minute qu'il ne s'était rendu compte de rien. J'essayais de me persuader que de toute façon j'aurais dû lui en parler tôt ou tard.

— Pour en revenir à notre discussion, dit-il, toi, tu en penses quoi ?

— Je ne sais pas à quoi tu fais référence.

— Au fait de me voler simultanément ma bien-aimée et mon meilleur ami. Tu en penses quoi ?

J'ai poussé un long soupir.

— Personne n'y peut rien. J'ai beaucoup hésité, c'était douloureux, mais je n'ai pas réussi à renoncer à Mayuko.

— Ah bon…

Il s'est tu. Je n'ai rien dit non plus. L'air me paraissait plus froid.

Quelques instants plus tard, il a dit :

— Moi…

Je l'ai regardé.

— Je n'ai jamais fait l'amour avec elle, a-t-il ajouté sans relever la tête.

J'ai baissé les yeux, et je n'ai rien dit.

Il y a eu un bruit de pas dans le couloir. Je me suis souvenu que Mayuko portait aujourd'hui des talons. J'avais l'impression qu'elle avait mis du temps à venir, mais j'ai vu sur ma montre que douze minutes seulement s'étaient écoulées depuis l'appel de Tomohiko.

La porte s'est ouverte doucement, et elle est entrée. Son regard inquiet m'a fait comprendre qu'elle savait de quoi lui et moi avions parlé.

— Désolé de t'avoir convoquée comme ça ! a-t-il dit.

— De quoi s'agit-il ?

Elle a posé la question en nous regardant alternativement.

— Je voulais te demander quelque chose au sujet de Takashi et toi.

Elle a tourné les yeux vers moi, avec une expression à la fois triste et fâchée.

— Il m'a tout raconté. Je veux savoir la vérité. Qui aimes-tu ? Moi ou lui ?

Elle est restée debout immobile, les mains serrées sur les poignées de son sac. Ses yeux se sont embrumés.

— Comment veux-tu que… a-t-elle bredouillé. Je n'ai pas envie d'en parler.

Incapable de la regarder, j'ai tourné les yeux vers Tomohiko. Ce qu'elle venait de dire avait dû lui faire comprendre qu'elle n'était plus son amoureuse.

— Tu n'as pas envie d'en parler…

Son regard s'est assombri. L'espace d'un instant, sa bouche s'est tordue dans ce qui paraissait un sourire. Un sourire cynique ? D'autodérision ? Il s'est levé et a commencé à marcher.

— Où vas-tu ?

Il s'est immobilisé et a tourné la tête vers moi.

— Ne me dis pas que ça te fait quelque chose !

Je n'ai pas su quoi répondre.

— J'ai envie d'être un peu seul. On se reparlera plus tard, a-t-il ajouté avant de disparaître dans la partie laboratoire.

Pendant quelques instants, j'ai regardé fixement la porte fermée. J'ai entendu un bruit sourd. Celui du ventilateur.

— Comment en sommes-nous arrivés là ? a dit Mayuko.

Je me suis retourné. Debout derrière moi, elle me fixait des yeux. Les siens étaient rouges, et une larme brillait sur sa joue.

— Comment as-tu pu détruire sans plus de façon quelque chose de si important ? J'avais pourtant insisté, je t'avais demandé de ne rien faire d'irréversible. Je ne te comprends pas. Je ne comprends absolument pas ce que tu penses.

— Je t'aime. D'un amour qui me dépasse. Tomohiko compte aussi pour moi. Mais vous avoir tous les deux est impossible, n'est-ce pas ? Et je me suis dit que je ne pouvais que détruire mon amitié avec lui. Que c'était inévitable. J'ai agi en sachant ce qui allait arriver.

— Et moi… commença-t-elle comme si elle poussait un cri.

Elle s'interrompit pour inspirer profondément deux ou trois fois.

— J'avais l'intention de ne plus vous voir ni l'un ni l'autre à compter de demain.

— Pourquoi ?

— Parce que c'est la meilleure chose que je puisse faire. Si je choisis entre vous deux, nous serons tous malheureux.

— Si tu me choisis, je démissionnerai de Bitech. Comme ça, je n'aurai plus jamais à le voir.

Elle a secoué la tête.

— Tu n'as rien compris. Si tu faisais ce choix, nous serions tous malheureux. Tu as perdu la tête au point d'être incapable de penser à lui qui serait ainsi abandonné ?

Ses mots m'ont atteint en plein cœur, comme des flèches acérées. J'ai fixé ses lèvres sans savoir quoi répondre.

— Je suis sûre que, toi aussi, tu vas t'en rendre compte, a-t-elle continué sur un ton calme. Et que tu ne pourras pas sacrifier l'amitié qu'il y a entre vous.

J'ai baissé les yeux. Je n'éprouvais aucune envie de réfuter ce qu'elle venait de dire. Je pensais que ce n'était pas vrai, mais quelque chose en moi me faisait hésiter.

Me trompais-je ? Je commençais à me le demander.

J'ai entendu un bruit métallique derrière moi. La porte de la partie laboratoire s'est ouverte. Tomohiko, qui avait enlevé son veston, a tourné vers nous son visage blafard.

— Tu veux bien venir une seconde, Takashi ?

— Tout seul ?

— Oui. Je voudrais qu'on se parle encore un peu tous les deux.

J'ai fugitivement regardé Mayuko avant d'entrer dans le laboratoire.

Il était rempli d'équipements scientifiques. Les murs étaient garnis de dispositifs d'analyse. Les nombreux câbles qui les connectaient m'ont fait penser aux serpents du film *Les Aventuriers de l'arche perdue*. Au milieu trônait un fauteuil qu'on aurait dit sorti d'un cabinet dentaire. C'était apparemment là que s'asseyaient les cobayes humains.

— Je veux tenir la promesse que je t'ai faite tout à l'heure et te parler de mes recherches.

— Ce n'est pas la peine, ai-je répondu. Il y a des choses plus importantes…

— Il faut que tu m'écoutes, a-t-il répliqué d'un ton décidé. C'est indispensable pour que nous puissions continuer.

— Mais…

— S'il te plaît Takashi, écoute-moi, a-t-il continué, les yeux graves.

J'ai croisé les bras, et j'ai jeté un nouveau regard circulaire. Je ne comprenais pas ses intentions.

— D'accord, si tu y tiens… Je t'écoute.

J'ai pris une des chaises pliantes posées contre le mur et je m'y suis assis.

Il s'est installé sur le fauteuil en hochant la tête.

— Je pense que je te l'ai déjà raconté il y a longtemps, mais tout est parti d'un détail. À l'époque, Shinozaki était notre cobaye, et nous avons constaté un léger écart dans sa mémoire. Cela concernait un de ses enseignants d'école élémentaire. Un homme d'âge mûr, dont il s'était mis à croire que c'était une jeune femme.

C'était vrai qu'il m'en avait parlé. J'ai acquiescé.

— Pourquoi une telle chose était-elle arrivée ? Chercher la réponse à cette question a été la première étape. Je l'ai trouvée assez vite. En fait, c'était très simple.

Il a mis un genou sur l'autre et a croisé les mains.

— Une rêverie née d'un désir conscient ou inconscient avait exercé une influence sur sa mémoire, c'est tout.

— Une rêverie avait exercé une influence sur sa mémoire ?

— Ça n'a rien d'extraordinaire. Nous avons tous vécu ça un jour. Par exemple, quand il nous arrive quelque chose de désagréable, nous l'oublions avec le temps, n'est-ce pas ? Et quand on y repense plus tard, ça s'est transformé en un bon souvenir. En réalité, nous transformons inconsciemment les souvenirs pour leur donner une forme que nous pouvons facilement accepter. La douleur que nous avons pu ressentir diminue beaucoup dans nos souvenirs.

— Il y a une théorie selon laquelle ce phénomène est lié aux endorphines.

— Je suis d'accord avec elle. Les endorphines y sont pour beaucoup. Prenons un autre exemple. Il ne t'est jamais arrivé de transformer légèrement un message au moment de le transmettre ?

J'ai réfléchi un peu.

— Je mentirais si je répondais non.

— N'est-ce pas ? Moi aussi, ça m'est arrivé. Par exemple supposons que je me fasse importuner dans la rue par des voyous, qui me volent mon porte-monnaie. Quand je le raconte à quelqu'un, je dirai que mes agresseurs étaient au nombre de cinq, alors qu'ils n'étaient que deux. Et je veillerai à ce que tout dans mon récit soit cohérent.

Je l'ai écouté en me demandant si cela lui était vraiment arrivé.

— Admettons que je raconte cette histoire à plusieurs personnes. Plus je la raconte, plus elle se solidifie dans mon cerveau. Avec cinq agresseurs. L'histoire devient de plus en plus riche en arguments logiques. Après un certain temps, quand je me souviendrai de cet incident, ce qui me reviendra ne sera pas ce qui s'est vraiment passé, mais l'image que j'en ai fabriquée *a posteriori*. Je penserai que c'est un vrai souvenir. Si quelqu'un remet en question sa véracité, je ne l'accepterai pas mais j'affirmerai que mes agresseurs étaient au nombre de cinq. Sans du tout avoir conscience de mentir.

— Autrement dit, ta mémoire aura été réorganisée…

— D'ailleurs j'ai lu dans un livre qu'un bon nombre des criminels arrêtés par la police alors qu'ils proclament leur innocence sont victimes de cette illusion. Ils ont commis le crime dont ils sont accusés, mais à force de raconter encore et encore le même mensonge, ils finissent par y croire eux-mêmes.

— J'ai déjà entendu ça.

— Cela s'explique peut-être par l'instinct de conservation que nous avons tous. C'est pour cela que j'ai eu l'idée de l'utiliser. Je me suis demandé si on ne pouvait pas fabriquer des faux souvenirs dans certaines conditions. Mes recherches pendant l'année qui vient de s'écouler ont porté sur cette question.

Il s'est levé et il m'a tendu un paquet de feuilles. Un rapport.

Je l'ai lu rapidement. Non, ce n'est pas vrai. Tout ce que j'ai lu m'a profondément choqué.

— Comme je l'ai écrit, une seule image suffit à déclencher le phénomène, a-t-il dit. On enregistre le schéma de la fonction cérébrale de la personne, et on l'applique ensuite à la zone de la mémoire. Fondamentalement, c'est tout ce dont on a besoin.

— Tu veux dire qu'ensuite, c'est traité automatiquement dans un effet de seuil ?

— La personne transforme inconsciemment son souvenir pour corriger l'écart qui existe. Afin que tout soit cohérent. Comme la mémoire se transforme d'elle-même, j'appelle ça l'effet domino.

— Je suis vraiment étonné, ai-je déclaré en levant les yeux du rapport. C'est impressionnant.

— J'ai eu de la chance, a-t-il répondu.

J'ai reposé les yeux sur le rapport. L'effet domino et la première application…

Je ne pensais pas qu'il s'agissait de chance. Je n'aurais probablement pas fait cette découverte si j'avais été placé dans sa situation. Miwa Tomohiko était un génie.

— Je comprends pourquoi Bitech t'a choisi. Leur choix était facile !

— Ça me fait plaisir que tu dises ça.

— Je le pense.

J'ai posé le rapport sur un des instruments de mesure. Mon corps me paraissait très lourd. Ma défaite me vidait de mes forces.

— Takashi ! Tu n'as pas envie d'expérimenter cet effet domino ?

Je l'ai regardé. Je ne comprenais pas où il voulait en venir.

— En le testant sur moi.

— Qu'est-ce que tu racontes ?

— Je ne plaisante pas, a-t-il ajouté, le visage grave. Je voudrais altérer ma mémoire.

— Tomohiko !

— C'est pour ça que je t'en ai expliqué le dispositif.

Il a ôté ses lunettes et les a posées sur une étagère voisine.

— Je voudrais oublier Mayuko. Je voudrais qu'elle ne soit pas mon amoureuse dès le début. C'est ce que je veux. Sinon, je ne vois pas comment je pourrais continuer à vivre.

— C'est ce que tu veux vraiment ?

— Je compte sur toi, Takashi. Pense que tu le fais pour m'aider.

Je me suis rendu compte que c'était une bonne solution. Pourquoi pas, si ne plus avoir de souvenirs avec Mayuko lui faisait du bien ?

— Tu ne crois pas qu'il faut lui demander ce qu'elle en pense ?

— Je voudrais que tu lui expliques ensuite ce qui est arrivé. Parce que, moi, je ne pourrai pas le faire.

— Mais…

— Je compte sur toi !

Il m'a jeté un regard implorant.

— Les souvenirs peuvent parfois nous ligoter. Ce qui me fait souffrir maintenant, ce sont mes souvenirs. Je veux que tu les supprimes.

Il s'est incliné en me regardant, les mains croisées devant la poitrine.

— Arrête ! Ne fais pas ça, s'il te plaît !

— Tu acceptes ma demande ?

Je me suis pris la tête dans les mains, et j'ai réfléchi. Plusieurs arguments contre cette idée me sont venus – agir ainsi était lâche, cela constituait aussi une fuite, mais je n'avais pas envie d'en parler. Il circule déjà assez de paroles mensongères dans le monde.

— D'accord. Je veux bien essayer, ai-je fini par répondre. Mais tu crois que je vais y arriver ?

— Bien sûr ! C'est plus simple qu'un jeu vidéo.

Il m'a expliqué comment je devais procéder en me montrant le manuel écrit à la main. Il avait raison, ce n'était pas difficile. L'important, c'était de tout faire au bon moment.

Ensuite, il a réglé tous les contrôles et s'est assis sur le fauteuil. Il fallait qu'il s'y attache avec la ceinture, et ensuite qu'il place sur sa tête une espèce de filet muni d'électrodes appelé *brain net*. Il y avait une autre lanière pour fixer son cou à l'appuie-tête.

— Tout est bon ! a-t-il dit.

J'ai abaissé la première manette. Un énorme casque cylindrique est descendu et a caché jusqu'à son torse. Le *brain net* détectait les mouvements cérébraux, et le casque cylindrique était un outil pour les contrôler par magnétisme. Il avait aussi pour fonction de bloquer les ondes électromagnétiques venues de l'extérieur.

— Je commence la check-list, ai-je dit.

Je l'ai fait. Tout paraissait conforme.

— Vérification terminée. Tout est bon.

— OK. Commençons ! a-t-il répondu.

— Quel souvenir veux-tu choisir comme déclencheur ?

— Eh bien…

Il a réfléchi quelques instants.

— La fois où je t'ai présenté Mayuko. Ça te va aussi, non ?

— Oui, ai-je répondu. OK, je commence.

— D'accord.

Tout d'abord, j'ai surveillé les signaux de sortie du cerveau. Un graphique 3D différent est apparu sur les écrans des quatre ordinateurs.

— *Question one*, ai-je annoncé en lisant dans le manuel. Où est-ce ?

— Dans un café. Un café de Shinjuku, dont j'ai oublié le nom, a répondu Tomohiko de l'intérieur du casque cylindrique.

Aucun changement majeur ne s'est produit sur les écrans. Je suis passé à la question suivante :

— *Question two*. C'est quand ?

— Il y a un an. Au printemps, je venais de célébrer mon premier anniversaire chez MAC. En mars.

— *Question three*. Que fais-tu là ?

— J'ai rendez-vous avec Takashi… Tsuruga Takashi.

— *Question four*. Dans quel but ?

— Pour lui présenter une amie. Présenter Tsuno Mayuko à Tsuruga Takashi.

Il se produisit un grand changement sur les quatre écrans, et l'un d'entre eux passa à une image en 2D sur laquelle apparut le message *"ERROR"*.

— J'ai un message d'erreur, Tomohiko.

Je l'ai entendu soupirer.

— Recommençons tout dès le début.

— D'accord.

J'étais sûr que la cause de l'erreur était l'emploi par Tomohiko du mot "amie". En la présentant ainsi, il était impossible de visualiser la scène.

La deuxième fois, le même message apparut au même endroit. Peut-être était-ce inévitable, puisque cette partie ne correspondait pas à la vérité.

— Ça ne fonctionne pas bien, lâcha Tomohiko qui paraissait irrité.

— Tu veux qu'on fasse une pause ?

— Non, on continue ! Dis, Takashi…

— Quoi ?

— Tu crois que l'amitié est possible entre un homme et une femme ?

J'ai sursauté, et je l'ai regardé. Mais le casque dissimulait son visage.

C'est à ce moment-là que j'ai compris la cause du message d'erreur.

— Tu n'as pas répondu à ma question, insista-t-il.

Elle était difficile. Je n'en connaissais pas la réponse. Elle avait été discutée par un nombre infini de personnes.

Mais je me suis rapidement rendu compte que l'instant exigeait non pas d'apporter une réponse à cette question, mais de faire disparaître l'incertitude de Tomohiko.

— On peut être séduit mais demeurer ami.

— Comment ça ?

— Si on dissimule ce sentiment amoureux, on reste ami avec celle qui l'éveille. Sur le plan formel, tout au moins, ai-je expliqué.

— Oui… répondit-il en tapotant des doigts de la main droite l'accoudoir du fauteuil. Tu veux dire que jusqu'à ce que je lui déclare ma flamme, nous étions simplement amis ? Au moins en apparence.

— Oui, on peut voir les choses comme ça.

— Je comprends tout à fait. Je peux le visualiser comme ça. Recommençons dès le début.

C'est ce que j'ai fait en réinitialisant les données des ordinateurs.

Mais un sentiment désagréable étreignait ma poitrine. Demeurer amis sans révéler ses sentiments ? C'était bien évidemment ce qui était attendu de moi. Si je l'avais fait il y a un an, nous n'en serions pas là.

Et pour sortir de cette situation, j'étais en train de demander à Tomohiko de faire ce que j'avais été incapable de faire. Alors que je savais mieux que personne à quel point c'était douloureux.

— *Question one*, où est-ce ?

Mais je n'ai pas suggéré que nous interrompions cette tentative.

La troisième fois fut la bonne : Tomohiko réussit à fabriquer une image capable de déclencher une réorganisation de la mémoire. Les ordinateurs purent enregistrer sa manière de penser à ce moment-là. Il ne restait plus qu'à la faire entrer dans le centre de sa mémoire afin de l'y implanter.

— J'ai une question, dis-je. Après cette expérience, je pense que la première contradiction dans ta mémoire sera : "Mais qu'est-ce que je fais ici ?" Comment y réagir ?

— Ah… je comprends ce que tu veux dire, répondit-il comme s'il y avait déjà réfléchi. Une fois que tout sera terminé, j'aurai probablement le sentiment d'avoir subi une légère perte de mémoire. Ensuite je saisirai graduellement la situation et ma mémoire se réorganisera probablement de la manière la plus rationnelle pour moi. Pour le moment, je suis incapable de dire de quelle façon ça sera. Mais je voudrais que quand on se voit, tu te montres capable de discuter avec moi.

J'ai trouvé que cela relevait complètement du jeu de hasard.

— Et comment vas-tu faire avec Mayuko ? Elle ne sait pas que tu comptes altérer ta mémoire.

— Tu lui expliqueras plus tard.

— Mais…

Il m'interrompit.

— Écoute, il faut que je te donne quelque chose. Tu vois mon veston sur la chaise ?

— Oui.

C'était le haut d'un costume bleu marine bien taillé.

— Tu trouveras dans la poche de poitrine une photo encadrée.

Je suis allé la chercher. La photo était petite, le cadre aussi. On y voyait Mayuko seule, vêtue d'un tee-shirt noir sous une veste en jean, avec des boucles d'oreilles rouges.

— Je l'ai prise quand nous sommes allés à Disneyland. C'est ma photo préférée d'elle.

— Tu me la donnes ?

— Oui, je te demande de l'accepter. Tu veux bien ?

Sa requête m'était douloureuse. Tant que j'aurais cette photo, je ne trouverais pas la paix intérieure. Je me suis dit que c'était peut-être la seule vengeance qu'il pouvait s'offrir.

— D'accord. J'accepte.

— Le cadre est vieux. Change-le pour un neuf.

Ces mots montraient son attention aux détails.

— D'accord, ai-je répété.

— Bon, on y va ? Tu sais comment faire, hein ?

— Oui.

Ce que j'avais à faire était de taper sur quelques touches du clavier de l'ordinateur. Le reste se ferait automatiquement.

— OK, lance le programme s'il te plaît !

— Tu en es vraiment sûr, Tomohiko ?

— Oui, j'en suis vraiment sûr.

— Bon.

— Vas-y !

J'ai fermé les yeux et pris une profonde inspiration. Puis je les ai rouverts et j'ai frappé une touche.

Des images sont immédiatement apparues sur les écrans.

Pour que l'image déclenchante soit rentrée dans l'ordinateur, j'avais lu qu'il fallait environ une minute. Peut-être vaudrait-il mieux dire que ça ne prenait qu'une minute. Je l'ai passée à contempler la photographie qu'il m'avait donnée. Mayuko y était très belle. Rayonnante.

Ce que j'étais en train de faire ne me paraissait pas juste, et même quelque part ignoble. Existait-il néanmoins d'autres manières de résoudre cette situation ? L'idéal ne pouvait rien ici, pas plus que les beaux mots.

Mais la volonté héroïque de Tomohiko a fait naître en moi une idée. Ne devrais-je pas, moi aussi, oublier Mayuko ? Créer une situation dans laquelle personne n'aurait rien à gagner.

Cela ne pouvait pas être une mauvaise idée. J'y ai réfléchi sérieusement pendant quelque temps. Puis j'ai secoué la tête. Je ne pouvais pas nier que je préférais reculer.

Tu es fort, toi, ai-je murmuré en relevant la tête.

C'est à cet instant que je me suis rendu compte que quelque chose ne tournait pas rond. Sur deux des quatre écrans apparaissait une image qui montrait un dysfonctionnement du cerveau. Et sur l'un des deux autres, je voyais un message d'erreur.

J'ai regardé ma montre. Plus de trois minutes s'étaient écoulées. J'ai pris le manuel, en ai tourné les pages pour trouver que faire. Mais il n'y avait rien qui indiquait comment réagir à ce que j'avais sous les yeux.

J'ai ouvert la porte du laboratoire et j'ai crié : Mayuko !

Assise sur une chaise, elle paraissait plongée dans ses réflexions, le regard vague.

— Viens vite, il se passe quelque chose de grave !

Elle a inspiré profondément avant de venir vers moi en marchant vite.

— Mais quoi ?

Ne sachant comment lui répondre, je l'ai emmenée dans la partie laboratoire. Elle a vu Tomohiko dans le fauteuil et s'est immobilisée devant lui.

— Pourquoi est-il assis là ?

— Je te raconterai tout plus tard. Ce qui compte maintenant, c'est que ses fonctions cérébrales ne sont pas normales.

Elle a regardé les écrans et a ouvert grande la bouche.

— C'est comme…

— Comme quoi ?

— Un jour il m'a montré la même chose sur un écran. Ça signifie le sommeil. Le sommeil éternel, dont on ne peut se réveiller.

— Quoi ? Mais qu'est-ce qu'on peut faire ?

— Je ne sais pas. Quand il me l'a montré, c'était une simulation.

— Dans ce cas…

J'ai tapé des instructions sur le clavier. Le manuel indiquait comment procéder à un arrêt d'urgence.

Le système s'est arrêté, j'ai fait se lever le casque cylindrique qui cachait sa tête. Il avait les yeux fermés. Son visage était inexpressif.

Je me suis approché de lui, j'ai défait la lanière qui retenait son cou, et la ceinture. J'ai crié son nom en lui demandant de se réveiller.

Il n'a eu aucune réaction. J'avais l'impression d'avoir affaire à un pantin.

— Comment cela a-t-il pu arriver, Tomohiko ?

J'ai tout compris au même moment.

Il avait prévu que les choses se passeraient ainsi. Le chemin qu'il avait choisi maintenant qu'il avait perdu celle qu'il aimait et qu'il avait été trahi par son meilleur ami était le sommeil éternel. Le sommeil éternel, c'était la mort, non ? Même s'il respirait, même si son cerveau émettait des ondes, c'était quand même la mort.

Je me suis écarté du fauteuil et me suis appuyé à un des appareils. Cela a fait tomber les lunettes de Tomohiko. Je les ai ramassées un peu après. Un des verres s'était brisé.

J'ai été assailli par un tsunami de regret et de tristesse, violemment, à une vitesse terrifiante.

— J'ai tué Tomohiko.

Ces mots ont jailli de ma gorge.

CHAPITRE X

RETOUR

— Ensuite, vous l'avez tout de suite emmené ici ? demanda Takashi à Sutō en regardant Tomohiko.

Celui-ci hocha la tête.

— Oui. C'était la deuxième fois que cet accident arrivait, donc on savait comment procéder.

Takashi avait immédiatement informé Sutō du fait que Tomohiko était tombé dans ce profond sommeil. L'enseignant avait accouru, blême, et il avait ordonné à Takashi et à Mayuko de n'en parler à personne.

Une voiture n'avait pas tardé à arriver pour emmener Tomohiko. C'était une fourgonnette, comme celle qu'il avait vue avant la disparition de Shinozaki, et Takashi avait alors eu une certitude. Shinozaki était dans la même situation que Tomohiko.

— Ensuite, je n'ai plus été au courant de rien. Personne ne m'a dit où se trouvait Tomohiko, ce qu'il faisait, s'il était possible qu'il sorte de son sommeil.

— Tu n'avais pas à le savoir ! Nous, nous préférions que tu oublies tout. La réorganisation de la mémoire, et le sommeil de Miwa.

— C'était le plus grand secret de Bitech ?

Sutō fit lentement non de la tête.

— Ce n'était plus seulement le problème de Bitech. Des organismes de recherche du monde entier étaient en quête d'informations à ce sujet. En savoir trop là-dessus n'était pas bon pour toi.

— C'est pour ça que vous avez utilisé Mayuko ?

— Elle a accepté de nous aider. Pour te secourir.

— On peut présenter les choses comme ça.

— Mais, dit Sutō en le regardant droit dans les yeux, tu étais toi-même d'accord ! Sans ton accord, nous n'aurions jamais pu réorganiser ta mémoire.

Takashi serra les dents. Il ne pouvait le nier.

C'était Mayuko qui en avait parlé la première. En suggérant qu'ils oublient tout pour repartir à zéro. Takashi avait accepté. Avec le sentiment qu'il n'avait pas le choix, si intense était sa souffrance.

— Pourtant Mayuko ne l'a pas fait.

— Elle comptait le faire. Mais la situation a changé.

— Comment ça ?

— Il faut remonter un peu en arrière pour l'expliquer, dit Sutō en allant se placer à côté du lit où était allongé Shinozaki. Tu t'en es rendu compte jusqu'à un certain degré, mais c'est à l'automne dernier que nous avons subi notre première épreuve. Je parle de la léthargie de Shinozaki. Tout jusque-là s'était bien passé, mais à partir d'un certain moment, il a commencé à manifester de la confusion, et il a fini par perdre conscience. Nous pensons que l'instinct de conservation a agi pour protéger les circuits de la pensée du paradoxe de la mémoire. Miwa et moi avons fait les plus grands efforts pour trouver le moyen de faire revenir le cerveau de Shinozaki à son état originel. La première chose était d'identifier les conditions dans lesquelles cette léthargie s'était produite. Nous pensions que si nous les connaissions, nous pourrions mettre au point un moyen de le sortir de sa léthargie. Mais cela s'est avéré complexe. Nous avons compris qu'il y avait plus qu'une condition. Le sommeil permanent ne se produit non pas grâce à un grand nombre de hasards, mais bien plus lorsqu'il y a un empilement d'accidents. C'est tout à fait ironique. À cet égard, on peut dire que Shinozaki n'a vraiment pas eu de chance.

— Mais c'est bien dans cet état que se trouve Tomohiko maintenant, non ? demanda Takashi en le montrant allongé dans l'autre lit.

— Oui. Il a trouvé les conditions nécessaires. Et il a voulu les prouver en se servant de son propre corps.

— Et en se suicidant au passage, n'est-ce pas ?

— Ça, je l'ignore, mais tu as peut-être raison. Quoi qu'il en soit, l'important pour nous était de reproduire cet état de sommeil éternel. J'ai alors lu tous les rapports de recherche qu'il avait rédigés, mais bizarrement, toutes les données se rapportant à ce sommeil avaient disparu. Nous avons aussi fouillé son studio à fond, sans rien trouver.

— C'est pour ça que son appartement était dans cet état...

Takashi s'en souvenait très bien. Tous les supports d'enregistrement, classiques ou technologiques, en avaient disparu.

— C'était impossible qu'il n'y en ait pas. Quelque chose devait exister quelque part. Miwa devait au moins en avoir eu besoin pour faire la dernière expérience. Après y avoir beaucoup réfléchi, je suis arrivé à la conclusion qu'il avait donné ces informations à quelqu'un juste avant la dernière étape.

Et ce "quelqu'un" ne pouvait être qu'une seule personne.

— Vous voulez dire, moi ?

— C'était la seule chose envisageable. Mais il était déjà trop tard.

— Parce que ma mémoire avait déjà subi une réorganisation, n'est-ce pas ?

Sutō a hoché la tête.

— C'était immédiatement après. La technologie permettant de faire revenir à l'état originel une mémoire réorganisée était encore loin d'être achevée. Si j'avais tenté l'expérience malgré ça, je courais le risque de créer une troisième victime. Il ne nous restait qu'une seule voie. Redécouvrir une nouvelle fois les conditions trouvées par Miwa pour induire de type de sommeil, et secourir ainsi les deux personnes qui en étaient affectées. C'était le principal thème de recherche de Bitech pour cette année, mais il est resté secret.

— Et les autres projets de recherche ont vu leur budget diminuer, dit Takashi en se souvenant de ce que lui avait dit Kiriyama Keiko.

— Pour nous, c'était une question vitale. Nous avons travaillé sans relâche pour analyser les données et les expériences. Toi aussi, tu as participé à cet effort.

— Moi aussi ?

Takashi était surpris. Mais il comprit vite de quoi il s'agissait.

— Vous parlez de cette expérience avec Whoopee la femelle chimpanzé ?

— Oui, elle a été menée dans ce cadre. Et nous t'avons choisi pour y participer pour deux raisons. La première c'est que nous avions besoin de gens talentueux dans l'ingénierie de la réalité. Et la seconde, c'est que nous voulions t'observer puisque tu avais subi une réorganisation de la mémoire.

— Je comprends…

Il se dit que tout collait à présent. Il avait eu du mal à comprendre l'objectif de cette recherche parce qu'il n'en avait pas été informé.

— Et Mayuko a vécu avec moi pour me surveiller ?

— Sa mémoire à elle n'avait heureusement pas été réorganisée. Mais je ne veux pas qu'il y ait de méprise. C'est elle qui voulait vivre avec toi.

— Il n'empêche qu'elle me surveillait.

— Il est préférable de ne pas présenter les choses comme ça. Ça a dû lui être douloureux.

Plusieurs scènes qui symbolisaient la vie avec Mayuko lui revinrent à l'esprit. Mais il s'efforça de les chasser.

— Ce qui s'est passé ensuite, c'est que j'ai commencé à me souvenir du passé ?

— Lorsque Tsuno m'en a parlé, j'ai été stupéfait. Parce que je ne pensais pas que ça pouvait se produire naturellement. La technologie de réorganisation de la mémoire est loin d'être mûre à de nombreux égards. Il était néanmoins certain que c'était une occasion unique d'aider ces deux prisonniers du sommeil. À compter de ce jour, nous avons surveillé tout ce que tu faisais. L'important pour nous était de voir si tu te souvenais des données que Miwa t'avait transmises.

— J'ai du mal à vous suivre, dit Takashi en agitant la tête. Pourquoi avez-vous opté pour une méthode aussi fastidieuse ? Si vous m'aviez dit toute la vérité, cela aurait peut-être fait revenir mes souvenirs.

— Si nous avions pu, nous l'aurions fait. Mais comme je l'ai déjà dit, faire prendre conscience à quelqu'un qui croit que ces souvenirs correspondent à la vérité que ce n'est pas le cas, et qu'il y a un écart, est extrêmement dangereux. Si Shinozaki est dans son état actuel, c'est à cause de ça.

Takashi pensa à son attitude troublée pendant la fête d'été. C'était bien le prodrome de ce qui lui était arrivé. Il se rappela aussi que lorsqu'il était rentré chez ses parents, il avait dormi plus de quarante heures immédiatement après avoir pensé aux derniers souvenirs qu'il avait de Tomohiko. Cela aussi, c'était une sorte de prodrome.

— Il fallait que tu recouvres ta mémoire naturellement. Que tu remarques les contradictions de tes souvenirs seul, que tu te souviennes de ton vrai passé sans qu'une tierce personne ne t'en informe. Tu me comprends ? Personne ne devait rien te dire.

— C'est pour ça que Mayuko a disparu, n'est-ce pas ? Et vous, et aussi les parents de Tomohiko.

— Exactement. Mais il y a eu des moments dangereux. Dont celui où Naoi Masami a pris contact avec toi. Nous avons tremblé.

— Il va falloir lui expliquer à elle aussi.

— Nous nous en occuperons. Ne te fais pas de souci à ce sujet, dit Sutō en s'approchant de Takashi, sur l'épaule de qui il plaça sa main. Tout ce que je t'ai raconté est la vérité. Je n'ai pas besoin d'ajouter quoi que ce soit. Parce qu'en principe tu te souviens de tout. Maintenant réponds à une question. Miwa t'a remis les données, non ?

Takashi dégagea son épaule.

— C'est exact.

— Et où sont-elles ?

— Je vais vous montrer.

— Si tu nous dis où, nous irons les chercher nous-mêmes.

— J'ai dit que je m'en chargeais, répondit Takashi en décochant un regard noir à Sutō qui haussa les épaules.

— D'accord. Montre-moi.

Takashi revint dans son appartement à bord d'une voiture conduite par Sutō. Deux hommes dont il ignorait le nom étaient assis sur la banquette arrière. Il avait déjà vu l'un des deux. C'était sans nul doute celui qui l'avait observé du bâtiment d'en face quand il était entré chez Tomohiko.

Une fois chez lui, il alla directement dans sa chambre à coucher. Puis il prit la photo encadrée de Mayuko qu'il avait sur son bureau – celle que lui avait donnée Tomohiko.

Il ouvrit l'arrière du cadre. Une petite carte et un papier plié s'y trouvaient. La carte était un MiniDisc. S'il avait suivi les instructions de Tomohiko et changé le cadre, il l'aurait trouvé plus vite.

— Voici ce qui était votre objectif, dit-il en le tendant à Sutō.

— C'était caché ici… souffla Sutō en faisant une grimace. Et ce papier, c'est quoi ?

— Une lettre qui m'est adressée. Vous n'allez quand même pas me demander de vous la donner ?

Sutō pencha la tête, et fit ensuite signe aux deux autres hommes de quitter la pièce. Ils lui obéirent.

— Merci pour ta coopération. Je te recontacterai, conclut Sutō qui partit aussi.

Une fois seul, Takashi s'assit sur son lit, et lut la lettre de Tomohiko. Bientôt il sentit des larmes monter à ses yeux. Elles coulèrent sur ses joues et sur la lettre qu'il relut plusieurs fois.

Takashi,

Depuis l'automne dernier, j'ai deux sources de souffrance. D'abord Shinozaki, et ensuite Mayuko.

Je pense que j'ai très mal agi vis-à-vis de Shinozaki. Dans mon ardeur à faire avancer mes recherches, je n'ai pas assez pris en compte sa sécurité, et je lui ai volé son avenir si précieux. Mon devoir est de le sauver, même si je dois me sacrifier pour ça.

À propos de Mayuko, cela fait longtemps que je me dis que je dois renoncer à elle. J'ai remarqué qu'en réalité c'est toi, Takashi, qui l'attire. Mais je n'ai pas réussi à le faire. Je ne crois pas que je rencontrerai une autre femme comme elle dans ma vie. Et même si une personne comme elle existe, elle ne s'intéressera pas à moi comme l'a fait Mayuko.

J'ai vécu ces derniers mois avec ces souffrances, mais j'ai fini par trouver un moyen de les surmonter simultanément. Je vais refaire sur moi-même l'expérience que j'ai menée sur Shinozaki. Sutō et ses collègues parviendront à sauver Shinozaki en s'aidant du résultat qu'elle produira. Et pendant le temps assez long où je serai plongé dans la léthargie, tu n'auras qu'à t'unir à Mayuko. D'après mes calculs, ma mémoire sera réorganisée. Lorsque je me réveillerai, je pourrai vous adresser mes vœux de bonheur les plus sincères.

Ce qui me préoccupe, ce sont tes sentiments. Je tenais à m'assurer de ceux que tu as pour Mayuko. C'est la raison pour laquelle je t'ai dit des choses déplaisantes. Je voudrais te demander pardon pour ça. Mais ça m'a rassuré de savoir que tu l'aimais vraiment. Je te demande de la rendre heureuse à ma place.

Bien utilisé, le système de réorganisation de la mémoire ne crée pas de problèmes. Mon espoir est que vous vous en serviez pour les souvenirs de l'année qui vient de s'écouler. Ça nous permettra de nous voir comme autrefois. Retrouvons-nous au réveil. Jusque-là, au revoir.

TOMOHIKO

Takashi était submergé par l'émotion et le remords. Tomohiko avait dû penser qu'il trouverait cette lettre immédiatement après son endormissement. Jusqu'à la fin, il avait réfléchi à comment préserver son amitié pour

Takashi. Il lui avait demandé de modifier sa mémoire dans ce but.

Moi, par comparaison… s'accusait Takashi. J'ai choisi la réorganisation de la mémoire pour échapper à la tristesse et à la douleur.

Il y eut un bruit, et Takashi releva la tête. Mayuko était debout à l'entrée de la chambre.

Ils se regardèrent pendant quelques instants. Takashi avait en tête tout ce qu'il voulait lui raconter, tout ce qu'il voulait lui demander, mais aucun mot ne sortit de sa bouche. Il lui tendit la lettre qu'il tenait encore à la main.

Elle la prit en silence, et se mit à la lire. Il vit ses yeux rougir.

— Moi… je suis un être faible, finit par dire Takashi.

Elle vint devant lui et prit sa main.

— Tu as dit ça aussi au moment crucial.

La larme qui coulait sur sa joue tomba sur la main de Takashi.

La dernière scène dont il se souvenait se reflétait sur l'écran de son cœur.

LAST SCENE

Même après être entré dans le laboratoire, je n'étais pas encore décidé.

Était-ce bien de tout résoudre par une méthode qui consistait à oublier tout ce qui m'avait tourmenté, qui m'avait chagriné, et qui m'était pénible ? Un être humain n'a-t-il pas le devoir de vivre toute sa vie avec ses peines ?

Je voulais oublier la réalité qui était que j'avais trahi mon meilleur ami, que je lui avais volé celle qu'il aimait, et que je l'avais acculé à ce qui était quasiment un suicide. N'était-ce pas faire preuve de lâcheté ?

Mais quel avantage avais-je à me souvenir de tout cela ?

J'avais renoncé à m'unir à Mayuko. Après que Tomohiko s'était mis dans cette situation, nous ne pourrions plus jamais nous fréquenter le cœur léger. J'étais certain qu'elle vivait la situation de la même façon que moi.

Autrement dit, nous n'avions pas gagné, mais perdu notre ami.

J'avais aussi l'impression que si je ne cherchais pas à me débarrasser de ma mémoire, c'était uniquement par vanité.

Depuis que Mayuko m'avait proposé cette réorganisation de la mémoire, je n'avais cessé d'y réfléchir, tournant et retournant l'idée dans ma tête sans arriver à une conclusion.

Elle voulait que la sienne soit réorganisée. Elle disait qu'elle voulait repartir à zéro et tout recommencer.

J'avais accepté malgré mes réticences. Et aujourd'hui, nous étions venus ici, Mayuko et moi, avec un ingénieur de Bitech.

— Je pourrais vous demander de nous laisser seuls une seconde ? lui ai-je demandé.

Il a hoché la tête et il est passé dans la pièce voisine.

— Tu hésites encore ?

— Je n'arrive pas à me persuader que cette méthode est la bonne, ai-je répondu.

— En quoi n'est-elle pas la bonne ?

— Euh… Elle n'est pas juste envers moi.

Elle a secoué la tête.

— Non, ce n'est pas de soi qu'il s'agit. Nous ne sommes que ce dont nous nous souvenons. Nous sommes tous prisonniers de ça. Moi comme toi.

— Tu veux dire qu'en changeant la mémoire, on se change soi-même ?

— Je veux que tu changes. Moi aussi je vais changer.

Elle m'a regardé dans les yeux. Comme si elle me suppliait.

J'ai détourné les yeux, et j'ai regardé le fauteuil où s'asseyait le cobaye. Un instant j'ai eu l'impression que Tomohiko l'occupait.

— Il suffit de s'asseoir là, n'est-ce pas ?

— Oui. Et de te détendre.

Je m'y suis assis. Mayuko m'a passé la ceinture et mis le *brain net* sur la tête.

— Je voudrais te poser une dernière question.

— Laquelle ?

— Autrefois, dans le train, tu me regardais, non ?

Elle a cligné lentement des yeux.

— Oui.

— Ah… ai-je soupiré. C'est ce que je voulais savoir.

— Bon, j'abaisse le casque.

— Une seconde, s'il te plaît, ai-je demandé en levant la main.

— Qu'y a-t-il ?

Sa voix était soucieuse.

Je l'ai regardée.

— Je suis un être faible.

Elle a baissé les yeux, sans rien dire. Quand elle a relevé la tête, ses cils brillaient.

— Moi aussi.

Elle a abaissé le casque.

Je n'ai plus vu que l'obscurité.

TABLE

PROLOGUE 7
Scène 1 9
CHAPITRE I. MALAISE 29
Scène 2 38
CHAPITRE II. NERVOSITÉ 57
Scène 3 68
CHAPITRE III. PERTE 79
Scène 4 106
CHAPITRE IV. CONTRADICTIONS 117
Scène 5 132
CHAPITRE V. TUMULTE 155
Scène 6 170
CHAPITRE VI. CONSCIENCE 181
Scène 7 198
CHAPITRE VII. TRACES 211
Scène 8 218
CHAPITRE VIII. PREUVES 247
Scène 9 257
CHAPITRE IX. RÉVEIL 271
Scène 10 293
CHAPITRE X. RETOUR 323
Last Scene 331

OUVRAGE RÉALISÉ
PAR L'ATELIER GRAPHIQUE ACTES SUD
REPRODUIT ET ACHEVÉ D'IMPRIMER
EN SEPTEMBRE 2025
PAR NORMANDIE ROTO IMPRESSION S.A.S.
À LONRAI
POUR LE COMPTE DES ÉDITIONS
ACTES SUD
LE MÉJAN
PLACE NINA-BERBEROVA
13200 ARLES
contact@actes-sud.fr

DÉPÔT LÉGAL
1re ÉDITION : OCTOBRE 2025
N° impr. : 2503162
(Imprimé en France)